AE
&I

El Libro Negro de las Horas

Autores Españoles e Iberoamericanos

Eva García Sáenz de Urturi

El Libro Negro de las Horas

Planeta

Av. Diagonal, 662-664, 08034 Barcelona
www.editorial.planeta.es
www.planetadelibros.com

Diseño de la colección: © Compañía

Página 7
Fragmento de Otras maneras de usar la boca, *Seix Barral, 2015*
© Rupi Kaur (trad. Elvira Sastre)

Página 24
Fragmento de Piu Avanti, Siete sonetos medicinales
Pedro Bonifacio Palacios, Almafuerte, 1907

Página 60
Julio Cortázar
Fragmento de Rayuela
© Sucesión Julio Cortázar, 1963

Página 137
Fragmento de Olvidado rey Gudú, *Destino, 1996*
© Ana María Matute

Página 368 y 369
Camino a Ítaca
Constantino Cavafis, 1911

El editor quiere agradecer las autorizaciones recibidas para reproducir las imágenes publicadas en esta obra

Se han realizado todos los esfuerzos para contactar, identificar y recabar la autorización de los propietarios de los copyrights. Con todo, si no se ha conseguido la autorización o el crédito correcto, el editor ruega que le sea comunicado y se corregirá en ediciones posteriores

Primera edición: febrero de 2022
Depósito legal: B. 318-2022
ISBN: 978-84-08-25285-6
Composición: Realización Planeta
Printed in Spain - Impreso en España

El papel utilizado para la impresión de este libro está calificado como **papel ecológico** y procede de bosques gestionados de manera **sostenible**

Es tu sangre
la que corre por mis venas;
dime cómo se supone
que voy a olvidar.

Rupi Kaur,
Otras maneras de usar la boca

1

SECUESTRAR UNA MUERTA

Mayo de 2022

Alguien que lleva muerto cuarenta años no puede ser secuestrado y, desde luego, no puede sangrar.

Y mucho menos sangrar profusamente en una elitista editorial de facsímiles en la que también ha sido asesinada Sarah Morgan, una prestigiosa profesional de la bibliofilia, cuando un valioso incunable estalló —sí, explotó— porque una mente enferma y desatada aplicó una capa de glicerina sobre su cubierta tras modificarla hasta convertirla en letal.

Me llamo Unai, me llaman Kraken. La sangre que apareció junto al cadáver era de mi madre, fallecida en 1982 según la lápida del cementerio de Villaverde a la que llevo toda la vida rezando mientras coloco lavanda junto a unas letras que ahora se revelan falsas.

Pero aquí empieza mi historia.

Unos minutos antes de recibir la llamada que me cambió la vida paseaba por el museo de naipes entre imprentas y planchas antiguas, rodeado de piedra de sillería y de coloridas barajas de los cinco continentes.

—¿Inspector Kraken? —preguntó una voz metálica distorsionada por un modulador de voz.

—Ya no —le recordé.

Me había retirado del servicio activo y ahora ejercía de formador de perfiladores criminales en la Academia de Arkaute. Mi vida era más calmada desde entonces... e insoportablemente predecible.

—Escuche atentamente: tengo a su madre y no se la devolveré viva hasta que usted no nos entregue el *Libro Negro de las Horas* de Constanza de Navarra.

—Mi madre está muerta y enterrada —acerté a decir—. Mire, es una broma de muy mal gusto, no sé cómo ha conseguido mi número, pero...

—Si estaría mejor informado, sabría que su madre es la mejor falsificadora de libros de coleccionista de la historia, y para desgracia de los bibliófilos de todo el mundo continúa en activo —me interrumpió la voz, bastante impaciente.

Tenía una aplicación para grabar conversaciones y la activé de inmediato. Mi cerebro de perfilador, ese que nunca se fue, se puso en marcha al escuchar tantos detalles y tan elaborados. No era un bromista, detecté urgencia y algo parecido a la rabia contenida. Había más, mucho más, debajo de aquella voz extremadamente educada.

—Tiene que ser un error —insistí. Tenía que conseguir que continuara hablando—. ¿A quién creen exactamente que han secuestrado?

Me dijo un nombre, no lo había escuchado en mi vida. El nudo en el estómago dejó de apretar. Solo era un error, el mundo volvía a estar en su sitio: la tierra a mis pies, el cielo sobre mi cabeza. El Loco de una baraja del XVII ya no se burlaba de mí desde la vitrina de cristal.

—No es mi madre, pero en todo caso, si es cierto que tienen retenida a una persona en contra de su voluntad, voy a...

—Sí que es su madre —volvió a interrumpirme—. Vamos a enviarle hoy mismo a su domicilio una muestra del ADN de nuestra cautiva. Lo recibirá en unas horas. Cotéjelo, le damos unos días para que lo compruebe y después póngase en marcha con la recuperación del *Libro de las Horas.* Es un anciano de seiscientos años que merece más respeto que usted y que yo mismo. Tiene siete días. En caso contrario, ella explotará.

Después me dio detalles claros y concretos de las condiciones en las que se llevaría a cabo la siguiente llamada.

... Pero yo me había quedado en lo del ADN, a lo del libro anciano no llegué a encontrarle sentido, y menos lo de hacer explotar a nadie.

Tenía pocos recuerdos de mi madre, murió de una complicación tras el parto de Germán. Yo tenía apenas seis años. Después ocurrió lo de mi padre... Los abuelos se hicieron cargo y nos criaron. Pocas preguntas y menos respuestas cuando comprendimos lo mucho que les dolían. Uno de los pocos detalles que nos llegaron era que tenían una pequeña librería en el Casco Viejo que bajó la persiana tras su muerte.

—Pues póngamelo fácil —dije cambiando de estrategia—. Ya que usted sabe mi nombre, ¿cómo debo dirigirme a usted?

—Calibán, puede llamarme Calibán.

—¿Perdone?

—¿Pero qué clase de educación le dieron a usted? Calibán, el personaje de Shakespeare en *La tempestad.*

—*La tempestad,* por supuesto —contesté, por decir algo—. Calibán entonces. Deme datos de ese *Libro Negro de las Horas,* no tengo ni idea de lo que me está hablando ni de cómo conseguirlo.

Pero entonces se escuchó un golpe y algo que identifiqué como un grito.

—¿Oiga, sigue ahí? —pregunté alarmado.

Y entonces la voz cambió, era otra, también distorsionada, pero lo que escuché me fulminó el cerebro:

—¡Unai, hijo! ¡No...! —Después otro golpe, después silencio. Después colgaron.

Y yo me quedé allí, apoyado en la pared de sillería del museo, con aquel «Unai, hijo» que me dejó temblando. Temblando como nunca antes.

Porque un hijo reconoce el grito de su madre, y yo llevaba cuarenta años pensando que las letras de metal que certificaban la muerte en las lápidas de los cementerios eran verdades absolutas.

A Calibán le bastó una semana para desbaratar todas las certezas sobre las que había cimentado mi vida.

2

EL *LIBRO NEGRO DE LAS HORAS*

Mayo de 2022

Me lancé a la calle adoquinada, aquella tarde llovía a cántaros, el suelo de la Cuchillería resbalaba, pero corrí hacia mi piso, en la plaza de la Virgen Blanca, en el corazón de la ciudad.

Marqué el número de Esti. Ella continuaba en activo como inspectora de la División Criminal. Estíbaliz Ruiz de Gauna tenía el alma caliente y las ideas muy claras. Era una combinación ganadora, y yo necesitaba desesperadamente una buena carta porque no sabía si tenía delante un farol o un payaso.

—Esti, he recibido una llamada de un supuesto secuestrador. La he grabado y quiero que la escuches. Te la paso.

Colgué y se la envié. Esperé un par de minutos y volví a llamar.

—¿La has escuchado?

—Eres huérfano desde niño, ¿de qué va todo esto? —contestó aturdida.

—Tiene que ser una broma de muy mal gusto. No sé qué credibilidad darle, la verdad.

Había llegado ya a mi portal, subí los tres pisos dando zancadas. Y no sé por qué, me fui a los ventanales para controlar desde allí toda la plaza de la Virgen Blanca.

—Ha de ser una broma —coincidió—, pero me inquieta mucho lo del *Libro Negro de las Horas.*

—Por el librero anticuario que ha aparecido asesinado, ¿verdad? Por eso te he llamado. Es demasiada casualidad.

Un par de días antes nos habíamos despertado con una inquietante noticia: el más conocido de los libreros anticuarios de la zona norte había aparecido muerto en su propio local, la prestigiosa librería Montecristo, la cueva de Alí Babá para bibliófilos de todo el mundo a la que peregrinaban en busca de incunables y ediciones raras de biblias en lemosín.

Se llamaba Edmundo, y aunque no se apellidaba Dantés, él se hacía llamar el Conde.

Era un personaje que no pasaba desapercibido, seductor y derrochador. Su empleada lo había encontrado en la trastienda, posiblemente envenenado con alguna sustancia volátil, porque ella también se intoxicó al respirar el aire y acabó en el hospital de Txagorritxu.

—¿Qué puedes contarme del librero, algún elemento en común con el *Libro Negro de las Horas*? —quise saber.

—No sé nada de libros de horas, ni sé todavía si le robaron algún ejemplar valioso. Su muerte fue provocada, en todo caso. Estamos interrogando a su entorno. Edmundo no era un hombre discreto precisamente, era de los que alardeaban de sus últimas adquisiciones en libros de coleccionista. Estaba casado con la heredera de los Goya, diez años mayor que él.

—¿Los Goya, los de las confiterías?

—No sé si están emparentados o son una rama, pero sí que proviene de una familia de empresarios de toda la vida —me aclaró—. No tenían hijos, ella es directiva de la Fundación Sancho el Sabio, es una mecenas en el mundo de la cultura. También he de decirte que no me lo está poniendo fácil para tomarle la primera declaración. Lleva dos días dándome largas por teléfono. O es muy estoica o la he visto muy entera. Pero ahora mismo vamos a centrarnos en la llamada que has recibido y lo trataremos como un posible secuestro. Hay dos voces, dos personas implicadas. Voy a pasar esta grabación al laboratorio de Acústica Forense y hay que preparar un operativo. El tal Calibán dice que te enviará el ADN de la rehén en unas horas. Vendrá a través de un mensajero, imagino, pero vamos a detenerlo y rastrearemos el origen del envío. ¿Estás en tu piso, en Vitoria?

—Sí, aquí estoy, si me ponéis un par de compañeros, estaré bien. Habla con el laboratorio y avisa de que puede que en unas horas les enviemos dos muestras de ADN para cotejar, que le den prioridad. Sea quien sea que esté secuestrada, hubo gritos y forcejeos, está en peligro.

—Pensaba hacerlo, después me acerco a tu piso. Si llega en unas horas, seré útil a tu lado. Pero, Kraken...

Solo Esti me seguía llamando Kraken, y no me molestaba.

—Tu madre murió cuando nació Germán, ¿verdad?

—Está enterrada junto a mi padre en Villaverde. Era de Madrid y no tenía familia, y mis abuelos la acogieron como a una hija desde el principio. Sí, esa es mi historia familiar, el abuelo no puede haberme mentido durante cuarenta años, ¿no crees?

—No, si queda alguien de fiar en este mundo, desde luego es el abuelo. Es solo por asegurarme. De todos modos, ha dicho un nombre. No es nada común. ¿Lo habías escuchado alguna vez? —preguntó mi compañera.

—No creo que nadie que conozca se llame así, me acordaría. El apellido es otra cosa.

—Desde luego —convino ella—, y si esa mujer existiera, tendría que haber nacido en los cincuenta. Voy a lanzar una búsqueda en las bases de datos. Si el tal Calibán afirma que es la mejor falsificadora de libros antiguos, puede que esté fichada. Te cuelgo y me pongo a ello.

Llegó la noche y no apareció ningún mensajero. Bajé varias veces a comprobar el buzón, pero el portal estaba vigilado y solo entraron los vecinos. Aun así me aseguré, por si alguien los había interceptado y les había encargado que metiesen algún sobre en mi buzón. Pero seguía vacío.

Llamé a Alba, conciliábamos como podíamos entre su trabajo al frente del hotel palacio en Laguardia y mis clases de Perfilación en la Academia de Arkaute, a la salida de Vitoria. Nuestra hija Deba crecía feliz y precoz, había cumplido ya cinco años. Yo vivía a caballo entre Vitoria, Laguardia y Villaverde, donde mi abuelo casi centenario se empeñaba en vivir solo mientras bajaba todos los días a cuidar la huerta, como si el tiempo contase de otra manera en su organismo.

Hablé también con el director de la Academia de Arkaute, opté por tomarme unos días libres a la vista de los acontecimientos.

Transcurrió un día completo y nadie acudió a mi portal de Vitoria ni al de Laguardia. Llamé a Estíbaliz.

—Aquí no se presenta nadie, y, en todo caso, tienes a dos agentes vigilando. Me siento un inútil sin adelantar nada y la cuenta atrás de Calibán sigue adelante.

—He dado parte al comisario Medina de la llamada del secuestro. Me ha hecho trasladarte que te puedes incorporar cuando quieras en calidad de asesor en Perfilación, como cuando te encargaste del caso de «Los ritos del agua». Yo necesito ayuda, no te lo voy a negar. Hace dos días hicimos la inspección técnica ocular, pero la librería continúa precintada. Me interesa mucho que veas el escenario del crimen y me des tu opinión como perfilador. Te llevo los informes y nos vemos ahí. Todavía estamos a la espera de los resultados con la autopsia, pero la empleada que lo encontró ya ha salido de peligro, aunque sigue ingresada en Txagorritxu y, si quieres, podemos tomarle declaración. También a su viuda, sigue sin ponérmelo fácil.

—Ten un poco de paciencia, acaba de perder a su marido. Muchos se bloquean y no están preparados para hablar tan pronto con la policía.

—No sé, más que afectada, la encontré muy fría. En todo caso, tengo por delante una inmensa lista de amistades y colegas de profesión en el mundo de la bibliofilia. Edmundo era el típico hiperconector. Y podemos aprovechar para preguntarles por el *Libro Negro de las Horas* y ganar tiempo. Necesito cribarlos y comenzar a elaborar la lista de personas de interés, quiero estudiar su historia personal y policial. Si encontramos algo, pediré información de sus cuentas a los bancos.

—De acuerdo, voy a llamar al comisario Medina para decirle que agradezco la oferta y que voy a colaborar en el caso de Edmundo —le dije.

—Entonces tienes que saber una cosa, Kraken.

—¿De qué se trata?

—Vi cómo quedó el cadáver, y había algo muy patológico en el modo en que sucedió todo. Solo espero que detrás del asesinato en la librería Montecristo no esté ese tal Calibán que supuestamente ha secuestrado a tu madre muerta.

3

ÍTACA

1972

Te llamas Ítaca Expósito. Lo pasas mal cuando nombran tu apellido, porque desnuda y expone tu vergonzoso origen: quien te trajo a este mundo o sus allegados te abandonaron a las puertas del colegio de la Veracruz en una ciudad norteña, hace ya quince años. Ignoras el motivo por el que las monjas te asignaron tu extraño nombre, ignoras por qué no te enviaron a un orfanato.

Lo ignoras todo, incluso tu fecha de cumpleaños: la sustituyeron por el poco creíble uno de enero de 1957.

Te buscas en cada niña que podrías haber sido. Una con padres cariñosos, con familia de las que abrazan, con una casa, un armario, cajones y ropa, más allá del eterno uniforme.

Tus compañeras de clase se burlaban de tu origen hasta que comenzaste a salir en los periódicos.

A sus progenitores les fascinó la leyenda de la niña prodigio de la pintura, la Mozart vitoriana. Las monjas te llevaron a Madrid, a Barcelona, a Londres y a Venecia. Te exhibieron frente a autoridades y periodistas mientras imitabas en tiempo inhumano las pinturas de Goya —ese era sencillo—, Vermeer —esas luces eran magia, te hiciste amiga de ellas hasta que las comprendiste y dominaste— y el tenebroso Caravaggio. Tenías nueve años y la infancia había quedado atrás.

Te movías en un mundo de galeristas de arte, directores de museos y pinacotecas.

En una de las exhibiciones, una menor, después de una agotadora gira nacional, te sentiste demasiado enferma y te negaste a salir de la cama del hostal.

Hubo presiones y rezos, pero la madre Magdalena comprendió que todo había acabado y la gira se canceló. No sabes si fue entonces cuando empezó a odiarte o su fría hostilidad venía de antaño. Nunca viste una peseta de lo que las monjas ganaron, dijeron que así pagabas tu manutención desde la cuna.

Eres buena en matemáticas. Viste las facturas en la maleta de la hermana Aquilina, la monja de Pretecnología que te enseñó todo lo que sabes de los lienzos, el óleo y la perspectiva.

Eres la única huérfana del colegio, duermes con las otras internas en un espacio común de camastros idénticos con una pequeña mesilla que alberga todas tus posesiones: el uniforme y un camisón. Los fines de semana lo lavas y lo pones a secar sobre el radiador mientras lees algún libro extraído de la biblioteca del colegio, tu verdadero hogar. Una cuna de páginas que te adormece cada noche, cientos de escritores que te acogen sin recordarte quién no eres y te muestran, pacientes, los entresijos de la vida que tendrás.

Tienes un plan.

Un magnífico plan de escape.

Ya hablarás más tarde de ello.

Hoy estás concentrada en mutilar una ilustración de una vista antigua de Madrid de un libro que adoras desde los cinco años: *Viaje por España y Portugal,* de Hieronymus Münzer. Es una reimpresión antigua, del siglo XIX, aunque el original tenía cuatro siglos más. Primero la admiraste, después te obsesionó hasta que comprendiste que la querías para ti. Una posesión. Algo tuyo.

Una ilustración no ocupa espacio, y el colegio es inmenso, una gran termitera con sus hormigas obreras —las hermanas más sumisas—, la termita reina —la madre Magdalena, pese a su juventud y su belleza, la rígida ama del ecosistema— y sus miles de galerías, túneles y agujeros donde esconder tesoros, como la espléndida ilustración que vas a cortar para ti.

Aprendiste pronto a diferenciar las joyas de la morralla. Los libros más antiguos eran los peor encuadernados: pergaminos amarillentos, arrugados por el paso del tiempo, los cambios de temperatura y la humedad.

Las mejores encuadernaciones, cuero y terciopelo grana con apliques metálicos, eran de libros posteriores: siglo XIX, la época dorada de los grandes bibliófilos.

La hermana Aquilina tiene una revista de bibliofilia donde lo aprendes todo. Se titula *Titivillus,* como el pequeño demonio que susurra a los escribanos para que se equivoquen al escribir y después los espera en el Infierno. La robas después de la cena, cuando ella desaparece, dice que a cuidar ancianos, a saber a qué se referirá. Entras en su celda y la sustituyes por un número anterior. La estudias, apuntas lo que no quieres olvidar y la devuelves antes de que retorne por el pasillo del ala este de la parte privada del colegio, un magnífico edificio de piedra gris que recuerda a un castillo inglés, con sus pequeñas almenas y su torreón circular.

Pero esta vez es distinto: vas a mutilar una joya bibliográfica.

El plan es muy elaborado.

En la fiesta de la patrona te presentaste voluntaria para la rifa. Hacías amables caricaturas de tus compañeras por cinco pesetas. Trabajaste doce horas seguidas. Incluso cuando todas las hermanas se fueron a comer, tú te quedaste dibujando a varias chicas. Al final del día les diste la caja, una fortuna: cien pesetas. Pasaron tantas alumnas y las monjas estaban tan pendientes de la rifa, la música, la misa y la visita del obispo que no llevaron la cuenta de los dibujos que entregaste. Por la noche, en la soledad del baño, desplegaste por fin tu tesoro: sesenta y cinco pesetas. Tu primera paga, tu primer sueldo, tus primeros ingresos.

Después llegarían muchos más, gracias siempre a tu pericia, eso que con tanta alegría y ligereza llamarán siempre «tu don». Como si los años de estudio y de práctica no contasen, como si hubieras nacido sabiendo imitar un Gauguin sin tener que estudiar el rostro triste de sus concubinas maoríes, meterte en su alma y comprender los motivos de su mirada perdida.

Con el dinero del día de la patrona te escapas un viernes, el día de la libertad —las monjas os dejan a las internas salir a pasear por Vitoria durante una hora—. Has convencido a la hermana bibliotecaria de que te permita barrer la biblioteca y quitar el polvo a las estanterías. Con el tiempo, a veces, solo a veces, te deja la llave y no está presente. Un bendito día coincide que es viernes, sales corriendo a la ferretería de la calle Olaguíbel, haces una copia de la llave de la biblioteca con veinte pesetas. Dejas pasar unas semanas, no visitas demasiado la biblioteca para que la hermana bibliotecaria se olvide de ti. Es un lunes por la tarde, la biblioteca está cerrada los lunes por la tarde, hay muchas clases de las alumnas externas y todas las monjas están ocupadas.

Ha sido un día largo. Mikaela, la alumna más adinerada del colegio, habrá recibido ya la sorpresa. Siempre te ha tratado mal, y eres consciente de que ha castigado a todas las compañeras que alguna vez se te han acercado. Ella controla el grupo de élite de clase. Las monjas se lo permiten por las donaciones de su padre.

Tú has mantenido siempre una distancia prudencial para escapar de sus burlas, siempre te hacía las mismas preguntas: «¿Dónde te van a llevar tus padres de vacaciones? ¿Dónde vas a pasar las Navidades?».

Al principio duele, después aprendes a exponerte, como a la lluvia o a una tormenta de truenos.

Cala, pero no mata.

Puede abrasarte, pero confías en los hados y no lo hace.

Pero ayer Mikaela llegó con la mejilla marcada. Cinco dedos. La mano de su padre, imaginamos todas. Nadie dijo nada. Estaba callada. Tú no tienes padre, pero por primera vez te alegras de ser huérfana, ¿y si tuvieras padre y fuese ese tipo de padre? Sabes que Mikaela está en un lío. Últimamente falta a clase, todas sabéis que es un chico, uno de Corazonistas. Y ayer faltó.

La madre Magdalena le ha exigido que su padre envíe un justificante de su ausencia. Alguien te lo contó, en este colegio los pasillos devuelven los ecos de las conversaciones, sobre todo de las conversaciones más inconvenientes. Siempre hay alguien, monja o alumna, que te cuenta. Y mientras la madre Aquilina imparte Naturales a las de tercero, entras en su despacho y buscas justificantes del padre de Mikaela. Su firma es sencilla, estilizada, en cursiva, apenas con rúbrica. Firme, ostentosa, como un padre que pega a su hija.

La cuartilla es importante, pero es un folio común; la tinta es negra, puedes conseguir una igual. Tomas palabras que ha usado en notas anteriores y justificas una tarde de besos prohibidos con un resfriado común. Mikaela nunca sabrá quién le salvó la otra mejilla.

En esas estás cuando tiemblas en la biblioteca.

Una cosa es imaginar durante mil noches seguidas que

eres la poseedora de una ilustración que te fascina. Otra cosa es girar el pomo con la copia de la llave, respirar pesado hasta comprobar que encaja, colarte rápido en la biblioteca y cerrar la puerta a tus espaldas. No enciendes la luz de la cueva de Alí Babá. Los tesoros te esperan, son pura seducción para alguien que no posee nada salvo cuarenta y cinco pesetas y una llave.

Y en la semioscuridad que te regala un ventanuco alto y estrecho, te mueves por los claroscuros de este lienzo. Llegas al ejemplar, te has guardado un bisturí de la sala de Pretecnología. Mutilar un libro antiguo no es tan sencillo como aparentaba. El papel está cosido y el hilo se resiste. El filo del bisturí no corta tan fino como debiera. Y no quieres hacer una chapuza: el libro merece permanecer bello otros cien años más, mútilo, pero en perfecto estado. No quieres herir las otras páginas, no tienen la culpa de ser incompletas, no tan bellas como la ilustración que te obsesiona desde pequeña.

Cierras los ojos y te concentras. Te repites el verso de Almafuerte, uno de tus maestros, uno de los que no conociste, pero que te enseñó unos gramos de vida:

No te des por vencido, ni aun vencido.
No te sientas esclavo, ni aun esclavo.
Trémulo de pavor, piénsate bravo
y arremete feroz, ya mal herido.
Que muerda y vocifere vengadora,
ya rodando en el polvo tu cabeza.

De acuerdo, «no te des por vencida ni aun vencida».

Ahora solo existís esa ilustración, el bisturí y tú. Sois un ecosistema cerrado, tú eres la depredadora, el papel es la presa, el bisturí es la panoplia.

Las miles de horas que has pasado sujetando con precisión un pincel para imitar trazos ajenos te sirven, porque tienes pulso de relojero, de cirujano, de trilero.

Aplicas la fuerza necesaria y el hilo centenario cede por fin, la ilustración se separa poco a poco.

Las prisas de este mundo quedan fuera de tu latido, la precisión es lo único que importa, el enfermo no ha de sufrir más daño. Has mutilado la belleza de un libro antiguo, la hoja apenas pesa en tus manos una vez liberada.

Te abres la blusa blanca y lo pegas a tu cuerpo, debajo de la camiseta de tirantes que te queda pequeña. Eso juega a tu favor. El papel se acostumbra a la temperatura de tu cuerpo.

Depositas el tomo mútilo en el hueco delator de la estantería de incunables. Por eso limpias el polvo de las estanterías desde hace meses: la ausencia de huellas es importante para que no detecten que alguien lo ha manipulado.

Ahora queda la segunda parte de tu plan: esconder el tesoro para volver a disfrutarlo siempre que quieras. Tu primera posesión, arrancada a los siglos.

Así será siempre: nada te será dado, habrás de cogerlo por ti misma.

La libertad, el amor, la vida.

Llega la noche, solo deseas que termine la cena y puedas recrearte en la oscuridad de tu camastro.

Pero algo sucede hoy. Algo inusual. La madre Magdalena enciende la luz del dormitorio común de las internas. Hay murmullos de extrañeza, alguna incluso se atreve a refunfuñar. Pero ya sabes que es por ti. La directora adora lo previsible, jamás ha irrumpido a medianoche en vuestros sueños.

—Ítaca Expósito: a mi despacho. Conmigo.

Sales de la cama aturdida en camisón, la noche es fría, y los zapatos, necesarios. Todas miran, ves el terror en sus ojos. Algo de pena en algunos.

—Coge tu uniforme, te vas del colegio.

Hay escarcha por dentro de tus mejillas.

«¿A dónde? ¿A dónde me pueden enviar?», piensas. Y sabes que eres una huérfana de quince años a la que están expulsando de un colegio de monjas.

Tomas el desgastado uniforme de la Veracruz y sigues a la madre superiora. No lleva el velo, por primera vez ves su pelo rubio cortado como el de un hombre, su figura esbelta y recta bajo el camisón, es hermosa pese al rictus de amargura que lastra siempre su sonrisa.

—Cierra la puerta del despacho.

Obedeces, no quiere oídos ni testigos.

Sabes que lleva años esperando este momento, es suyo, se lo has puesto en bandeja. Maldita obsesión, podías haberte limitado a admirar la ilustración en cada visita a la biblioteca, pero la idea de poseerla, de que fuera solo para ti, se fue metiendo día a día en tus pensamientos.

Lo permitiste.

Es culpa tuya.

Te muestra la prueba de tu delito. Junto a la ilustración descansa también el cuento de Andersen: *La vendedora de fósforos*. El más triste, el que habla de una niña mendiga en la noche de Año Viejo que muere de frío bajo un manto de nieve. Ve una estrella fugaz en el cielo y recuerda lo que le contaba su abuela: «Alguien va a morir». La niña usa sus tres últimos fósforos para darse calor. Con el último aparece su difunta abuela, le da la mano y se la lleva con ella a un cielo común. Robaste el cuento el pasado uno de enero, era tu cumpleaños y te lo regalaste. Fue tu primer regalo, te supo a gloria bendita. Lo escondiste en los bajos de la cortina de la vieja capilla, la que está eternamente en obras y nadie visita.

—Voy a avisar a las autoridades, eres menor, irás a un reformatorio.

Te ha observado, te ha seguido, puede que te conozca mejor que tú.

Entonces se escuchan unos nudillos golpeando la puerta.

—¡Ahora no! —alza la voz la madre Magdalena.

La hermana Aquilina ignora la orden y entra. Lleva una bata y unas pantuflas de piel.

—¿Qué está pasando aquí? —pregunta, hay una autoridad en la voz que no conocías. Eres consciente de que ignoras la historia entre ellas, pero siempre has atisbado que hay más cuando se tratan.

—Ítaca Expósito ha mutilado los fondos de la biblioteca de la congregación. Hay que dar parte al obispado y a las autoridades. Voy a denunciarlo. El ejemplar era uno de los más valiosos.

—No va a denunciar nada, madre. Usted me necesita, esto ha llegado hoy.

La hermana Aquilina deja sobre la mesa un documento. La madre Magdalena lo lee y tú lees el pánico de sus ojos. Se sienta abatida.

—Claro que la necesito, como siempre que estamos en un aprieto económico. Pero Ítaca se va.

—No se va, yo la necesito a ella.

—No veo cómo la va a necesitar.

—Sí que lo ve, no está ciega. Y yo pronto lo estaré. Mi degeneración macular avanza.

—Lentamente, usted puede ser funcional durante muchos años.

—Acabará ocurriendo, y lo sabe, madre. Sea sensata, sea realista, en eso consiste dirigir este colegio —le razona la hermana.

—No podemos retomar una gira, ella misma se encargó de destrozar su reputación.

—No hablo de giras, estoy mayor para acompañarla y

usted no va a hacerlo, apenas la soporta a su lado. Pero yo tengo que formar a una pupila para que me sustituya. Siempre ha sido así.

—Ella no será una Egeria.

—¿Por qué no?

—Han de venir de buena familia, ser cultas, políglotas. No tiene el perfil.

—Haré que lo tenga. Yo la formaré.

—No la van a aceptar.

—Eso déjemelo a mí.

—¿Y la moralidad? Acaba de mutilar una joya bibliográfica.

—¿Me habla de moralidad en la misma conversación donde valoramos incluirla en el círculo de las Egerias? Ítaca es un prodigio.

—Ítaca Expósito es indomable.

—Déjemela a mí —repitió.

Sabes cuándo una serpiente se retira, la directora retrocede. La hermana Aquilina avanza, señala la carta que ha traído mi amnistía.

—Tenemos una semana para conseguir el dinero y salvar este colegio de ser clausurado. No estamos para disquisiciones morales. Romperemos platos y después nos preocuparemos de cómo arreglarlos. El obispo no va a interceder por nosotras, madre —insiste la hermana Aquilina, pero no ruega, expone.

—Está bien, está bien. Pero Ítaca ha de ser castigada. Vuelva a su cama, mañana se la entrego.

La hermana Aquilina te mira y traga saliva. Es una victoria a medias, pero sabe que toca retirada. En cuanto desaparece por la puerta sabes que estás de nuevo en sus manos frías.

Ella mira el cuento de la vendedora de fósforos. Desde su ventana, la nieve cae mansa pero constante. Las noches son tan frías que ayer murió un mendigo en el parque de la Florida, buscando refugio en la cueva del Niño Jesús.

—Quítate los zapatos y deja aquí tu uniforme —te ordena.

Obedeces, qué remedio, y la sigues planta abajo. Te abre la puerta del patio, la capa de nieve te llega por los tobillos, pero queda noche por delante y sabes que mañana te llegará por las rodillas.

Aunque por primera vez comprendes que tal vez no va a haber un mañana por la mañana.

Te deja descalza en el patio, sin más compañía que tu camisón y los copos que te calan el pelo. Te sueltas las trenzas con la vana esperanza de que tu melena caliente un poco tu espalda. No funciona. Saltas, te mueves, comienzas a correr por el patio desierto a oscuras. Podrías hacerlo con los ojos cerrados, ha sido tu compañero de juegos desde la cuna.

Sabes que, como los peces, si te quedas quieta morirás.

4

LA LIBRERÍA MONTECRISTO

Mayo de 2022

La librería Montecristo estaba situada apenas a unos pasos de mi portal, en la plaza Nueva. Una plaza cuadrada adyacente a la de la Virgen Blanca que era lugar de paso y a la vez albergaba bares y terrazas que se llenaban en invierno y en verano, de día y de noche, hiciera un sol inclemente o nevase sin piedad.

En una esquina, bajo los soportales y los arcos de la plaza, el elegante local de madera granate y cartelería dorada ofrecía orgulloso y selecto todo tipo de lomos dorados pulcramente ordenados. Se me hizo extraño encontrarla precintada por una cinta roja que prohibía el paso.

Esperé diez minutos hasta que llegó Estíbaliz. Un poco incómodo, lo reconozco. Muchos de los paseantes que recorrían la céntrica plaza me reconocían, se daban un codazo y miraban con mal disimulada curiosidad mientras aminoraba el paso.

Mi compañera llegó con su paso ligero de libélula siempre en movimiento, me dio un contenido abrazo y sacó unas llaves de la casaca militar tuneada. Era pelirroja, peso pluma y la mejor profesional que tenía la comisaría de Lakua. Su índice de resolución de expedientes rozaba el cien por cien, y todos la respetábamos porque decía siempre a la cara lo que había que decir, sin dramas pero sin paños calientes. En lo personal, era mi *alter ego* y mi mejor amiga.

—¿Nada? —me tanteó con esa mirada de preocupación que tanto me reconfortaba, y me despeinó la mata de pelo negra que me había dejado crecer desde que no era policía.

Miré el reloj.

—Hasta hace diez minutos, al menos, nada. Ningún sobre, ningún paquete, ningún envío, ningún mensajero. Mi buzón está vacío y solo se han acercado a mi portal mis cuatro vecinos de siempre. Todo está muy calmado. Puede que el tal Calibán tenga que enviar el ADN desde fuera de Vitoria.

—Yo he buscado el nombre que te dio en todas las bases de datos nacionales e internacionales. No solo no está fichada, sino que no existe ni ha existido nadie con ese nombre, no hay ni DNI ni pasaporte que pueda valernos. Respecto al *Libro Negro de las Horas* de Constanza de Navarra, estoy consultando con la base de datos Dulcinea, la que registra todas las obras de arte o de patrimonio robadas. Tampoco aparece ningún ejemplar ni remotamente parecido. Mientras tanto avancemos, vamos contra reloj —me dijo con voz de circunstancias mientras giraba la llave y abría el pomo de la puerta de la librería—. Son del casero, vamos dentro, anda.

Me tendió un par de guantes y unas calzas de plástico. Noté la adrenalina subiendo de nuevo, estómago arriba, camino de la garganta. Odiaba y amaba aquella sensación, la de estar presente en el escenario del crimen e intentar resolver el enigma que me dejaba un malnacido.

—Cuidado con el cartel, no es para los de tu talla —me advirtió Estíbaliz.

No la entendí bien y me di en la cabeza con la esquina de un cartel de madera que colgaba de unas cadenitas desde el techo:

Hai excomunión reservada a su santidad
contra qualesquiera personas,
que quitaren, distraxeren, o de otro cualquier modo
enagenaren algún libro,
pergamino o papel
de esta bibliotheca,
sin que puedan ser absueltas
hasta que esta esté perfectamente reintegrada.

Juré un poco, dolorido, y miré alrededor. Pese a la penumbra, la librería lucía impoluta exhibiendo los elegantes lomos. La mayoría de ellos eran encuadernaciones en cuero, ordenadas pulcramente en las estanterías de madera oscura. Olía a cera de la de sacar brillo a los muebles y también a lignina, si te acercabas a las estanterías. Ese olor a vainilla del papel antiguo.

Esti encendió la linterna del móvil y me guio hasta la trastienda.

—Vamos a ponernos una mascarilla, se supone que no quedan ya efluvios tóxicos y que ya no nos podemos envenenar, pero el local ha estado cerrado y no tiene mucha ventilación. Vamos a intentar ser rápidos.

Descorrió la cortina de terciopelo granate, casi con un gesto teatral, y pude ver frente a mí una inmensa mesa repujada de madera. Estaba vacía, salvo por las señales que los de la Científica habían colocado numerando los indicios que habían llevado a procesar.

Estíbaliz me tendió las fotografías que había sacado el equipo, revelando cómo lo encontraron todo. Las imágenes mostraban viejas fotos en blanco y negro, algunas desordenadas, y botes cerrados con lo que parecían ser acuarelas de todos los colores. Había pinceles en vasos y trapos manchados de azules, verdes y amarillos.

Le devolví a Esti las fotografías después de observarlas

y de ver también, en algunas de ellas, de refilón, el cadáver de Edmundo, el prestigioso librero que se hacía llamar el Conde, pero que agonizó envenenado con un rictus de dolor que ponía el vello de punta.

Cerré los ojos por un momento, me arrodillé frente al lugar donde yació su cadáver.

—Aquí termina tu caza, aquí comienza la mía —dije en voz alta.

Estíbaliz conocía mis ritos de perfilador, con ella no tenía que disimular.

Y sentí un escalofrío, como si los lomos de todos los libros que allí dormían hubieran despertado y quisieran contarme el horror que vivieron. Habían sido testigos de cómo mataron a su dueño.

Qué ironía que algo que narra tanto no pueda contar lo sucedido.

Mi compañera se agachó también y se colocó tras de mí.

—¿Qué te parece? —me susurró al oído.

—Es un asesinato en diferido. El asesino no ha querido verlo, no ha estado presente. Sabe de química, sabe de la profesión, sabe de las costumbres de su víctima. Lo conocía, y eso reduce la lista de las personas de interés.

—No creas, tendremos cientos que descartar.

—No ha usado la fuerza —proseguí—, ha sido premeditado, luego hay un móvil, una intención detrás. No creo que haya sadismo, y era personal, era contra él, no es una víctima al azar. ¿Qué me dices de la puerta?

—Nadie la forzó.

—Pues eso reduce más aún la lista.

—El casero, la señora de la limpieza, su actual empleada, la estudiante de Historia del Arte que lo encontró, su no afligida viuda...

—Esti...

—¿Qué?

—Intenta no predisponerte contra nadie, que luego le aplicamos el sesgo de confirmación y tenemos un inocente en prisión y un culpable en la calle.

—Sin predisposición, de acuerdo. Pues diría que todos esos más todos los empleados que ha tenido alguna vez, y los anteriores inquilinos del local. Le he pedido al casero que me haga un listado, el hombre está mayor, tiene media docena de locales comerciales en Vitoria y no se acuerda si Edmundo cambió la cerradura cuando lo alquiló.

—Lo que viene siendo un jodido agujero negro —resumí—. ¿Huellas?

—Muchas, están procesándolas. Pero pueden ser compradores, curiosos, proveedores, otros libreros...

—De acuerdo, pues enséñamelo de una vez —dije.

—¿Seguro? Hace tiempo que no ves un cadáver.

—¿Qué tipo de policía de Investigación Criminal sería si no soportase ver un cadáver?

—Um... ¿uno muy humano que lo dejó?

Touché.

—Trae, anda —le cogí toda la carpeta y respiré hondo.

Observé las imágenes del cuerpo de Edmundo. Había sido bien parecido, con el pelo castaño ondulado, complexión poderosa, hoyuelo en la barbilla. Un hoyuelo, presumí, culpable de muchos suspiros insomnes. Murió vestido con una impecable americana granate de terciopelo. Miré alrededor, iba a juego con las cortinas de la trastienda, como si la Muerte le hubiera dado el visto bueno a su innegable sentido de la teatralidad.

—Esto ya es asunto de la forense —concluí—. Siempre me repito que vea lo que vea tengo que asumir que la escena que deja un asesino a sus espaldas lo excita. E intento comprender qué tipo de placer le provoca lo que veo aquí. Le hizo inhalar un veneno, el ataque iba dirigido hacia el rostro. Puede ser que quisiera destrozar su belleza, o lo que hacía con ella, puede que haya rencor, envidia, no lo sé.

—No olvides la fama que tenía de derrochador en Vitoria, a nadie se le escapa que no era del todo trigo limpio y que no siempre hacía compraventas legales de libros.

—¿Y...?

—Pues que no hay que descartar el móvil económico.

—¿Tenía inventariado su fondo bibliográfico? ¿Algún seguro?

Esti suspiró después de pasear la vista con la linterna por las estanterías que trepaban hasta el techo de madera de roble.

—Eso es lo que me gustaría preguntar a su viuda.

—Tenemos que saber si había ejemplares valiosos y si falta alguno.

—Nos tomamos el trabajo de buscar en todas las estanterías si había algún hueco evidente, pero no lo encontramos. No quiere decir nada, podían haberlo disimulado con otro ejemplar, y no hay polvo porque las estanterías estaban impolutas, así que no veríamos el hueco que dejó. Pero entiendo que si tenía algo lo suficientemente valioso como para matarlo...

—Un tipo como Edmundo, cuidadoso en los detalles, no lo tendría expuesto a la vista de todos, sino en un lugar mucho más protegido, ¿no crees? —la miré, Estíbaliz asintió concentrada.

—Ese es el gran problema de este caso, en mi opinión: no sabemos si estamos ante un asesinato, un asesinato con robo o un robo con asesinato.

5

LA FUNDACIÓN

Mayo de 2022

Salimos de la librería Montecristo en penumbra a la plaza, ya sin guantes, calzas ni mascarilla. En la plaza, algunos niños jugaban a hacer burbujas gigantes, de esas que revientan y te ponen perdido de jabón líquido. De las que le encantaban a Deba, aunque terminase pegajosa y lista para un baño. Yo no dejaba de mirar el móvil para comprobar la hora, y si alguno de los agentes me avisaba de la llegada de algún paquete.

Nada.

Pasaban las horas y Calibán no parecía tener tanta prisa como yo. Mientras Esti cerraba de nuevo la librería Montecristo, aproveché para llamar a mis compañeros apostados en la cafetería junto a mi portal.

—¿Alguna novedad?

—Ninguna, inspector Ayala.

—Exinspec..., déjalo, no pasa nada. Por favor, entra de nuevo y comprueba si el buzón está vacío. Llámame en cuanto sepas algo.

Estaba colgando, con Estíbaliz peleándose con la cerradura a mis espaldas, cuando me di cuenta de que una figura me observaba apostada en una de las columnas de piedra gris de la plaza.

Una figura conocida que no estaba muy seguro de querer ver en aquellos momentos.

Complicaciones, por decirlo claramente.

Lutxo era un amigo de la cuadrilla, nos conocíamos desde críos del colegio San Viator. Nuestra amistad había tenido sus más y sus menos, entre otras cosas porque era reportero de sucesos y me había presionado mucho en el pasado con casos muy delicados. Era fibroso, enjuto como un escalador de roca, se rapaba el cráneo por gusto y su perilla vertical ahora lucía un llamativo amarillo.

—Hombre, Unai. ¡Qué casualidad! —me saludó, aunque lo noté poco entusiasta, como si le faltaran ganas.

—Casualidad no es, Lutxo. Casualidad no es. Alguien te ha dicho que estoy en la librería Montecristo y vienes a ver si podemos avanzarte algo, ¿verdad?

Se rascó la perilla y torció el gesto como si se sintiera culpable por la falta.

—Entonces, ¿estás en el caso de Edmundo? —comenzó.

—¿Lo conocías? —contraataqué.

—Quién no, si estaba en todas las salsas.

—¿Qué tipo de salsas?

—Todas las que fuesen caras. Llevaba un nivel de vida, de viajes, de juergas y de coches que pocos se pueden permitir. No lo ocultaba. Era un tipo encantador, tengo que reconocerlo, yo le tenía cierto aprecio, se dejaba querer —dijo, y no pudo seguir hablando; en su lugar, miró hacia el centro de la plaza, con la perilla temblando.

—Parece que era más que un conocido para ti —le tanteé preocupado—. Lutxo, ¿estás bien?

—Pues no, no estoy bien. Hace años era un colega de juergas caras, pero he pasado mucho tiempo en esta misma librería, me acercaba casi a diario después del trabajo, sus tertulias eran..., me encantaba hablar con él, era culto, tenía mucho mundo. Yo lo admiraba, ¿vale?

—Vale, tranquilo, lo entiendo. Lo siento, lo siento mucho, de verdad.

Me acerqué a él y le apoyé la mano en el hombro, él no la apartó.

—No pienso publicar nada de él, no lo merece —continuó, con los ojos enrojecidos—. Si he venido cuando me han mandado un WhatsApp con tu imagen entrando en Montecristo es porque creo que si tú estás en la investigación es lo mejor que le puede pasar al Conde.

—¿Y eso?

—Porque lo resolverás. No pararás ni pensarás en otra cosa hasta que detengas al culpable. Quería comprobarlo, nada más. Ahora me quedo tranquilo. Cuenta conmigo para lo que sea, quiero coger al cabrón que lo hizo.

Me pareció que era un cumplido y, además, sincero.

—Entonces, ¿me aseguras que no vas a publicar nada? —pregunté casi incrédulo.

A veces el destino se pone de tu lado, quién era yo para rechazar regalos con una cuenta atrás apuntándome en la nuca.

—Ya te lo he dicho, esta vez sin prensa.

—Entonces ayúdame, por Edmundo. Pero necesito rapidez y que seas una tumba.

—Sin chistes, Kraken, que estoy jodido.

—Perdona. Necesito que tires de la hemeroteca de tu periódico.

Asintió, entregado a la causa.

—¿Qué buscas?

—Un nombre. No te molestes en los registros oficiales. No está. No creo que tengas problema en reconocerlo.

Se lo dije. Alzó la ceja y lo apuntó en el móvil.

—¿De qué fechas hablamos?

«Buena pregunta, ¿cómo saberlo?».

—Desde los años cincuenta a la actualidad, cualquier noticia. Todavía no sé a quién busco.

—Pues yo te voy a poder ayudar solo desde 1987, que fue cuando se inauguró el periódico.

—Joder.

—Puedes acudir a la Fundación.

—¿La Fundación Sancho el Sabio?

—Sí, en sus fondos guardan todo lo publicado acerca de Vitoria desde siempre. En los años cincuenta, sesenta, setenta y demás hubo otras publicaciones que cerraron, pero ellos las están catalogando. Lo sé porque tengo un colega archivero que se encarga de todos los periódicos antiguos, Telmo, un gran tío, en todos los sentidos de la palabra. Si quieres, le voy diciendo. Es de total confianza, el ojito derecho de su jefa. Tiene carta blanca para hacer y deshacer allí lo que quiera.

Pero mi musa ya se había adelantado y me estaba soplando al oído una brillante idea.

—De momento, busca en la hemeroteca de tu periódico; si no lo encuentras y lo necesito, tiro de tu contacto.

Él se encogió de hombros, conforme.

—Como quieras. ¿Cómo de urgente es?

Miré el reloj del móvil.

Seis días para el fin del plazo de Calibán.

—Vida o muerte.

Lutxo echó un vistazo a mi espalda, a los recuerdos de su amigo de tertulias y juergas turbias.

—Voy para la redacción. Esta noche no duermo, pero te juro por el conde de Montecristo que, si alguna vez se ha publicado algo de esa mujer, te lo encuentro.

6

GOYA

Mayo de 2022

En cuanto Lutxo desapareció, casi al galope, Estíbaliz se aproximó cautelosa.

—No quería acercarme —me dijo—. Me iba a acribillar a preguntas.

—Pues mira, esta vez no.

Esti alzó la ceja incrédula.

—Tenemos un aliado inesperado. Resulta que Lutxo y Edmundo eran amigos. Me refiero a amigos, amigos, de los que se tienen aprecio. Y no quiere publicar nada de su amigo muerto en señal de respeto. Lo he enviado a la hemeroteca de su periódico a buscar el nombre que me dio Calibán. Estará ocupado y me ha dado una idea de por dónde podemos continuar. Y lo más importante —sonreí mientras le revolvía la melena pelirroja—: me ha dado una magnífica excusa para pasarnos por la Fundación Sancho el Sabio y tomarle la primera declaración a nuestra reticente viuda.

Pero justo entonces Estíbaliz recibió un aviso en su móvil.

—Me acaban de llamar del hospital de Txagorritxu —dijo después de colgar—. Lorea Díaz de Durana, la estudiante de Historia del Arte que estaba contratada en la librería de

Edmundo, se encuentra mejor, dicen que ya podemos tomarle declaración.

—Entonces variamos la ruta, pero el plan sigue intacto —le propuse.

Ella asintió. Miraba tanto el móvil como yo, pendientes del paquete de Calibán.

Veinte minutos después entramos en la habitación de la quinta planta de la inmensa mole de Txagorritxu.

Me sorprendió cuando la vi, era muy joven, veinteañera. Tan diminuta que se perdía incluso en la estrecha cama de hospital. Muy rubia, con el pelo lacio y largo desparramado alrededor de su pequeña cabeza. Todo en ella rezumaba fragilidad.

—Somos la inspectora Estíbaliz Ruiz de Gauna, él es Unai López de Ayala, estamos investigando lo sucedido en la librería. En primer lugar, ¿cómo te encuentras?

—Mejor, tuve muchos vómitos y por lo visto los vapores del veneno me han dañado los pulmones, pero la exposición fue muy leve y no voy a tener secuelas. Solo el susto —dijo, y ambos nos acercamos instintivamente porque hablaba tan bajito y tenía la voz tan floja que no escuchamos ni la mitad de lo que dijo.

—No quisiéramos que nos tomaras por insensibles, pero sé que comprendes que nuestro trabajo es avanzar con la investigación, sobre todo estos primeros días. ¿Crees que serás capaz de contestar nuestras preguntas? Si te parece, las grabamos, las transcribimos y nos pasamos otro día para que firmes la declaración —le propuso Estíbaliz.

Lorea tomó un aparato de plástico con dos tubos, de esos que llevan un par de pelotitas y tienes que soplar para coger fuerzas, y se esforzó durante un par de minutos. Luego desistió.

—Yo creo que puedo. Si no, paramos y lo dejamos para otro día —contestó dubitativa.

Parecía una de esas chicas educadas para no molestar, para ser complacientes, para ir por la vida procurando no pisar cáscaras de huevo.

—Descríbenos cómo encontraste a tu jefe.

—Fue anteayer, no fui por la librería en todo el día a trabajar porque me encontraba mal a primera hora. Pero a media tarde ya estaba mejor, y como me encargo sobre todo del trabajo interno, no de atender al público, porque de eso se encarga él... Se encargaba, perdón —se disculpó con voz de colibrí—. Pues fui sobre las nueve de la noche para recuperar aunque fuera algunas horas.

—¿Él solía quedarse a esas horas?

—Antes no lo sé, yo solo llevo cuatro meses de contrato, pero este último mes ha sido una locura. Desde luego que se quedaba.

—¿Por qué una locura? —quise saber.

—A mí no me explicaba demasiado las adquisiciones ni las ventas, yo me encargaba más de las colecciones para los clientes bibliófilos habituales. Lo normal era que una veintena de coleccionistas enviasen cada mes su presupuesto y su lista de los deseos. Casi todos los clientes de Edmundo eran coleccionistas temáticos. Lo más común eran temas de caza, heráldica, sobre todo «limpiezas de sangre», tauromaquia... Pero me sorprendió, la verdad, es que lo más común es que busquen completar su colección de Aguilar. No sé si se acuerdan de esos libritos pequeños de piel roja, sobre todo la Colección Breviarios. *El cantar de los cantares,* los *Sonetos* de Shakespeare...

—¿Shakespeare? —pregunté interesado—. ¿Edmundo era un especialista en Shakespeare?

—No, no especialmente. Casi todo lo que trabajaba eran autores castellanos.

—¿Y sabe si tenía algún ejemplar de *La tempestad*? —insistí.

—Pues no me consta, aunque no inventarié jamás todos sus volúmenes.

—De todos modos, entre esos clientes habituales, ¿había alguno que pidiera especialmente Shakespeare o esa obra en concreto?

No lo pensó mucho.

—No, de verdad que no. Me acordaría.

Esti me lanzó una mirada inquisitiva. La estábamos agotando y me había encontrado con un muro.

—Lorea —intervino mi compañera—. Decías que este último mes ha sido una locura. ¿A qué te referías?

—Tenía muchas citas en la trastienda. Muchos mensajeros, muchos paquetes, muchos libreros, pero no de Vitoria, no los colegas habituales que se solían pasar cuando cerraba.

—¿A qué lo achacas?

—No lo sé, a mí no me lo contó —dijo, y miró a la pared.

Me pareció ver un mínimo gesto de frustración.

—¿Has oído hablar de alguien del entorno librero a quien llamen Calibán?

—No, jamás. Hice un trabajo en Historia del Arte con un cuadro de *La tempestad* y el comentario de texto trataba de los personajes de la obra, por eso sé quién es el personaje de Calibán, pero no lo he vuelto a escuchar nunca más.

A esas alturas Lorea ya había concluido que yo era un pesado y un insistente, así que tomó los dos tubos de las bolas y comenzó a soplar.

—Estás cansada, te dejamos —dijo Estíbaliz.

—Lo agradezco, la verdad —dijo con su voz apenas audible.

—Una última pregunta: tenías llaves de la librería, ¿verdad? —quise saber.

—Sí, pero Edmundo me tuvo que sacar una copia hace unas semanas, porque perdí mi bolso y todas las llaves dentro.

—Vaya, qué fastidio —dijo Estíbaliz.

—Sí, bastante.

—¿Dónde lo perdiste? —le preguntó mi compañera.

—Si lo supiera, no lo habría perdido —contestó sin atisbo de mala leche.

—Pues tienes razón. Te dejamos descansar. Pasaré con la declaración transcrita para que la firmes.

—Claro, muchas gracias —dijo la chica, y la dejamos sola con sus ejercicios respiratorios.

Casi sin hablar, cada uno de nosotros concentrado en lo suyo, nos dirigimos a la Fundación Sancho el Sabio en Betoño, a las afueras de Vitoria.

Sabía que era un edificio restaurado en forma de cubo de cristal que en su interior había albergado el cementerio del convento de las Carmelitas Descalzas. Por lo visto, los fondos se guardaban en la planta baja, en el depósito. Las buenas hermanas se trasladaron a otro convento, no sin antes recuperar todos los restos de las tumbas de las monjas fallecidas y trasladarlas con ellas a su nueva morada.

Era un buen sitio, un lugar sagrado para albergar libros de la tierra. La fundación recopilaba todo el material publicado que tuviera que ver con Vitoria o con Álava. No solo libros, también carteles, pegatinas, revistas, CD...

Esti y yo traspasamos el umbral y entramos directamente al patio de piedra cuadrado que había sido el claustro, con sus elegantes arcos y columnas.

Una mujer nos atendió en el mostrador negro.

—Soy la inspectora Ruiz de Gauna, me espera doña Goya. ¿Puede decirme dónde está?

La mujer de recepción nos miró con la sorpresa en el rostro.

—Me había dicho que hoy no atendía a nadie... —comenzó.

—Pues ha cambiado de opinión, tenía hora con ella a las... —miró el móvil— a las doce y media. ¿Dónde puedo encontrarla, en su despacho?

—Siendo así..., pues no, ahora mismo está en la planta baja, puede que en la zona de consulta o en el taller de restauración. ¿Quiere que la llame?

—No hace falta, ya la buscamos nosotros —me adelanté—. Por estas escaleras, ¿verdad?

La mujer asintió, con bastantes dudas acerca de nuestras intenciones, pero nosotros nos colamos escaleras abajo y avanzamos ante la sorprendida mirada del personal, que catalogaba en sus mesas pegatinas, revistas y material de lo más variado.

—Espero que no salga corriendo en cuanto me vea —me susurró Estíbaliz, yo le di un codazo para que no nos escuchasen.

Preguntamos al personal y nos dijeron que estaba en el depósito, así que nos guiamos por los carteles hasta encontrarlo.

Entonces la vimos en la puerta del depósito, solo podía ser ella. Goya, la viuda de Edmundo.

Llevaba una bata blanca sobre un impecable traje de pantalón crudo. Tenía los sesenta años mejor conservados que conozco, el pelo tan negro como el mío recogido en una coleta y un flequillo ladeado que sujetaba tras la oreja, los labios finos pintados de un rojo elegante —de esos labios que parece que siempre guardan un secreto— y unos ojos verdes muy grandes que llamaban la atención enmarcados en un rímel negro.

Ella se giró y nos vio, o debo decir que me vio. Porque Estíbaliz se adelantó y se presentó mientras le tendía la mano, pero ella me miró directamente a mí. Como si sus ojos buscasen la verdad en los míos.

—Soy la inspectora Ruiz de Gauna, y él es...

—Unai López de Ayala —se adelantó ella.

Y me tendió la mano sin dejar de mirarme a los ojos. Parecía querer decirme algo más, como si tuviéramos un código secreto entre nosotros.

Y me quedé aturdido, hasta el punto de que solo pude preguntar:

—¿Nos conocemos?

7

THE BOOKHUNTER

Mayo de 2022

—Entiendo que no me conoces, pero yo a ti sí. Toda Vitoria te conoce, en realidad.

Era eso. Lo de los dobles crímenes y el tema mediático. En el pasado me vi envuelto en una investigación que fue seguida por millones de personas, mi apodo —Kraken— apareció durante meses en los titulares dentro y fuera de nuestras fronteras. Pasaban los años y seguía sin poder desprenderme de aquella fama no buscada.

—Antes de que continuemos, quiero darle el pésame por el fallecimiento de su marido —dije.

El hechizo se retiró, retiró también su mano.

—Lo agradezco. No sé muy bien cómo actuar, estoy en *shock* y me estoy comportando como una adicta al trabajo, viniendo a la fundación como si nada hubiera sucedido, pero cualquier cosa es mejor que regresar a casa y enfrentarme a la realidad. Una muerte es una desgracia, y más cuando es una muerte inesperada. Pero un asesinato es... entra en otro orden de cosas, no solo es su muerte, es el hecho de que alguien haya acabado con su vida de un modo tan violento y sórdido. Voy a necesitar tiempo para digerirlo.

—Hemos tomado ya declaración a parte de su entorno

—Estíbaliz aprovechó el momento confesión de Goya—. Nos comentan que últimamente había demasiados movimientos inusuales en su trabajo.

Goya suspiró.

—Son policías, no voy a guardarme nada, lo averiguarán en cuanto vean sus caóticas cuentas corrientes.

—¿Quiere decir que...? —le presioné.

—Por favor, tutéame. No soy tu madre. Todo el mundo me llama por el apellido, Goya, y me he acostumbrado —me dijo.

Y aquella frase me llegó como una descarga y me devolvió a la realidad.

—De acuerdo, Goya. ¿Quieres decir que tú también detectaste que las últimas semanas había sucedido algo en su trabajo?

—Estaba eufórico, resabiado, cínico, como si guardara un secreto. Era un ciclo, como un adicto. Había un soplo, se enteraba de algo, se le llenaba la cabeza de pájaros gloriosos de grandeza, pájaros que soltaban billetes desde el cielo. Después comenzaba con el cuento de la lechera: si me avalas con esto, el banco me da un crédito; si me deshago de estas acciones y se las vendo a fulanito, tengo efectivo para adelantar la operación... Le encantaba estar endeudado, o al menos, esa ha sido mi conclusión después de una década con él.

—Pero no te contaba nada —intervino Estíbaliz—. Nada concreto, ningún ejemplar al que podamos seguir la pista o comprobar.

Goya miró alrededor. Todos sus empleados fingían continuar con sus trabajos desde las mesas, pero había un silencio más que explícito de quien interrumpe la conversación banal con los compañeros para escuchar una jugosa exclusiva.

—Vamos a entrar en el depósito, allí podremos tener más intimidad.

Con un gesto nos invitó a entrar a través de una puerta de metal gris que anticipaba una cámara donde custodiaban los ejemplares más valiosos.

—Dentro tenemos una temperatura más baja y una humedad controlada para conservar adecuadamente todo el material. ¿Queréis poneros una de nuestras batas? Tendréis frío —nos ofreció.

Declinamos la invitación, y cerró la puerta tras nosotros.

El depósito consistía en largas avenidas de estanterías de metal gris que se desplazaban con volantes parecidos a los timones de un barco. Nos hizo una demostración y liberó uno de los pasillos.

—Aquí tenemos las piezas más delicadas, las que no suelen salir excepto para exposiciones en grandes museos o bibliotecas nacionales. O los grandes formatos, libros tan excepcionales que no caben en una estantería convencional —nos explicó Goya.

Abrió uno de los cajones y nos mostró un libro de poesía de un autor vasco encuadernado con ramas de bambú.

—Es material orgánico, está vivo. No podemos dejar que se seque o se pudra.

Yo miraba fascinado todas las piezas que nos mostraba, pero Estíbaliz me dio un codazo y me mostró la hora del móvil.

La cuenta atrás continuaba, no se frenaba por la belleza de unos ejemplares. Volví al presente y continué con mis pesquisas:

—Entonces no sabes nada del negocio en el que Edmundo andaba metido últimamente.

—Era un *bookhunter*, un buscador de libros excepcionales. Pero no era tonto, le gustaba presumir de sus logros cuando ya los había comprado y los había conseguido colocar a precio de especulador. Entonces sí, con el dinero en la mano sí que clamaba a los cuatro vientos su última hazaña. Aunque la lluvia de millones le duraba muy poco, se frustraba y volvía a la caza.

Suspiró.

—Era un ciclo sin fin.

«Pues ahora sí que alguien le ha puesto fin», no pude evitar pensar.

Pero en esos momentos escuchamos un ruido, una puerta al fondo del pasillo que nos sobresaltó. Pude ver cómo se cerraba y se intuía otro pasillo más oscuro, sin iluminar y sin estanterías. ¿A dónde llevaría?

Ante nosotros apareció un tipo gigante, también con bata blanca. Una bata que casi estallaba sus costuras bajo aquellos hombros y aquellos bíceps de guerrero estepario. Tenía el pelo oscuro recogido en una trenza, una barba picuda y una ceja atravesada por un *piercing* y una cicatriz. Me llamaron la atención los ojos verdes, fieros y muy similares a los de Goya, aunque no me dio la impresión de que fueran madre e hijo. El tiarrón tendría unos cuarenta y se acercó a nosotros con sus intimidantes botas militares como si hubiéramos entrado en su reino sin su permiso.

8

TELMO

Mayo de 2022

—Goya, ¿te están molestando? —dijo con una voz grave, una que solo puede salir de unos pulmones poderosos.

—No, Telmo. Los he invitado yo para tener un poco de intimidad. Son los inspectores Ruiz de Gauna y...

—Sé quién es él, vivo en Vitoria —dijo volviéndose a mí. Me sacaba una cabeza, no era habitual que me mirasen desde arriba con el *piercing,* la bata blanca y esos ojos tan territoriales—. Tú eres Kraken.

—Compartimos colega, un buen colega, de hecho. Lutxo te manda un saludo de su parte —le contesté mientras le tendía la mano.

—¿Eres amigo de Lutxo?

—Desde Sanvi.

—Ah, bueno... —dijo, y pude percibir cómo dejó de emitir testosterona y sonrió por primera vez como un corderito—. Pues mándale un saludo, es también mi colega.

—Lo sé, y tal vez te necesite para un tema de esta investigación, ¿estarías dispuesto a colaborar con nosotros? Tendrías que buscar en publicaciones antiguas, todavía no te adelanto nada, si Lutxo me puede ayudar por su cuenta no recurro a ti, pero llevamos cierta prisa.

Pidió permiso a Goya como un sumiso a su ama. Cuando dos pares de ojos verdes como los suyos se cruzaban parecía que el Universo se detenía. Estíbaliz y yo observábamos la escena como si estuviéramos en una sala a oscuras en el cine, solo nos faltaban las palomitas.

Goya asintió con la cabeza.

—Claro que te lo doy —accedió ella—, dices que llevas prisa, así que tendrá que meter horas extra, pero Telmo vive aquí prácticamente, lo llamamos el Guardián de los Fondos.

Él sonrió casi con sonrojo.

—No es para tanto, jefa —dijo, yo diría que feliz.

—Bueno, pues... ¿puedes salir un momento del depósito y yo continúo hablando con los investigadores del asesinato de mi marido?

Allí le cambió la cara y volvió a ser el guerrero iracundo.

—Sí, claro. Me marcho entonces —dijo sombrío—. Kraken, dime tu móvil y te hago un cuelga para que lo tengas. Y a ver cuándo salimos a dar una vuelta Lutxo, tú y yo.

—En cuanto se me pase este pico de trabajo, cuando quieras. Será digno de ser recordado —asentí.

Y le recité el número ante la atenta mirada de Estíbaliz y Goya.

En cuanto Telmo hubo desaparecido, Estíbaliz volvió a la carga.

—¿Hay algo que quieras aportar, Goya? ¿Algo que se nos haya podido pasar? Nosotros no conocíamos a Edmundo, pero toda información puede ser muy valiosa en estos momentos.

Apretó los labios finos, como si le costara decidirse, habría pagado mucho por leerle la mente en aquellos momentos.

—Hay algo que no me cuadra, pero supone cierta vergüenza admitirlo en público.

—Sabes que lo que cuentes aquí es confidencial. Todo

lo hablado, por muy íntimo que sea, será tratado con el máximo de los respetos —le aclaré.

—No me cuadra que la estudiante descubriera el cadáver de Ed a las nueve de la noche. ¿Qué hacía allí a esas horas?

—Le hemos tomado declaración y afirma que el día de los hechos no acudió al trabajo al horario de costumbre, que entendemos es el de apertura de la librería.

—Eso es, de diez a una y media y de cinco a ocho —confirmó Goya.

—Lorea dice que se encontró mejor y fue a esa hora para compensar el tiempo que no había trabajado.

—¿A las nueve de la noche? ¿Pasas el día enferma y vas al trabajo a las nueve de la noche? ¿Hasta qué hora te quedas? No tiene mucho sentido. Ed se podía quedar trabajando o atendiendo a clientes extranjeros que por los cambios horarios no llegaban a tiempo a Vitoria, pero no era de quedarse más allá de las ocho y media o nueve. Y desde luego, no le dejaría a una estudiante quedarse por la noche sola en la librería, nunca lo había hecho con ningún empleado... ni empleada —añadió con un gesto parecido a una amargura bien disimulada.

—Entonces tendremos que investigarlo, desde luego —terció Estíbaliz, por poner fin a la incómoda confesión.

—Desde luego. Os ruego discreción, no quisiera convertirme en un cotilleo —nos pidió.

—Descuida, nada más lejos —dije, y miré alrededor.

No podía dejar de pensar que aquel lugar podía ser magnífico para esconder un libro de horas.

—Y ahora, una pregunta profesional —me atreví.

—Qué alivio... —suspiró—. ¿De qué se trata?

—¿La fundación guarda algún libro de horas?

—No, ninguno. No es mi materia, pero sé algo por Edmundo, que sí que compró y vendió alguno. Era un tipo de manuscrito iluminado que se fabricó en la Edad Media, un libro de oraciones personal que se encargaba para alguna persona poderosa y no religiosa, habitualmente mujeres. En la colección de la fundación no tenemos ninguno porque lo que guardamos está relacionado solo con esta ciudad y su provincia. Y no tenemos ninguna ilustre alavesa a quien se lo dedicasen. Así que no os puedo ayudar en eso. Si lo que buscáis son piezas únicas en la fundación, lo que sí que tenemos es algún incunable. Hay muy pocos incunables vascos porque son los libros que fueron impresos desde que comenzó a funcionar la primera imprenta en Maguncia, en el taller de Gutenberg, en 1450, hasta el uno de enero de 1501. Por eso se llaman «incunables», porque la imprenta era tan primitiva que aún estaba en la cuna durante aquellas décadas. Son tan excepcionales como cotizados, pero, como os digo, de libros de horas nada. ¿Os he ayudado?

«Algo», quise decir.

—Bastante —me salió.

Le pasé también mi número de móvil por si recordaba algo o por si me servía para alguna duda bibliófila, y salimos escaleras arriba hasta abandonar el edificio.

Frente a nosotros había un jardín y encontramos un banco apartado junto al muro de piedras antiguas que circunvalaba todo el recinto. Nos bastó un cruce de miradas para dirigirnos hasta él.

Antes hice una llamada a los agentes que custodiaban mi portal:

—¿Alguna novedad? —repetí mi mantra una vez más.

—Nada, inspector —me confirmaron.

Colgué más nervioso aún, frustrado.

—¿Conclusiones, Esti? —la tanteé.

—Vaya lío que tenía el matrimonio montado. Deduzco que Edmundo hacía y deshacía en su vida personal como quería, la fama que tiene en Vitoria le adjudica docenas de amantes. No sé hasta qué punto Goya era consentidora o solo sospechadora, pero entiendo que lo que nos ha venido a advertir era que Lorea fue a deshoras a la librería Montecristo.

—Puede que Edmundo y Lorea estuvieran liados, y que se vieran en la trastienda de la librería cuando estaba cerrada. Es cierto que no tiene sentido que se encuentre enferma y vaya a recuperar horas a las nueve de la noche si él se iba antes de esa hora y no dejaba a sus empleados quedarse solos. De todos modos, ¿qué te ha parecido Telmo?

Me miró con complicidad.

—Típico amigo de Lutxo —dijo—. El archivero salvaje.

—¿«Salvaje» has dicho?

—Sí, ¿es importante?

—Es importante porque Calibán, el personaje de *La tempestad* de Shakespeare, representa al hombre salvaje. Y le pega que Telmo lo sepa, es como un salvaje culto, ¿no crees?

—De todos modos —dijo Estíbaliz—, lo que más llama la atención es la extraña relación que tienen esos dos. No es una relación de jefa y subordinado, o más bien sí, pero más personal, no sé si me entiendes.

—¿Lo dices por las feromonas que exudaba?

—Por la sumisión, o la admiración, no sé, que destilaba hacia Goya. Aquello no era solo profesional.

—Tal vez, de todos modos, Telmo me puede servir para encontrar a la que Calibán dice que es mi madre, si es que me envía su ADN de una vez.

—Tal vez está demasiado ocupado catalogando periódicos antiguos frente a su amada viuda —aventuró Estíbaliz con un guiño.

Miré al edificio, una caja perfecta con un cementerio en su interior.

—Cuando he bajado a ese búnker, mis alarmas de policía se han disparado, no sé si también te pasa cuando estás a punto de encontrar alijos o altares de asesinos.

—¿De qué estás hablando ahora?

—De que no he podido evitar pensar, durante todo el tiempo que hemos estado en ese depósito, que es el lugar ideal para mantener secuestrada a una persona. Y es el lugar que elegiría un bibliófilo para mantener escondido y en perfecto estado de conservación el maldito *Libro Negro de las Horas* sin que nadie llegue a percatarse jamás de que ese tesoro reposa en sus cajones.

9

LA MAGA

Mayo de 2022

Al día siguiente por la mañana Estíbaliz se presentó en mi piso con cara de circunstancias:

—Vamos a retirar el operativo. El comisario Medina me ha llamado. Dice que no puedo tener a más agentes de vigilancia por una llamada tan peregrina. Estamos con el caso de la librería Montecristo y hemos de avanzar. No podemos darle ninguna credibilidad a la llamada. El nombre que te dio el tal Calibán no aparece en ningún registro. Ni de fichados, ni del DNI. Posiblemente sea un nombre inventado. Ha sido, como nos temíamos, una broma macabra de un cínico con mucho tiempo libre.

Había amanecido lloviendo y no había gente por la calle, solo un par de paraguas abiertos deambulando plaza arriba. Desde hacía cuarenta y ocho horas me dirigía al ventanal de mi piso cada vez que entraba en casa y me quedaba clavado tras la cortina, mirando hacia la plaza de la Virgen Blanca, escrutando todas las siluetas que la transitaban, por si alguien con aspecto de mensajero se acercaba al portal mientras intentaba en mi cabeza dar sentido a lo que no lo tenía.

—¿Y si la persona que secuestraron, la que gritó «Unai, hijo», está muerta? ¿Y si Calibán la golpeó y la mató? ¿No deberíamos buscar un cadáver, sea quien sea?

—Si ha habido un secuestro que ha salido mal, alguien habría denunciado una desaparición. Estamos pendientes de todas las alertas del país. Pero no hay denuncias. Y sin nombre, sin saber todavía desde dónde se produjo la llamada y sin cumplir con la prueba que prometió, no tenemos nada. Solo esperar. O solo olvidarnos.

—No soy de olvidarme. Y mucho menos de esperar. Tú tienes un contacto en el mundo de los libros de coleccionista en Vitoria, ¿verdad?

—Sí, la conozco desde que le traspasé el local donde mi hermano tenía la herboristería y abrió su librería de viejo.

—Acompáñame, quiero hablar con esa librera.

La tienda esotérica del hermano de Estíbaliz había pasado a mejor vida. Ahora exhibía ejemplares antiguos en su escaparate de cristal, en el local bajo la torre de Doña Otxanda.

Salimos de mi portal y nos metimos por el Casco Viejo. Atajamos por los cantones, cuesta abajo, hasta llegar a la librería La Maga.

—¿Por qué le puso un nombre tan místico? Pensé que querría desvincularse del negocio de tu hermano —le pregunté.

—Yo también se lo advertí, pero la llamó así por el personaje de *Rayuela,* de Cortázar, según me explicó. Dice que todas las mujeres de su generación querían viajar a París y ser La Maga para buscar y encontrarse con su Oliveira.

Entramos al pequeño rellano y una campanilla avisó a su dueña.

Frente a nosotros, un letrero con una frase de *Rayuela* casi me golpea la cabeza y la conciencia:

Andábamos sin buscarnos pero sabiendo que andábamos para encontrarnos.

—¿Quién va? —preguntó una voz dulce de mujer.

—Soy Estíbaliz Ruiz de Gauna, Alicia. Vengo con un amigo.

La mujer salió, esperaba a alguien encorvado bajo sus gafas de media luna, pero encontré a una dama elegante, de pelo corto y flequillo rubio sobre un ojo que me miraba con curiosidad, casi con expectativa. Llevaba un traje de falda lápiz azul y unos tacones que manejaba con la soltura de quien no se baja de ellos.

Nos tendió la mano y la sonrisa comedida. Los ojos me miraban de arriba abajo y de abajo arriba.

—No hace falta que lo presentes, toda la ciudad conoce al inspector Kraken.

—Unai, prefiero Unai, de verdad. Y ya no soy inspector, aunque hoy puede que se lo vaya a parecer por las preguntas que voy a hacerle.

—Tutéame, por Dios, me haces parecer una anciana —sonrió con calma. No era coquetería, solo una constatación—. Pasad a mi despacho entonces, creo que estaremos más cómodos.

La seguimos escaleras arriba. Había remodelado la librería hasta dejar un local sobrio con mucho gusto, casi minimalista. Pocos ejemplares a la vista, pero expuestos como si fueran joyas. El despacho olía a mueble caro y práctico, los archivos a sus espaldas perfectamente ordenados. Se sentó en su trono y esperó mi bombardeo.

—Decidme.

—¿Sabe algo..., sabes algo —me corregí— del *Libro Negro de las Horas* de Constanza de Navarra?

La sonrisa se le congeló por un momento, un microsegundo que disimuló muy bien.

—El *Libro Negro de las Horas* de Constanza de Navarra. Sé de libros de horas, vendo y compro algunos con cierta asiduidad. Los coleccionistas que los demandan son muy caprichosos y específicos. Saben lo que buscan y no quieren un ejemplar por otro.

—¿Puedes explicarte? —dijo Esti.

—Cada libro de horas es único. Eran encargos para gente importante: reinas, nobleza, aunque la mayoría se encargaban a mujeres cultas, auténticas mecenas. Solían ir dedicados a su futura dueña, eran las joyas de su tiempo, podían valer un castillo. Eran bellos, iban ricamente ornamentados, con letras capitales, con orlas, con miniaturas iluminadas. Los pigmentos han aguantado vivos el paso de los siglos. Es como si los hubieran creado para durar y ser admirados eternamente. Se regalaban el día de Año Nuevo, incluían los rezos a cada hora, a veces los oficios en cada estación del año —nos explicó.

Después sacó un par de guantes blancos de algodón de un cajón bajo la mesa.

—Os voy a mostrar el facsímil de uno, es una copia modesta, pero os vais a hacer una idea.

—Soy lego en esto del coleccionismo de libros antiguos —me apresuré a decir—. ¿Qué es un facsímil?

—Una reproducción exacta en todo salvo en las manchas de humedad, hongos o el deterioro que proporciona el mal cuidado. Existen pocas empresas que se encarguen y son muy especializadas. Pagan a las grandes bibliotecas o a los museos por cada página que se les permite copiar. Llevan buenos equipos y expertos que trabajan varios años en cada libro. Pergamineros, iluminadores, incunabulistas, paleógrafos... Después realizan una edición numerada con pocos ejemplares, tiradas siempre muy limitadas, un notario da fe y se ponen a la venta. Lo que el coleccionista paga es la exclusividad, la excelencia y las horas de trabajo. Hay facsímiles de dos mil euros y los hay de diez mil. Este que os enseño no está a la venta, también soy coleccionista, y ese es mi mayor placer y mi mayor dolor. Nunca seas coleccionista si vendes libros antiguos —nos dijo con una sonrisa triste—. Cada venta es un drama y una despedida, una auténtica lucha entre ofrecer al cliente lo que desea y desprenderte de un ejemplar que amas. Este es un clásico, tal vez el más conocido, el libro *Las muy ricas horas del Duque de Berry*. Es como una Wikipedia en imágenes de escenas cotidianas del siglo XV. Puedes ver el calzado puntiagudo que estaba de moda entre los hombres de la época, la siembra y los pájaros comiendo las semillas. Es una auténtica máquina del tiempo. Paso horas muertas hojeando sus páginas. Mirad...

Sacó el ejemplar de una caja gris. Lo colocó sobre un atril transparente en forma de equis y lo giró hacia nosotros.

Por un momento me dejé atrapar por las pequeñas ilustraciones, los azules intensos de aquellos cielos medievales, los rojos —después aprendería que eran bermellones— de los vestidos y los dorados.

Y en ese momento mi móvil volvió a vibrar, di un salto y me disculpé. Bajé las empinadas escaleras de la librería y Estíbaliz me siguió. No reconocí el número de teléfono, aunque esta vez no estaba oculto.

—¿Inspector López de Ayala? —preguntó una voz de mujer.

—Ya no —dije por segunda vez en dos días.

—Me llamo Mencía Madariaga, soy inspectora de la brigada de investigación de Patrimonio Histórico en la Comunidad de Madrid. Le llamo porque ha habido un homicidio en el Barrio de las Letras, en una editorial de facsímiles de lujo llamada The Fisher King, y la víctima es una de las propietarias. Los dueños son, eran una pareja muy destacada dentro del mundo del coleccionismo bibliófilo.

—¿Otro homicidio? En Vitoria también han asesinado a un librero de viejo hace unos días.

Bajé la voz al darme cuenta de que había hablado demasiado alto, no quería que Alicia me escuchase.

—Lo sabemos, pero no le llamo por eso. Le llamo porque además de Sarah Morgan, la editora asesinada...

—Tutéame, por favor —le pedí.

—Haz lo propio, soy más joven que tú.

—De acuerdo, te tuteo. Antes de continuar, dime cómo ha muerto la editora.

—Un incunable le ha estallado en la cara.

—¿Cómo?

—El incunable explotó, ya te explicaré después, pero déjame acabar, por favor. Es el caso más desconcertante de mi carrera y hay demasiados detalles únicos como para explicártelos ahora. Te llamo porque junto al cadáver de la editora encontramos sangre. Y hemos analizado esa sangre y ha dado una coincidencia con la base de datos.

—¿Qué quieres decir?

—Que tu ADN está en nuestra base de datos, como toda la de los miembros de las fuerzas de seguridad del país. Y nos ha saltado una coincidencia. Por eso te llamo. La sangre es de tu madre.

10

ANILINAS

Mayo de 2022

—Tiene que ser un error —dije por segunda vez en setenta y dos horas, como un autómata—. Mi madre está muerta y enterrada.

—¿Cómo has dicho? —preguntó, al menos la sentí tan aturdida como yo.

—Mi madre murió hace cuarenta años. ¿Estás segura de ese análisis?

—Ha sido una prueba rápida. No es muy habitual, pero puede haber algún error, como que la muestra que entregaste a la base de datos se contaminase y que sea la madre de otra persona. ¿Te importaría enviarnos una nueva muestra para corroborar que hay coincidencia?

Estíbaliz me observaba con el rostro preocupado, se despidió con un gesto de la librera, que escuchó mis palabras con disimulado interés y nos encaminamos hacia la pequeña plazoleta solitaria que teníamos frente a nosotros, buscando un poco de intimidad. Nos sentamos en un banco apartado y puse el móvil en manos libres.

—Inspectora Madariaga, tengo a mi lado a la inspectora Estíbaliz Ruiz de Gauna, de la división de Investigación Criminal de la comisaría de Lakua. Me gustaría que estuviera presente en esta conversación porque tenemos que ponerla en antecedentes. Estíbaliz, en una editorial de facsímiles de lujo de Madrid ha aparecido una víctima por muerte violenta y una muestra de sangre que, según una primera prueba, da una coincidencia con mi ADN.

—Y según el laboratorio es tu madre —se adelantó Esti—. Tu madre muerta.

—Exacto —confirmé.

—Inspectora Madariaga —dijo Estíbaliz—, todo esto no sería más que un rompecabezas imposible si no fuera porque hace unos días ha aparecido un librero anticuario muerto en una librería de Vitoria.

—Lo sabemos, ¿cómo murió?

—Anilinas.

—No sé lo que son las anilinas.

—Yo tampoco lo sabía, es un material que apenas se usa ya y lo conocen muy pocos especialistas —explicó Estíbaliz—. Son unos pigmentos que se usaban en el siglo XIX para colorear las fotos en blanco y negro. Todavía se comercializan para restauraciones de fotografía. Son tiras de distintos pigmentos, se cortan en pequeños trozos según la intensidad que se quiera conseguir y se diluyen en un vaso de agua, después se pinta la fotografía como si fuera una acuarela, con pincel. El problema es que resulta muy tóxica, tanto al tacto como inhalada, por eso su uso es tan restringido. El librero tenía una colección muy completa de fotografía antigua, por lo visto era un referente mundial, y solía encargarse él mismo de restaurar algunas antes de venderlas. Se ha encontrado una cantidad ingente de anilinas en los pulmones después de realizarle la autopsia. Alguien las ha manipulado y lo expuso a dosis letales, en el laboratorio creen que encontraron la manera de que pasara de estado sólido a gas. Pensamos que es alguien que conocía sus costumbres, ya que se encerraba en la trastienda, diminuta y con poca ventilación. El día de los hechos se puso a trabajar, inhaló las anilinas y murió de un paro cardíaco, posiblemente tuvo convulsiones. Tenía cianosis, los ojos hinchados y la piel del rostro y manos irritados. La empleada que lo encontró nos avisó, ella también sufrió una pequeña intoxicación: solo con estar unos segundos en la trastienda, se le irritaron los ojos y vomitó. Desde el primer momento lo tratamos como muerte sospechosa. ¿Alguna similitud con la muerte de la editora?

—Puede ser —dijo la inspectora Madariaga—, aunque a Sarah Morgan le explotó un incunable en el rostro.

—¿Cómo? —repitió Estíbaliz.

En mi cabeza retumbaba aquel: «O su madre explota» con el que Calibán me amenazó.

—Un libro bastante valioso, en su caso alguien había pasado un pincel por la cubierta con glicerina modificada. Sarah Morgan aplicó un líquido limpiador por la cubierta, lo que hubiera hecho cualquier profesional al recibir un ejemplar valioso pero sucio, y la reacción química provocó una explosión. Le abrasó cuello y rostro con tal violencia que no sobrevivió.

Esti y yo nos miramos consternados. Mi cerebro de perfilador ya había comenzado a comparar ambos *modus operandi:* muertes a distancia, un notable conocimiento en química, gremios que trabajaban con libros antiguos, el mismo perfil de víctima, un escenario similar, aunque separado cuatrocientos kilómetros. ¿Un asesino itinerante? El mismo mundo, en todo caso: el de la bibliofilia.

11

EL CÍRCULO DE LAS EGERIAS

1972

Transcurren varias horas y el cansancio pesa. La luz de la ventana de la directora hace tiempo que se ha apagado. El sueño la ha doblegado y tú continúas viva, aunque casi no sientes los pies y duelen cada vez que trotas por el patio.

Comienzas a comprender que será tu última noche, que todo va a acabar por una ilustración, pero cambias de obsesión y ahora solo quieres ver salir el sol, vencer al castigo de la madre Magdalena.

De repente, de entre las contraventanas del primer piso se abre una rendija de luz. Te detienes, alguien se ha despertado. La ventana se abre y ves a la hermana Aquilina haciéndote señales. Te acercas, pero ya no estás hábil, las piernas no obedecen y te desequilibras. Llegas a la ventana trastabillando.

—Por la Vera Cruz de Cristo, Ítaca... —es lo único que acierta a decir.

Ese rostro de preocupación no puede ser por ti. Siempre ha sido correcta, aunque no demasiado cariñosa. Pero esta noche dirías que te está ayudando.

Alargas los brazos y ella tira de ti, caes dentro del edificio, que en otro momento te parecería frío, pero ahora es cálido como una madriguera. La hermana Aquilina lleva una linterna y se quita su bata para ponértela a ti. Descubrís con horror que tus pies están azules, se quita las pantuflas y ni siquiera sientes el roce de la piel del animal.

Te arrastra como puede a su celda, tiene un brasero encendido entre sus sábanas. También un caldo caliente, no sabes de dónde lo ha sacado, no la imaginas en la cocina a oscuras, y sabes que la madre Magdalena la castigaría si lo hubiera hecho. Quedan varias horas para el alba, pero ahora sabes que sobrevivirás, que no eres una niña mendiga que vende fósforos en el Londres decimonónico.

Y quieres entrar en el círculo de las Egerias, aunque todavía no sabes lo que supone.

12

LAS PREGUNTAS INCÓMODAS

Mayo de 2022

—De todos modos —intervino Estíbaliz—, hay algo más que tiene que ver con el inspector López de Ayala.

—Exinspector —la corregí.

Esti apartó mi puntualización con un gesto como si fuera un insecto molesto.

—Hace tres días recibió una llamada cuya grabación he enviado a procesar al laboratorio de Acústica. Un supuesto secuestro con extorsión. Alguien con un programa de distorsión de voz que respondía al nombre de Calibán...

—¿Como el personaje de Shakespeare? —interrumpió la inspectora Madariaga.

Yo me sentí culpable por no haber prestado más atención a las clases de Lengua en BUP.

—Eh... eso es —dijo Esti—. Decía que el tal Calibán contactó con el exinspector López de Ayala.

—Unai, y ya —interrumpí desesperado.

—Pues que Calibán le dijo que había secuestrado a su madre y le pidió un libro negro de horas a cambio de su libertad.

—El caso es que mi madre falleció por una complicación en el parto de mi hermano menor cuando yo tenía seis años, al menos es lo que siempre he creído hasta hoy —intervine.

—Disculpa la pregunta, entiendo que es dolorosa, pero

dado el cariz que está tomando la situación, es mi obligación: ¿tienes localizados sus restos? —quiso saber la inspectora Madariaga.

—Su nicho está junto al de mi padre, en el cementerio del pueblo alavés de Villaverde, de donde procede mi familia. Ella era de Madrid y no tenía familia, así que cuando falleció mis abuelos y mi padre la enterraron allí. Poco después falleció mi padre.

—Vaya, lo siento. ¿Puedo preguntar la causa?

—Un atraco que salió mal, en su librería.

Miré hacia la torre de Doña Otxanda y hacia el cantón de las Carnicerías. Frente a mí comenzaba la Almendra Medieval, sabía que la librería de mis padres había estado en el Casco Viejo, pero los abuelos no dieron muchos detalles cuando mi curiosidad infantil se volvió demasiado insistente.

—¿Un atraco en una librería? —preguntó extrañada—. ¿Se solucionó, se encontró al culpable?

Yo me ruboricé, nunca pregunté. Era un atraco que salió mal, como un cuento de terror infantil del que no quieres saber más detalles ni quién es el lobo.

—Fue hace décadas, y yo era un niño, dudo que tenga relación con los hechos actuales —contesté con voz robótica, la que me salía cuando la herida se abría—. Vamos a centrarnos en los dos posibles homicidios, en la coincidencia de que en dos ámbitos diferentes se haga alusión a que mi madre fallecida esté viva, y vamos a avanzar, si os parece.

—De momento, envíanos una muestra de tu ADN para cotejarlo con la sangre que hemos encontrado en la escena del crimen de la editora. No era mucha cantidad, pero si hay coincidencia es obvio que tendrás que reescribir tu historia familiar, ya que supondría que tu progenitora está viva. Inspectora Gauna, vamos a cruzar los informes de ambos casos, por si vemos más coincidencias y podemos concluir que están relacionados o solo ha sido una desgraciada casualidad que dos profesionales bibliófilos acaben asesinados con pocos días de diferencia en sus locales.

Nos despedimos con muchos deberes por hacer y mi compañera y yo nos quedamos un momento en silencio, tratando de asimilar los nuevos datos. La sangre de mi madre en el escenario de un crimen en el Barrio de las Letras de Madrid.

—Esti, confírmame que no estoy soñando todo esto, porque tengo una sensación de irrealidad que no me deja pensar con claridad. ¿Está pasando? ¿No estás tú soñando la misma pesadilla? Pellízcame para que no me duela y sepa que voy a despertar.

Estíbaliz no perdió la oportunidad y me pellizcó en la palma de la mano, uno de esos pellizcos con giro que dolió.

—Entonces no es un sueño sin pies ni cabeza —me rendí.

—Yo estoy tan consternada como tú —reconoció—. Lo de la librería Montecristo sería un homicidio más, es mi trabajo, pero yo también he crecido dando por supuestas algunas verdades, te he acompañado muchos días de Todos los Santos a llevar tu manojo de lavanda a tus padres. Es un paradigma: tú siempre fuiste el doble huérfano, como yo soy la hija de un maltratador que ahora agoniza de Alzheimer. Es nuestra identidad, ¿cómo vas a gestionarlo con tu familia, con el abuelo, con tu hermano Germán?

—No dejo de pensar en ellos dos, pero quiero mantenerlos a salvo de este sinsentido —dije.

—Pero vas a tener que investigar el pasado de tu familia, y solo te queda vivo el abuelo para hacerle las preguntas incómodas.

Cerré los ojos, no había dejado de pensar en el abuelo desde que Calibán me llamó.

—Vamos a enviar mi muestra de ADN a Madrid y voy a coger el coche e ir a Villaverde ahora mismo. Necesito respuestas y tienen que estar en ese cementerio.

13

MARCO

Mayo de 2022

Encontré al abuelo y a Deba sentados en el sofá de la cocinica vieja, con la lumbre encendida, mirando atentamente la pantalla del viejo televisor. El abuelo era un hombre robusto a quien sus noventa y nueve años no habían conseguido encorvar. Solo se quitaba la boina para prestársela a su biznieta, y buscaba todos los días las más variadas excusas para presentarse en Laguardia y llevársela con él para pasar un ratico, como él decía.

Reconocí una vieja melodía que me acompañó durante toda mi infancia.

—¿Qué le has puesto, abuelo?

—Mira, papá, ¡es Marco! Está buscando a su mamá —me informó mi hija, que saltó de las rodillas del abuelo directamente a mis brazos.

—Siéntate, hijo —me dijo el abuelo, satisfecho—. He estado quitando polvo al desván y he encontrado los vídeos de los dibujos esos que tanto te gustaban de niño.

El abuelo se las había arreglado para conseguir que el viejo reproductor de VHS funcionase. Miré al protagonista, un pequeño chaval italiano, moreno como yo, que viajaba por medio mundo buscando a su madre. Yo lo seguí durante años en sus viajes por barco, reparando molinos en Holanda, siempre preguntando por su madre a cada persona con la que se encontraba. Se me hizo un nudo en el estómago cuando escuché la melodía que había sido la pesadilla de mi infancia: «No te vayas mamá, no te alejes de mí...».

Y me di cuenta de que aquella sensación de orfandad había estado más presente de lo que pensaba, que me identifiqué con Marco y su obsesiva determinación por encontrar a su madre, pese a que hasta hacía un par de días yo creía que no había nadie a quien encontrar.

—¿Papá, estás bien? Tienes una lágrima en la mejilla.

«No me importa donde vayas..., te encontraré», cantaba un niño en trazo grueso desde la pantalla.

Barrí las pruebas con el dorso de la mano y sonreí.

—Maldito humo, vamos a abrir la ventana —contesté.

Pero el abuelo ya me miraba de reojo, era difícil que se le escapase nada, incluso una lágrima diminuta, pese a su baja visión.

—Deba, vete a la despensa y tráenos una barra de pan para poner al fuego, que se ha quedado una tarde muy buena para merendar pan asado con mermelada de la huerta —intervino el abuelo, le colocó la boina a su bisnieta y ella salió zumbando y feliz en busca de su comida favorita.

—Hijo, me traes la cara de las malas noticias. ¿Qué ha pasado, ha muerto alguien? —preguntó con el rostro preocupado.

—No ha muerto nadie —lo tranquilicé—. Pero vamos a tener que afrontar una conversación muy larga y muy dolorosa. Después de merendar voy a llevar a Deba a Laguardia y esta noche duermo en Villaverde.

—Pues no hay más que hablar —contestó, siempre resolutivo, y sonrió de nuevo cuando Deba volvió abrazando varias barras de pan con la tela del vestido a modo de capazo.

—Papá, tengo un regalo que te he hecho en clase —me dijo Deba, feliz—. Te he pintado tu cumple en una pulsera. Y quiero que no te la quites nunca, nunca.

—¿Cómo que me has pintado mi cumpleaños en una pulsera? —pregunté intrigado.

—Es que están aprendiendo los números —me explicó el abuelo.

—Mira —me dijo mi hija, y me ató, no sin cierta dificultad, una pulsera en la que había dibujado a su manera un 12 y un 08. Al principio no lo entendí, hasta que caí: el doce de agosto, mi cumpleaños.

—Entonces es una promesa: no me la quitaré nunca, nunca —dije en tono solemne, y pasamos la tarde junto al fuego mirando cómo la sierra se iba oscureciendo hasta perder de vista sus perfiles.

Ya estaba entrada la noche cuando regresé a mi pueblo después de poner al día a Alba y acostar a Deba. El abuelo me esperaba en el sofá, con las alpargatas puestas, un poco somnoliento.

—A ver, hijo, tan malo no será.

—Pues no lo sé, la verdad. Se trata de nuestra familia. De mi madre. Prefiero contarte los hechos y que tú mismo me digas si es posible.

Le relaté todo lo que había sucedido desde que varios días atrás había recibido la llamada de Calibán en el museo de naipes. No me dejé nada, el abuelo estaba acostumbrado a ser mi confidente en el trabajo y conocía la jerga de secuestros y homicidios.

—Unai, tu madre murió después de dar a luz a Germán. Yo vi su cadáver, era ella. Su tripa estaba todavía hinchada.

—¿Seguro que estaba muerta? ¿No cabe ninguna posibilidad de lo contrario? Piénsalo bien.

—He visto a muchos muertos en mi vida, desde niño. Los hermanos se morían, era ley de vida por entonces. Los padres, los tíos, los abuelos, los vecinos se morían. Después, en la guerra, vi más muertos, demasiados. Y tengo casi cien años, he enterrado a todos los que nacieron antes que yo. Tu madre estaba muerta, tu padre destrozado, con Germán en la incubadora, y tú hacías preguntas, muchas preguntas, de cuándo iba a volver tu madre a casa. Lo preguntaste durante meses, aunque yo te llevaba al cementerio y tú no sabías leer muy bien todavía. Te costó entenderlo. Además, ¿tu madre, falsificadora de libros? Tu madre era más buena que el pan, la pobre. Demasiado buena, no la veo yo engañando a nadie.

—Entonces tiene que haber otra explicación. Pero es mucha casualidad que mis padres fueran libreros y este supuesto secuestro y los dos homicidios ocurrieran en librerías o editoriales de libros antiguos, además de Vitoria y de Madrid. ¿Mi padre no empezó trabajando en Madrid para un amigo?

—Sí, Alistair, el hijo de mi amigo Gael. Por eso lo llamé como él. Ya te conté la historia de los nombres una vez.

—Pues no le debí de hacer mucho caso, porque no la recuerdo —agaché la cabeza, un poco culpable.

—Por eso no te la conté más —concluyó con su lógica aplastante, encogiéndose de hombros.

—En todo caso, vamos a buscar en los documentos oficiales, tú lo conservas todo.

Durante años no quise importunarle con esos temas. Siempre pensé que cada familia tenía un tabú, una línea roja, un nombre maldito que después de pronunciar tenía el poder de conseguir que todos los miembros callasen y miraran incómodos hacia la pared.

—Si hay algo, estará en el alto —dijo convencido.

Me dio una palmada en la rodilla y se levantó con más

agilidad que yo, que ya estaba entumecido con el frío de la noche villaverdeja.

Lo seguí tras las escaleras que nos subían a la tercera planta de la casa del abuelo. La madera estaba tan desgastada en el centro que casi resbalaba, pero el abuelo nunca parecía perder el equilibrio pese a lo estrecho y empinado de la subida.

El alto era un desván en forma de buhardilla con el tejado a dos aguas que ocupaba toda la planta. Estaba despejado salvo por las columnas de madera centenarias que la sujetaban, siempre repintadas con betún de Judea.

Allí guardaba los trastos viejos, las sillas que ya no se llenaban por las ausencias, los botes de peras al vino, manzanas asadas, mermeladas de ciruela que nos regalaba en cuanto había excedente en la huerta y cajas, muchas cajas.

Me paré delante de mi mesa de *ping pong*, donde de adolescente jugaba con mi hermano Germán cuando los veranos duraban cien días y los inviernos, cien noches.

Habíamos resuelto los últimos casos sobre esa mesa, era casi un holograma de mi cerebro.

Tomé un trapo. Primero retiré la red, después el polvo.

Fue más que un gesto. Fue un ritual, el que siempre usaba para solucionar los asuntos más complicados como perfilador.

Y aquel caso era un doble reto, un triple enigma, demasiados interrogantes...

Confieso que me atraía como una botella de gin seduciendo a un alcohólico, los porqués eran mi adicción privada, esa que no le confiesas a nadie.

El abuelo me desbarató el hilo de mis pensamientos cuando colocó sobre la mesa una pesada caja de cartón que parecía deshacerse ante nuestros ojos.

No tenía ninguna palabra que la identificase; en cambio, yo solía nombrar mis cajas por la época, los años o las personas cuyos recuerdos contenían.

Tenía una de «Paula y los peques», otra de «San Viator», otra de «Universidad», «Arkaute»...

—Aquí están algunos papeles de tu padre, vamos a ver qué encontramos, hace años que no abro esta caja.

Me recordó a la teoría de la caja de un guionista famoso, J. J. Abrams, el creador de una serie que me había abducido hacía años, *Perdidos*.

Él contaba que su abuelo le regaló una caja cerrada cuando era niño como las que se compraban en las tiendas de magia. La caja llevaba pintada en una de sus caras un signo de interrogación y podía contener cualquier cosa: globos, caramelos, un tren de juguete, un tirachinas... Mientras estaba cerrada, podía contener todo lo que él imaginase, pero tuvo la inteligencia de no abrirla.

Nunca.

Décadas después, cuando comenzó a escribir guiones, colocó la caja de magia, todavía virgen, todavía sin abrir, en su despacho. Así escribía, pensando en que cada historia era una caja que podía contener todas las preguntas, y nunca tenía prisa por contestarlas.

Su trabajo consistía en plantear enigmas.

Pero mi trabajo era precisamente el contrario. Yo tenía que contestar todas las preguntas que los asesinos me planteaban: ¿quién soy? ¿Por qué lo he hecho? ¿Cómo lo he matado? ¿Vas a pillarme?

Estaba acostumbrado a cerrar enigmas, a abrir la caja y decir: «Te llamas equis, lo has matado con este *modus operandi* por estas razones. Y sí, no lo dudes: voy a pillarte. Siempre».

Pero ahora tenía no un enigma, sino «el» enigma frente a mí: «Soy tu madre, Unai, ¿estoy viva?».

Así que abrí la caja.

Olía a décadas de polvo y a papel viejo.

El abuelo se adelantó y fue sacando recibos, partes, fotos, certificados de nacimiento y defunción.

Mientras tanto, los fui colocando, ordenados por orden cronológico, sobre la mesa, como hubiera hecho si el nombre de mi padre no apareciese en cada epígrafe y fuera un caso más a resolver.

Me parecía bastante a mi padre, ambos éramos morenos de ojos oscuros, altos y de hombros anchos.

Miré sus fotos, lo vi mucho más joven que yo, y por primera vez me di cuenta de que ya había superado la edad a la que él murió.

Yo era más viejo, a mis cuarenta y algunos, de lo que él llegó a ser jamás.

Revisé sus fotos de la mili, sus cumpleaños, sus fiestas de la Blanca vestido de blusa junto a algún amigo, su etapa en Madrid, remando en una barquichuela del estanque del Retiro, payaseando con otros chicos y chicas.

Era joven, era terriblemente joven, pese a que siempre lo vi como un padre muerto, siempre, eternamente mayor que yo.

—Mira, ¿ves? Este es Alistair, el hijo de Gael —señaló el abuelo.

Una foto de colores desgastados mostraba dos amigos abrazados. Uno de ellos era mi padre.

El que señalaba el abuelo era un chaval con gafas redondas azules, a lo John Lennon, melena rizada al viento y un caftán oriental que mostraba el pecho descubierto cargado de collares de conchas.

—¿El *hippie*? —pregunté entre extrañado y divertido.

—El melenas, sí. Era su mejor amigo y su jefe también. Un chaval todo alegría, y por lo visto un portento en lo suyo.

—¿Qué era lo suyo?

—Lo de los libros. Fue a Madrid al entierro de su padre, el amigo que conocí cuando estuve en el frente, en la Villa Universitaria, en el treinta y pico. Era escocés, llegó como reportero de guerra.

—¿Como Hemingway?

—Como reportero de guerra —repitió, sin captar la referencia.

—Eh... de acuerdo, ¿y por qué se quedó?

—Era de buena familia en su tierra, pero muy aventurero, y siempre iba comprando y vendiendo libros antiguos y raros. Conocía a todo cristo, aunque llegó chapurreando y al final hablaba mejor que yo. Total, que nos hicimos tan amigos que vino a mi boda, y me hizo prometer que a mi hijo lo llamaría como él, Gael. Yo le dije que ni borracho, que el cura me mataba y que no lo bautizaba, pero se empeñó tanto que me mandó de todo para demostrar que san Gael era un santo cristiano. Al final el nombre hasta me gustó y todo, y tu abuela consintió. Después siempre vivió a caballo entre Edimburgo y Madrid, pero se hizo enterrar en el Cementerio Británico de Carabanchel. Fui a su entierro con tu padre, para que conociera por quién llevaba su nombre, y en el entierro Gael conoció a Alistair, su hijo menor. Desde ese día fueron inseparables, y cuando le ofreció que trabajase en su librería de viejo en Madrid, tu padre se fue un tiempo, aunque iba y venía a Vitoria.

—¿Entonces mi padre comenzó en una librería de viejo?

—Sí, y allí conoció a tu madre. Después de tenerte a ti, se volvieron a Vitoria y abrieron su propia librería, pero de las normales, de las de libros nuevos, la Librería de la Almendra.

—La Librería de la Almendra..., no sabía que se llamaba así.

—Sí, tenía una almendra de madera tallada en el cartel, se la tallé yo mismo —dijo con una mezcla de orgullo y pena.

Pero entonces, al girar la foto y leer el apellido, me quedé de piedra: Alistair Morgan.

Como Sarah Morgan, la editora que acababa de ser asesinada en el Barrio de las Letras.

14

LA LIBRERÍA DEL ALMA

Mayo de 2022

La sorpresa me la llevé cuando investigué y Alistair Morgan figuraba como dueño de una librería-farmacia en el Barrio de las Letras de Madrid: «Librería del Alma. Farmacia para lectores», rezaba la descripción que encontré en internet.

Llamé a Alba, la puse al día de la investigación. Ella estaba en su hotel de Laguardia, llevaba varios años retirada del servicio activo, como yo, y sabía de su alergia a preguntar a Estíbaliz por su trabajo. No quería saber nada de investigaciones y lo respetaba.

—Mañana es el funeral de Sarah Morgan. Sería una estupenda oportunidad para conocer a Alistair Morgan e indagar en mi historia familiar. He pensado irme esta misma tarde a Madrid, he hablado con Germán y él tiene esta semana bastante libre en el bufete, se ha ofrecido a encargarse de Deba —le dije.

—Hablaré con él, entre los dos nos ocuparemos hoy y mañana de Deba. Si me dijeran que mi padre está vivo, sabes que intentaría llegar hasta el final —me contestó.

—Sí, sé que lo harías. Los otros dos casos me intrigan, pero no me habría metido en ellos, no quiero vivir de nuevo el caos de estos últimos años. Pensaba que lo habíamos dejado atrás. Pero esta vez es demasiado personal. No puedo olvidar esa llamada, no puedo estar quieto y dejar que otros investiguen si es cierto que mi madre está viva mientras hay una cuenta atrás.

—Lo sé, Unai. Pero yo voy a mantenerme alejada de todo, por mí y por Deba.

—Estoy de acuerdo. Voy a reservar una habitación de hotel en el Barrio de las Letras. Iré en coche, no quiero depender de horarios de vuelos por si hay una emergencia en Vitoria. Te llamo en cuanto llegue.

Conduje dirección Madrid durante cuatro horas. Me vinieron bien para organizar prioridades en mi cabeza. Y el silencio de la carretera, las nubes cambiantes y el paisaje ayudaron a darme calma y perspectiva.

Después de pasar por la recepción del hotel y dejar mi ligero equipaje sobre la cama me paseé por la calle de Cervantes en el Madrid más recogido con el móvil en la mano en busca de la Librería del Alma.

La encontré enseguida, era de madera verde, con letras doradas pintadas a mano, parecía más bien una librería de los años cincuenta de un pequeño pueblo inglés.

Tenía el encanto de lo usado y lo cuidado. Pero estaba cerrada, según explicaba un papel escrito a mano de «Cerrado por fallecimiento» pegado al cristal del escaparate.

Aun así me acerqué y vi algo de luz dentro del local, me atreví a golpear la puerta con los nudillos. Nada se movió, tal vez habían dejado las luces encendidas por error o por costumbre.

Estaba a punto de darme la vuelta cuando se me ocurrió llamar al teléfono que aparecía en la web. Marqué el número y escuché cómo sonaba en el interior del pequeño local.

Dejé que el tono sonara varias veces, hasta que por fin vi salir a alguien de entre los estrechos pasillos de las estanterías que se acercó al mostrador y descolgó un viejo modelo rojo como el que una vez tuvieron mis abuelos en casa, hacía muchas décadas.

—No estoy —dijo una voz con un fuerte acento escocés.

—Eh... me gustaría hablar con Alistair Morgan —dije.

—Ya le he dicho que no estoy —repitió.

—Bueno, técnicamente sí que está en la librería. Yo soy el individuo que está aquí fuera, a un par de metros de usted, y aunque nos separa un cristal puedo ver que está atendiendo el teléfono. Comprendo que no es un buen día para...

Me colgó, ni siquiera se giró para verme y solo vi una sombra encorvada con una melena blanca de rizos.

Lo había perdido.

Alistair Morgan se dispuso a desaparecer de nuevo por los pasillos oscuros de su librería-farmacia, así que, desesperado, aporreé el cristal de la puerta y acerqué mi rostro todo lo que pude:

—¡Gael! —grité antes de perderlo del todo.

La sombra se detuvo en seco, giró la cabeza sobre sus hombros y por primera vez me observó.

—¡Soy el hijo de Gael López de Ayala! ¡Me llamo Unai! ¡Mi abuelo le envía sus condolencias!

Trastabilló un poco y alargó el brazo, se apoyó en una estantería, movió la cabeza a ambos lados con un movimiento rápido, como si quisiera despejarse, y enderezó sus hombros con un gesto casi teatral.

Me abrió por fin la puerta y ambos nos quedamos a apenas metro y medio, parados frente al umbral, inspeccionándonos.

Era un *hippie* de sesenta años, no había cambiado mucho su indumentaria desde que le sacaron la foto que yo conocía. Ahora gastaba perilla y bigote canosos, muchos anillos, un collar con amuleto místico y llevaba un abrigo ribeteado de dorados con hombreras picudas. Continuaba usando las gafas redondas azules, pese a que estábamos en interior, aunque no podía disimular unos ojos rojos e hinchados de llorar, y tal vez de alguna sustancia no muy legal.

Alistair, por su parte, me miraba con un gesto entre espantado e incrédulo.

—Comprendo que no se alegre de verme en un momento como el que está pasando —dije de corrido, antes de que se retrajese como un caracol dentro de la tienda—, pero mi abuelo insistía mucho en querer venir al entierro de la nieta de Gael. Sigue teniendo a su padre en alta estima, pero tiene ya noventa y nueve años y a duras penas he podido persuadirlo para que no se presentase en Madrid andando desde Villaverde. Estoy aquí en representación de mi familia. Le acompaño en el sentimiento.

Pero Alistair no dijo una palabra, se limitó a pasar su mano cargada de anillos por mi mejilla, como ese apóstol que tuvo que tocar la herida de Cristo para creer que estaba vivo, no recuerdo cuál fue.

—Cuántos fantasmas... —se limitó a susurrar—. Si no llegas a presentarte, habría pensado que eres el espíritu de Gael, que vienes a reclamarme para acompañarme al Infierno.

—Espero que mi padre esté en un lugar mejor.

—Sin duda él sí, disculpa lo que he dicho, no ha sido la mejor forma de empezar, pero es que eres como sería él si hubiera vivido más años. Es casi aterrador verte. Ven, pasa conmigo y hazme compañía un rato, estaba consolándome con la mejor medicina.

Miré alrededor, una vez dentro. Los anaqueles estaban presididos por letreros escritos con la elegante cursiva que ya conocía: «Para lectores con nostalgia de su patria». «Para superar una ruptura», «Para entender las consecuencias de una guerra»...

—¿Se refiere a sus libros?

—No, me refería a la absenta —me guiñó el ojo, y vi por primera vez al pícaro desenfadado que debía de ser en tiempos menos dramáticos—. Has llegado a la «Hora verde», tengo una amiga que regenta en Malasaña la única absentería de Madrid. A veces se apiada de mí y me trae una botella a cambio de una novela que la cure. Suelo acertar.

—¿Pero eso es legal? —pregunté con cierto reparo.

—¿Perder a una hija lo es?

—Es una desgracia, en todo caso —dije incómodo.

A mí las conversaciones *post mortem* siempre me incomodaban.

—Desgracia es la resaca que voy a tener mañana. Cualquier cosa con tal de no enfrentarme a su ausencia.

Y no pude estar más de acuerdo con él.

Me invitó a sentarme frente a él en su escritorio, de un mueble que ocultaba una pequeña nevera sacó una botella de líquido verde radioactivo, junto con dos copas de cristal, un terrón de azúcar, otra botella de lo que parecía ser agua y una cucharita de plata con agujeros que colocó en horizontal sobre la copa. Después de llenarla hasta la mitad con la absenta, vertió el agua poco a poco, hasta que el terrón de azúcar se deshizo y el líquido que cayó fue transformando el verde transparente en un blanco lechoso y opaco.

—«La alquimia líquida que cambia las ideas», decía Ernest.

Y la ingirió de un trago. Me quemó la garganta solo de mirarlo.

—¿Quién?

—Hemingway. Y Oscar dijo: «Después del primer vaso,

uno ve las cosas como le gustaría que fuesen. Tras el segundo, uno ve las cosas que no existen. Finalmente, uno ve las cosas tal y como son, y eso es lo más horrible que te puede ocurrir».

—Wilde, supongo.

—Ya empiezas a hablar mi idioma y el de mis amigos —contestó sonriente—. Tendrás que beber, dejar a un borracho solo es de mala educación.

—Podré con la culpa, no se preocupe. Pero si le doy un solo sorbo me temo que seré incapaz de recordar mi nombre. No me obligue, se lo ruego. Necesito estar sobrio, estoy jugando una partida contra reloj, odio hacerle esto, pero tengo mil preguntas y muy pocas personas a las que acudir. El abuelo dice que usted le dio trabajo a mi padre y conoció a mi madre.

Alistair comenzó de nuevo con el ritual, brindó al vacío y tragó de un sorbo la nueva copa. Me alegré de no haber iniciado con él un duelo de tragos, y menos con absenta. Después del primero le siguieron dos más. Yo lo observaba hipnotizado por el poderío de aquel hígado. A él no parecía afectarle en absoluto, mantenía la conversación sin lagunas ni dudas.

—¿Qué estás buscando saber exactamente?

—¿Qué sabe del *Libro Negro de las Horas* de Constanza de Navarra?

Me miró, no muy interesado.

—No es mi especialidad, no voy a serte muy útil. No he oído hablar de ese ejemplar, y mira que en su momento era un gran experto en coleccionismo.

—¿Por qué lo dejó? —quise saber—. ¿Por qué cambió una librería de viejo por una librería-farmacia?

—Porque amo los libros, pero los amo por su contenido, por las letras, por las palabras, por las historias que cuentan, por lo que hacen sentir a un lector. Esa es la esencia de los libros: transmitir historias, permitirnos vivir otras vidas de manera vicaria durante unos días. Acabé aborreciendo el negocio del coleccionismo de libros porque lo importante era el continente, el elemento físico, el soporte: qué impresor dejó su colofón, en qué imprenta, en qué ciudad, en qué año se imprimió. O si el papel está intonso, algo que no soporto, porque significa que el libro no ha sido desvirgado y ningún lector lo ha leído. Entonces, ¿para qué fue escrito, para qué fue publicado?

Sonreí, alguien que pensaba como yo, que era incapaz de tener una novela en mi estantería sin lanzarme a leerla.

—Aquí ofrezco el alma de los libros, y ellos curan el alma de mis pacientes, de mis clientes lectores. Todos estamos un poco perdidos, todos estamos un poco heridos. No conozco una medicina mejor, sin efectos secundarios, sin química. Solo la voz de un desconocido que se ha dejado la piel escribiendo una historia que condensa lo que ha aprendido de la vida por si te sirve a ti. Mira alrededor, tantos maestros, tantas mentoras... Tenemos miles de conclusiones de vida alrededor cuando entramos en una librería y millones de seres humanos descartan adquirir esa sabiduría, esa cadena de lecciones que se remonta al Paleolítico.

Había escuchado antes aquella frase, tuve una especie de *deja vù,* aunque no localicé el origen.

—Y luego el tema de los ejemplares únicos —prosiguió—, bibliófilos comprando un segundo ejemplar solo para impedir que un coleccionista rival lo disfrute, ese placer de adicto que sienten cuando aparece una rareza y empeñan a su madre para hacerse con ella. He visto familias arruinadas por un patriarca bibliófilo que no ha sabido parar y pedir más y más préstamos cada vez que un librero de viejo le llamaba para avisarle de la entrada en el mercado de algún ejemplar codiciado..., y después, no leerlo.

—Me resulta extraño pensar que alguien pueda vender a una madre por un libro y después ni siquiera lo abra —dije.

—Lo probé, vendía mis libros con un pequeño hilo de plástico atado al lomo. Después buscaba alguna excusa para visitar la biblioteca de clientes coleccionistas con los que tenía confianza y preguntaba por los ejemplares que les había vendido en el pasado. Ellos me recitaban sus características de memoria, con orgullo. Yo pedía hojearlos y... ninguno los había abierto siquiera, no los habían leído. Historias que yo amaba, que me han hecho ser quien soy, y ellos me los compraron para no leerlos, solo por poseer la pieza, como un cazador que diseca las cabezas de animales casi extintos, les quita la vida solo para observar una parte de ellos, la vacua, la superficial, la piel. Un coleccionista solo quiere poseer, quitarles el alma y observar el lomo para luego olvidar el ejemplar y comenzar de nuevo con el ciclo de dopamina de la caza del ejemplar raro.

Miró la copa y comenzó a juguetear con ella, concentrado. En la mesa había también un reloj de arena de cristal con granos dorados. Giró el reloj y los granos comenzaron a caer.

Tal vez la absenta provocaba verborrea, tal vez él era así. Por deformación profesional no podía evitar evaluar y trazar perfiles rápidos en cuanto conocía a algún implicado en una investigación. Alistair era teatral, hedonista, tenía un discurso coherente, iconoclasta pero culto. Me pregunté, por primera vez, por el perfil que yo habría trazado de mi padre. Cuando tu progenitor muere y tú tienes seis años solo recuerdas los abrazos y los juegos, los cumpleaños y las Navidades. Las risas y los besos en la frente y los cuentos, como el de la vendedora de fósforos de Andersen que me contaba antes de dormir.

—No lo soportaba, de hecho, aborrezco el comercio del libro antiguo. La alta bibliofilia se ha convertido en simple material de especulación financiera. No soporto las subastas, las piezas únicas rescatadas y vendidas en Sotheby's o Christie's por multimillonarios cuyos asesores de inversión pujan por teléfono. Hace unos años se subastó *El códice Leicester,* de Leonardo da Vinci, un cuaderno que contenía bocetos de ingeniería, la esencia de un curioso superdotado, un eterno buscador de las costuras del universo. Y pasó a la historia por ser la venta más cara: once millones de dólares. Lo compró William Henry Gates III, más conocido como Bill Gates. Recuerdo que hablé con el subastador que dirigió la puja. «Ni siquiera lo vio en persona antes de comprarlo, no vino, no apareció, lo compró a ciegas», me dijo. Creo que sentía cierta pena, como yo. ¿Lo habrá leído, lo habrá siquiera hojeado, habrá intentado comprender esos trazos, los apuntes que dejó? Y qué me dices de Karl Lagerfeld, reputado bibliófilo, el diseñador de Chanel. Tenía una biblioteca de trescientos mil volúmenes, adquiría a un ritmo de cien libros diarios. Cien libros diarios. Cien libros para un dueño que jamás tendría tiempo para leerlos. Cien libros huérfanos de su lector. Inútiles, sin propósito. En cuanto un coleccionista me dice que tiene más de cinco mil ejemplares en su biblioteca, le pierdo el respeto. Sé que es un fraude como lector, un impostor, un simple acumulador, un poseedor. Y para ser poseedor de libros solo hace falta dinero para comprarlos y espacio para acumularlos.

—¿Por qué ese número?

—A mi entender, es el número máximo de libros que puedes llegar a leer en una vida. Imagina que comienzas con el vicio lector a los diez años, y tienes sesenta. En cincuenta años, ¿cuántos libros habrás leído? A un ritmo medio de dos libros por semana, cien libros al año, cinco mil en cincuenta años. ¿Seguro que no quieres más absenta? —preguntó cuando se sirvió el último trago después de dejar la botella vacía en el suelo.

Negué con la cabeza y miré la hora en el móvil, Alistair no tenía prisa, solo necesitaba compañía o un confidente.

—Me has dicho algo de que vas contra reloj. No te estoy ayudando mucho, ¿verdad?

—¿Y si le dijera que tal vez, solo tal vez, lo del *Libro Negro de las Horas* puede estar relacionado con la muerte de su hija?

Alistair dejó la copa, hizo un gesto de dolor, me pareció más bien de desolación.

—Jamás he tenido con ella una conversación en la que me mencionase un libro negro de horas, jamás. No comprendo qué haces aquí, no comprendo qué relación tienes con todo esto.

—Soy, era —me corregí— inspector de la Ertzaintza, en Vitoria. Experto en Perfilación Criminal. Ahora no estoy en activo, doy clases en la Academia de Arkaute, no quiero volver a estar en primera línea de fuego, pero hace varios días, después de que apareciera muerto un librero anticuario en Vitoria...

—Edmundo, el Conde —me interrumpió—. De eso sí me enteré, de hecho, fue el tema de una de las últimas conversaciones que tuve con Sarah.

—¿Ella lo conocía?

—¿Quién no conocía a Edmundo? Se hacía notar allá donde estuviera presente, y estaba en todas las ferias, todos los tratos, todas las herencias de las bibliotecas de bibliófilos que salían al mercado. Era un histrión, un personaje. Claro que lo conocíamos.

—No le pregunto si sabía quién era, entiendo que en un mundo tan endogámico como el de la bibliofilia todos estarán enterados de su muerte, me refiero a si habían trabajado juntos alguna vez.

—Sí, Sarah tenía su empresa de facsímiles y además era la directora de la Liga Internacional de Libreros Anticuarios.

—Hábleme de The Fisher King.

—Muy exclusiva, solo piezas de grandes museos e instituciones, tenía los mejores colaboradores del mercado: incunabulistas, paleógrafos, fotógrafos, historiadores del arte... Les pagaba bien, todos querían trabajar con ella, nunca incumplía un pago ni se demoraba. Le dedicaba a cada libro varios años de estudio, lograba unas reproducciones que rayaban la perfección, hacía siempre tiradas cortas, cincuenta a lo sumo, numeradas y con notario. Agotaba las listas de espera en pocas horas cada vez que anunciaba su próximo proyecto.

—¿Y qué aportaba su marido? —quise saber.

—Los contactos internacionales.

—¿Y lo de la Liga Internacional de Libreros Anticuarios?

—Es necesaria. Se encargan de poner en conocimiento público todos los ejemplares de coleccionista que han sido denunciados por robo. Un librero anticuario serio siempre consulta con la Liga antes de una adquisición de cierta importancia. Si es honrado, no lo comprará y denunciará al supuesto vendedor. Algunos hacen la vista gorda y adquieren el ejemplar para después alegar desconocimiento, quiero decir que el hecho de que exista ese listado de ejemplares robados no es vinculante, pero ayuda a dar cierta transparencia a este mercado que a veces se torna tan turbio como esta absenta —dijo con ironía.

—Entiendo entonces que trabajó alguna vez con Edmundo.

—Se compraban y vendían ejemplares entre ellos. Edmundo también le prestaba, a precio de oro, alguna joya para facsimilar. Me consta que él la visitaba en ocasiones cuando venía a Madrid y me constan también varios viajes de Sarah a Vitoria para cerrar tratos y entregarle en mano algunos ejemplares valiosos.

—¿Sabe si últimamente Sarah viajó a Vitoria?

—Sarah viajaba mucho y no me daba parte de todos sus viajes, nuestra sangre escocesa ha salido muy viajera e independiente, su abuelo ya le hablaría de que mi padre era un culo inquieto, pero sí, creo que viajó a Vitoria hace unas pocas semanas. Di por supuesto que visitó a Edmundo, no me consta que tuviera relación con nadie más en esa ciudad —hablar de su hija lo había despejado, cualquiera diría que tenía frente a mí a un hombre que se había vaciado él solo una botella de absenta de setenta y cinco grados—. Pero te he interrumpido, decías que no estás en activo, pero es evidente que lo estás investigando, ¿por qué?

—Por una llamada de secuestro. Le estaba contando que recibí una llamada conminándome a entregar el *Libro Negro de las Horas* de Constanza de Navarra a cambio de mi madre.

Alistair se puso pálido, mucho más pálido que el más pálido de los escoceses.

—¿Qué más te dijo? —preguntó, casi con cautela en la voz.

—Me dio un nombre —se lo dije—. ¿Le suena de algo?

—Jamás lo escuché.

—No lo hemos encontrado en ningún registro. Pero el secuestrador afirmó que era mi madre, y que era la mejor falsificadora de libros antiguos de la Historia.

—Eso es mentira. Si lo fuese, el mundo de la bibliofilia lo sabría, yo lo sabría, y es la primera vez que lo escucho.

—Yo le dije que era imposible, que mi madre es Marta Gómez y que falleció hace cuarenta años, tras el parto de mi hermano. Pero él parecía muy seguro, me dijo que me iba a enviar una muestra de ADN de la sangre de mi madre, pero en ese momento se escuchó una voz que se dirigió a mí, me llamó «hijo» —y qué dulce sonó, callé—, y después de un forcejeo y golpes, la llamada cesó. Nadie envió el ADN, así que no le dimos credibilidad, pero después una inspectora de Madrid me llamó para anunciarme la muerte de Sarah Morgan, que resulta que es la hija del mejor amigo de mi padre, y que en la escena del crimen había aparecido una muestra de sangre. Esta fue cotejada y saltó una coincidencia con la base de datos interna de los cuerpos de seguridad del Estado, por eso me llamó, porque la sangre es de mi progenitora.

Alistair escuchó mi historia, se atusó el pelo ingobernable, ya despejado del todo. Giró el reloj de arena con sus granos dorados.

—Hay una cuenta atrás. ¿De cuánto hablamos?

—Dijo siete días, han pasado cuatro.

—O mata a una muerta.

—O mata a alguien que está muerto, eso es.

—Voy a ayudarte, eres el hijo de Gael, y yo nunca tuve un hijo. Vamos a encontrar el *Libro Negro de las Horas,* vamos a encontrar al que está detrás de todo esto, y tú me vas a ayudar a veng... a encontrar al asesino de mi hija.

Escupió en la palma de la mano y me la tendió.

—*Deal?* ¿Tenemos un trato?

La venganza de un padre desconsolado no entraba en mis planes, pero miré de reojo el reloj de arena y el tiempo caía rápido, grano a grano.

Escupí en la mía y apreté la suya.

—Tenemos un trato.

—Entonces acompáñame, tienes que conocer a un elemento muy interesante.

—¿A quién?

—Ya lo verás, no necesita presentación y seguro que lo sabe todo sobre ti, no preguntes cómo. Nos vamos a la Cuesta de Moyano.

15

LA CUESTA DE MOYANO

Mayo de 2022

Alistair me condujo hasta la Cuesta de Moyano, una calle peatonal junto al Jardín Botánico donde, desde el siglo pasado, los libreros vendían sus ejemplares de segunda mano, algunos los llamaban «libros viejos», otros «de lance». La mayoría de los que se exponían en las mesas exteriores no superaban los tres euros.

Algunas de las setenta casetas de madera gris azulada estaban cerradas. Según me explicó Alistair, los horarios eran cuando menos erráticos, la mayoría de los libreros tenían su local en Madrid y acudían a exponer ejemplares para apoyar las ventas y relacionarse con otros libreros.

Me sorprendió mucho que una tarde entre semana aquello estuviera tan concurrido. Realmente se veía mucha actividad.

Vi a *millennials* hojeando algún ejemplar de bolsillo de *El amor en los tiempos del cólera* y a ancianos acariciar el lomo verde de cuero de un Unamuno. Alistair me miró de reojo y sonrió por primera vez de manera genuina, como si hubiera empezado a calarme y comprendiera que yo también respetaba los libros tanto como él.

En la caseta número doce, un curioso hombre nos dio el alto. Tenía físico de eunuco, de cráneo redondo y calvo, rostro barbilampiño y una papada donde en algún momento hubo un cuello.

—Morgan, ¿qué te trae por aquí... tan pronto? Escuché que habías jurado que harías un duelo escocés en toda regla. Y el joven que te acompaña es..., me suena mucho su rostro, ¿tenemos el placer de habernos conocido antes? —Su voz era suave y reflejaba cierto afecto por mi compungido acompañante.

—Unai López de Ayala, de la Ertzaintza de Vitoria —dije por resumir. ¿Exinspector, inspector de nuevo? No lo tenía claro ni yo mismo—. He venido por el asunto, como puede imaginarse, de Sarah Morgan.

—¡Usted es el inspector Kraken, el que salía en las noticias de hace unos años por el caso del doble crimen del dolmen!

Alistair me lanzó un «te lo dije» con la mirada.

—El mismo —reconocí incómodo.

—Entonces tiene todos mis respetos, joven. Y asumo que la visita a mi caseta no ha sido una feliz casualidad, sino que Morgan lo ha traído hasta aquí por mis habilidades como..., digamos que estoy al tanto de todo lo que sucede en el mundillo de la bibliofilia, ¿me equivoco?

—Digamos que no —concedí. Daba gusto cuando eran tan rápidos en comprender la situación.

—Pues entonces ha encontrado a su hombre, joven. Interróguenme, haré lo que sea por ayudarle. Y más si puedo contribuir a encerrar al que le hizo eso a Sarah.

—Gracias, Gaspar —dijo Alistair—. Gaspar es el dueño de las librerías Némesis, Hubris y Hamartia. Es el mayor proveedor, como puedes imaginarte, de Aristóteles del mundo. Su especialidad son los clásicos, pero si tuviera que preguntar a alguien por un libro de horas en concreto sería a él. Y es uno de mis mejores y más antiguos amigos.

—¿Libro de horas? Vaya, nos ponemos exquisitos. ¿De cuál se trata y por qué?

—Del *Libro Negro de las Horas* de Constanza de Navarra —dije.

Hubo un segundo de estupor en su mirada y mantuvo la sonrisa, pero sus comisuras temblaron durante un momento.

—Ya estamos, el unicornio.

—¿Perdone?

—La vieja leyenda urbana, nadie cree que exista. No pierda el tiempo, joven. Se la han pegado.

—¿Está seguro?

—Nadie ha podido probar su existencia, es más bien un chascarrillo de librero viejo. No se nombra porque no tiene credibilidad. Por cierto, Morgan: en la caseta sesenta ha entrado un Kerouac. Y no, no es un *En el camino,* es un *Ángeles de desolación.* Dedicado por el mismísimo autor. Puedes pasar la yema de los dedos por la página donde Jack escribió una dedicatoria a un amigo muy querido. Primera edición. Todavía no ha volado. De nada.

Alistair comenzó a salivar y se giró hacia mí.

—¿Te importa? —se disculpó.

—No te preocupes, corre antes de que algún afortunado se adelante —le animé—. De todos modos, tengo que continuar con la investigación, ¿dónde puedo localizarte?

Intercambiamos nuestros móviles y salió corriendo después de dar un efusivo abrazo a Gaspar.

Cuando nos quedamos solos, el maestro de los rumores cambió su dulce sonrisa por un gesto serio y preocupado.

—Y ahora usted y yo, querido inspector Kraken, vamos a hablar de ese *Libro Negro de las Horas* y de la muerte de la pobre Sarah Morgan. Acompáñeme, tengo algo que mostrarle.

16

—

AGALLA

Mayo de 2022

Seguí a Gaspar mientras saludaba a todos y cada uno de los libreros de la cuesta y a la mitad de los lectores que curioseaban entre las mesas.

Saludó incluso a la estatua de Pío Baroja mientras no dejaba de contarme chascarrillos y que Baroja también era un vasco enamorado de Madrid y un asiduo comprador del Rastro y más tarde de la Cuesta de Moyano. Que siempre iba con un abrigo de bolsillos deformados por el peso de los libritos que iba comprando en la cuesta y que a veces lo acompañaba su sobrino cuando era niño, Julio Caro Baroja, que mamó el ambiente literario desde pequeño gracias al empeño de su tío por hacerle amar los libros.

Después nos acercamos a la verja de los jardines de enfrente, tomó una rama de uno de los robles y buscó entre las hojas.

—¿Qué es esto? —me dijo mostrándome una perla del cordón de sus gafas de media luna.

—Um... ¿una perla?

—Sin miedo, joven. Sin miedo. No era una pregunta con trampa. Bien, ¿y qué es esto? —preguntó, y me mostró una pequeña bola marrón del mismo tamaño que había arrancado al roble.

—No sé cómo se llaman, pero es una reacción del roble ante los parásitos —dije mostrando con orgullo mi cultura rural.

—Exacto, es una perla vegetal. No tan bella, por supuesto, como la gema animal, que se forma cuando un elemento extraño entra en una ostra y esta lo rodea con su nácar hasta formar esta maravilla de la naturaleza. Lo que he arrancado del roble se llama «agalla», y como bien dice, el árbol rodea al elemento extraño, en este caso un parásito, y se defiende así de su ataque.

—Y me lo está contando porque...

—Porque de la agalla se extrae el pigmento negro que se usaba para teñir los pergaminos de los libros negros de horas.

—Entonces, no es un unicornio, una leyenda.

—No se me adelante, joven. No se me adelante, que tengo mucho que contarle.

—Pues comience porque tengo mucha prisa.

—El tinte de agalla se usaba junto con el vitriolo para tintar el soporte en el que se escribían los libros negros de horas.

—¿Qué es el vitriolo?

—Es la denominación antigua del ácido sulfúrico concentrado. En la antigüedad era muy codiciado por los alquimistas, lo consideraban la piedra filosofal. Pero después de quinientos años resulta fatal para los libros, porque es muy corrosivo y está acabando con las páginas de los pergaminos. Para que se haga una idea, del vitriolo se saca la nitroglicerina, el éter, algunos tintes...

—¿Nitroglicerina ha dicho?

—Eso he dicho, sí.

Sarah Morgan murió porque alguien modificó nitroglicerina para que le estallase en la cara, y Calibán me pedía un libro negro de horas que había sido teñido con la misma sustancia. Por fin una coincidencia, un nexo en común entre los dos casos.

17

LA BIBLIOTECA DE LOS ANCIANOS

1972

Has tardado un par de días en reponerte, tuviste fiebre y temblores, la hermana Aquilina se ha acercado mañana y tarde a tu camastro y te lleva caldo caliente. Es la primera vez que faltas a clase.

Por la noche del tercer día te pide que bajes al sótano, vetado siempre a las alumnas, a las doce y media de la noche.

Te abrigas y obedeces, no sabes muy bien lo que te vas a encontrar, pero una parte de ti ansía quedarse a solas con ella, tener un poco de su atención de adulta.

Te espera en el último peldaño de la escalera con una vela, ella va abrigada y te ha traído unos mitones y una bufanda, además de unas alpargatas de piel. Estás en el cielo, en un cielo cálido, tal vez estés viviendo tu versión del cuento de Andersen.

Pero el cuento cambia y plantea variantes muy interesantes.

La hermana Aquilina saca una llave y tú la sigues hasta una puerta del final del pasillo. La abre con una sonrisa que intentas descifrar, dirías que es orgullo.

Cuando te hace pasar abres la boca y te cuesta cerrarla.

—Es la biblioteca de los ancianos. Pasa, te los voy a presentar.

Es una biblioteca con estanterías hasta el techo, pero enseguida detectas que es diferente a la que está abierta para alumnas y profesoras en la primera planta. Se diría que esta biblioteca no tiene los ejemplares ordenados en los estantes, es más bien una biblioteca de trabajo, porque los volúmenes están agrupados por encuadernaciones y no se amontonan en vertical, como estás acostumbrada a ver. También te percatas de que hay caballetes, una inmensa mesa de trabajo, cientos de botes de mil colores, pinceles, punzones y huele a animal. Enseguida descubres que hay pieles de animales extendidas en marcos de madera.

La estantería central está presidida por un cartel tallado en madera:

Rema en tu propio barco.

Eurípides

Todavía no lo sabes, pero acabarás adoptándolo como lema de vida.

—¿Aquí vienen ancianos a leer? —preguntas. Porque aún no has comprendido que estás entrando en un nuevo mundo.

—Ellos son los ancianos —dice señalando a los volúmenes más antiguos—, aquí cuido de los centenarios. Son seres vivos que requieren de cuidados específicos, se arrugan, se deshidratan, se comban, las articulaciones se les vuelven rígidas.

—¿Es un taller de conservación de libros?

—No exactamente. Aquí es donde te vas a convertir en una experta en bibliofilia. Y la lección va a comenzar esta noche. Por ejemplo, lo que le hiciste al libro del que extrajiste la ilustración, que por cierto tenemos que restaurar, lo convirtió en un ejemplar mútilo —y te clava la mirada para que no puedas moverte del suelo—. Si hubieras continuado con tus incursiones y hubieras dejado menos de la mitad, lo habrías convertido en un ejemplar fragmentario. Pero no creas, existen coleccionistas de ejemplares mútilos y otros del extremo opuesto: de volúmenes intonsos, aquellos cuyas páginas no han llegado a cortarse. A muchos les encanta que nadie los haya leído antes, aunque se da la paradoja de que ellos tampoco los llegan jamás a leer.

»Lo primero que has de aprender es el curioso comportamiento de un bibliófilo. Verás, se pasan la vida buscando un *unicum,* el ejemplar único. El placer que alcanzan al adquirir un libro es inversamente proporcional a la cantidad de ejemplares que se conserven de esa tirada. Por ejemplo, un famoso bibliófilo llamado Pixérécourt en el siglo XVII adquirió un autógrafo de María Antonieta como el único que quedaba en el mundo. Pero tiempo después, en una subasta, volvió a aparecer otro autógrafo de la reina guillotinada, también presentado como único. Él lo adquirió también, y después comprobó que la firma no coincidía, pero ¿cómo saber cuál de los dos era falso y cuál verdadero?

—¡Oh, Dios! Se desprendió de uno —te adelantas.

—Exacto. Lo tiró al fuego. A ciegas, para él lo importante era que quedara solo un ejemplar del autógrafo de María Antonieta en el mundo. El suyo. Le daba igual que estuviera falsificado.

Guardas silencio, estás demasiado absorta en sus palabras como para hablar.

—Y ahí es donde entramos nosotras.

—¿Nosotras? ¿Las Egerias? —preguntas.

—Para que te hable del círculo de las Egerias vas a tener que pasar muchas noches aquí. Pero te hablaré de ellas. No te preocupes. Lo haré —dice—. Pero esta noche quiero que escuches, y mañana. Y pasado mañana también.

Los tres libros más codiciados por los bibliófilos son la *Biblia* de Gutenberg, llamada «Biblia de 42 líneas», la primera edición de *El Quijote,* llamada «prínceps», y el *First Folio* de Shakespeare. Según mi último recuento, quedan 228 ejemplares.

»También son muy apreciados —continúa, mientras escuchas hipnotizada—, y les sacaremos provecho, créeme, los manuscritos de privilegios rodados y ejecutorias de nobleza o hidalguía con miniaturas. Llevan el escudo heráldico pintado. Habitualmente las buscan los presuntos sucesores de los que las mandaron crear.

»Has de comprender que hay bibliófilos de todo tipo, todos tienen su materia de colección, su especialidad, por muy extravagante que te pueda parecer. Conocí a un inglés que llegó a reunir 365 Ovidios y ordenó que imprimieran otro más en seda blanca. Cuando falleció, dejó las instrucciones para que lo amortajasen en ella.

Tú escuchas con fascinación porque la hermana Aquilina ha conocido mundo y por primera vez recuerdas las giras que tanto te cansaron años atrás y te planteas si hiciste bien en renunciar a ellas, porque desde entonces no has salido de Vitoria.

—También hay coleccionistas de obras en las que aparecen rosas o violetas. Ya sea en ilustraciones o en el argumento o como nombre de los personajes. Y se dice que el conde de Navas, bibliotecario mayor del Rey, coleccionaba libros acerca de gallinas.

»Pero la historia más fascinante de la bibliofilia es una que tiene un siglo de vida: la del falsario español. Y tú vas a ser la siguiente *Spanish Forger.*

18

LAS HERENCIAS DE LA COVID

Mayo de 2022

—Tengo que admitir que estoy un poco confundido ahora mismo —le confesé—. Entonces, ¿existe el *Libro Negro de las Horas* o es un unicornio?

—Existen dos libros negros de horas, al menos dos localizados en grandes museos o en bibliotecas. Se fabricaron en Flandes, en el siglo XV. El más conocido es el de Galeazzo María Sforza, el duque de Milán. Es el ejemplar más hermoso que he visto nunca, y no le exagero. Su belleza es casi sobrenatural. Está escrito en tinta dorada y plateada. Es un ejemplar arrebatador, aunque tiene su propia leyenda negra. El duque lo encargó para la boda de su hermana menor, Elisabeth, pero al propio Sforza lo asesinaron después de tres conspiraciones, se dice que tras llegar el libro negro a su palacio. Elisabeth, por su parte, tuvo un destino terrible, fue casada con trece años con el marqués de Monferrato, treinta años mayor, fue un matrimonio muy infeliz, y ella murió con dieciséis después de dar a luz, de fiebre puerperal.

Apreté la mandíbula reprimiendo el recuerdo. Mi madre, o la que pensaba que era mi madre, había muerto tras el parto de Germán. Al dolor que sentí, un dolor antiguo y conocido, se le sumó uno nuevo: el de no saber si Marta

Gómez era mi madre, y si lo era, si era cierto que había muerto cuarenta años atrás.

—¿Dónde está ese libro negro ahora?

—En Viena, desencuadernado y guardado entre planchas de acrílico. Como ve, bien localizado y bien catalogado.

—Bien catalogado, ¿es eso importante?

—No se imagina la de tesoros bibliográficos que esconden las grandes bibliotecas del mundo que en la práctica están perdidos, aunque físicamente descansen en sus fondos, en sus depósitos o en sus sótanos. Un ejemplar, pongamos, procedente de una donación masiva de un bibliófilo, o de los conventos e iglesias desamortizados en el siglo XIX por Mendizábal, cuando los bienes de la Iglesia, y muchos de esos bienes eran libros valiosísimos, fueron confiscados por el Estado. Muchas bibliotecas, como la Nacional o la del Escorial, tienen aparentemente catalogados todos sus ejemplares, pero tenga en cuenta que suelen ser decenas de miles, y en muchos no consta la procedencia: el director que toma el cargo se encuentra con esos fondos mal catalogados o sin catalogar y va avanzando como puede, pero en muchos casos su correcta catalogación no es la prioridad de su mandato, sino las nuevas adquisiciones y la conservación de los ejemplares valiosos. Por eso puede perfectamente, pongamos, que una edición príncеps...

—¿Perdone?

—Una edición príncipe, una primera edición —me aclaró—. Decía que puede suceder, y ha sucedido, que una edición príncеps de la *Poética* de Aristóteles esté mal catalogada desde hace un siglo, y su signatura, el código de letras y números que se le asigna en la pegatina del lomo, sea incorrecta, y en su lugar conste como que es un anodino manual de oratoria de un autor poco relevante. El libro está a buen recaudo, custodiado en buenas condiciones, a pocos metros de donde usted y yo nos encontramos, en la Biblioteca Nacional, pongamos el caso, pero en la práctica, para todos los coleccionistas, libreros e instituciones, no queda ya sin localizar ninguna prínceps medieval de la *Poética* de Aristóteles. Con los míticos libros negros de las horas sucede lo mismo. Corrió en sus tiempos la leyenda de que fueron siete. Solo siete, pero ahora mismo se tiene constancia únicamente de dos. El otro está en Nueva York, el *Libro Negro de las Horas* de María de Castilla. Hermoso ejemplar también, pero incluso más espectacular que el de Sforza.

—Entonces, ¿qué sucede con el *Libro Negro de las Horas* de Constanza de Navarra?

—Ahora mismo no está localizado, pero puedo contarle una jugosa historia, que además le interesará por su procedencia, inspector Kraken.

—No lo dudo —le animé.

—El último dueño comprobado fue un poderoso bibliófilo que vivió a mediados del siglo pasado. Se jactaba de poseerlo, aunque jamás lo mostró. No sé si sabe que los bibliófilos pueden ser criptófilos, que son los que guardan sus adquisiciones y no las muestran nunca, y los fanerófilos, los que presumen de ellas. Lo curioso es que Casto Olivier era criptófilo. Un hombre duro, discreto, severo, por eso siempre me chocó que presumiera de un ejemplar, precisamente ese, el *Libro Negro de las Horas* de Constanza de Navarra.

—¿Casto Olivier? —repetí—. Antes de que los naipes de Vitoria se hicieran mundialmente famosos con el nombre actual, él era el propietario de la fábrica de naipes. Lo sé porque ahora mismo hay una exposición en el Museo de Naipes de mi ciudad y pude leer su historia completa.

—Eso es. Cayó en desgracia, y su inmensa biblioteca se liquidó. Y forma parte del imaginario popular de libreros anticuarios y otros coleccionistas rivales, amén de casas de subastas y grandes bibliotecas, quién compró su colección. Algunos creen que se dividió por lotes, se le presuponían unos veinte mil ejemplares. Yo estoy con esa teoría, porque no destrozó el mercado cuando sucedió. Y siempre quedó la duda, en todo caso, de quién compró el *Libro Negro de las Horas* de Constanza de Navarra, si es que en verdad existió y él lo poseía. Como nunca salió a la venta, la mayoría pensó que jamás lo tuvo.

—¿Por qué iba a destrozar el mercado? —pregunté sin comprender.

—Porque la puesta en circulación de veinte mil ejemplares de golpe baja los precios necesariamente. El mundo del coleccionismo de los libros se basa en la rareza, en que existan pocos ejemplares o un ejemplar único, también en que sea una temática poco publicada o ejemplares de extrema rareza que hayan sobrevivido a la quema, como los de Servet o ediciones clandestinas de libros pornográficos franceses del siglo XVIII. Le contaré una anécdota muy ilustrativa, venga, que le voy a mostrar un libro curioso.

Lo seguí de nuevo a su caseta mientras se paraba a charlar con clientes y con la librera de la caseta adyacente, que le había guardado la suya durante nuestra conversación. Le dio las gracias efusivamente y me invitó a entrar en el reducido pasillo que quedaba en el interior. Las casetas de Moyano medían apenas tres metros por dos, y casi todo el espacio lo ocupaba el expositor donde los libros descansaban y mostraban sus cubiertas a los curiosos. Al seguirlo por el angosto espacio libre, deduje que los libros más valiosos se resguardaban de los amigos de lo ajeno en las estanterías altas de la esquina más inaccesible al público. De allí me tendió un ejemplar de tapas blandas y hojas amarillas que llevaba por título *El bibliómano Boulard.*

—Resúmamelo, por favor. Recuerde lo que le he dicho

de la prisa que llevo —le indiqué después de hojearlo sin poder sacar una conclusión.

Gaspar se colocó sus gafas de media luna y comenzó a recitarme:

—Antoine-Marie-Henri Boulard (1754-1825) fue un notario parisino y un coleccionista enfermizo, un gran acumulador, hoy lo llamaríamos un adicto, alguien sin control sobre sus impulsos bibliofílicos. Hasta tal punto priorizaba sus libros que reunió seiscientos mil, sí, ha oído bien: seiscientos mil. Tenía ocho inmuebles, pero fue desalojando a sus propios inquilinos según iba adquiriendo lotes para guardar todas sus colecciones. Aunque tal voracidad resultó ser una desgracia para todos los bibliófilos. Cuando murió, los herederos inundaron el mercado para liquidar su herencia, y la inundación de seiscientos mil ejemplares provocó el hundimiento del mercado, no solo en Francia, sino de todos los libros escritos en francés. El mundo de la bibliofilia tardó años en reponerse, y este libro se publicó para contarlo, a modo de advertencia. Pero esto va a volver a pasar —dijo bajando la voz.

Me había tomado del brazo y hablaba en susurros, mirando con recelo al exterior para asegurarse de que nadie nos escuchaba.

—¿Cómo que va a volver a pasar?

—El ambiente está muy revuelto en el mundo de la bibliofilia.

—No le entiendo.

—¿En qué mundo vive? Las herencias de la COVID.

—¿Perdone?

—¿Cuál cree que es la edad media de los grandes coleccionistas, de los bibliófilos de este país?

Me miró con un gesto elocuente.

—Exacto: ochenta, noventa años. Han sido sonados los casos de coleccionistas que murieron en la primera ola, y algunos más nos han dejado a lo largo de este tiempo debido a la pandemia. Todos sabíamos que no había relevo generacional, pero la pandemia ha acelerado lo inevitable. Mire, inspector Kraken, se dice que no hay biblioteca de bibliófilo que soporte dos generaciones, y menos en estos tiempos: los herederos se reparten los lotes y los venden o malvenden la ignorancia malvende, decimos por aquí rápidamente para cobrar la herencia. El mercado está al límite, no solo por el número de ejemplares que están saliendo a circulación, sino porque entre los lotes, inevitablemente, aparecerán joyas bibliográficas, y cuantas más aparezcan, más turbio se va a poner todo.

—¿Cómo de turbio?

—Si hay subastas, si hay piezas de varios millones de euros, ¿cuánto tardarán en aparecer individuos con dinero, mafias...?

—¿Mafias?

—Despierte, al igual que con las obras de arte, los tesoros bibliográficos que cuestan millones se usan como prenda en todos los negocios ilegales que se pueda imaginar. Por no contar con el factor humano, el factor emocional. Coleccionistas que han esperado décadas por ciertas piezas ahora están afilando los colmillos para hacerse con ellas. Mire alrededor, ¿a usted le parece normal tanto varón nonagenario pululando por la Cuesta de Moyano? Esto era un erial entre semana, llevamos meses con esta antinatural sobrepoblación de curiosos e interesados. Los libreros estamos muy preocupados, nadie compra a los precios de hace dos años, todos los coleccionistas nos regatean los precios, están envalentonados porque hay oferta, todos saben que si un bibliófilo de libros de caza ha fallecido, es cuestión de meses que salgan dos mil ejemplares, lo que abaratará toda la temática.

—En todo caso, volviendo al *Libro Negro de las Horas,* ¿de qué valor estimado estamos hablando?

Me miró como a un niño pequeño que pregunta por el Ratoncito Pérez, esa mezcla de incredulidad y condescendencia.

—¿Valor? El *Devocionario Rothschild* era un ejemplar de libro de horas de 1520, se vendió en Christie's en 1999 por ocho millones y medio de libras. De eso hace veinte años. Calcule ahora. Pero el famoso *Códice Calixtino,* usted recordará el robo en la Catedral de Santiago hace unos años, estaba valorado por el seguro en cien millones de euros. Era la primera guía de viajes del Camino Jacobeo, escrita en el siglo XII. Otra cosa es que la Iglesia lo ponga en circulación, algo que dudo. Pero ha de darse cuenta de que si de verdad existe el *Libro Negro de las Horas* de Constanza de Navarra hablamos de algo por lo que matar, desde luego. Porque imagino que habrá venido con Alistair Morgan por el asunto de Sarah, su hija.

—Y también por la muerte de Edmundo, de la librería Montecristo, en Vitoria. ¿Lo conocía?

Sonrió.

—¿A estas alturas necesita preguntármelo?

—Cómo no, claro que lo conocía. ¿Qué puede contarme de él?

—Era un vividor, llevaba un tren de vida que pocos libreros se pueden permitir a no ser que tengan uno, dos, tres, cuatro, cinco golpes de suerte a lo largo de su vida profesional. Todos soñamos con una transacción que nos retire, él tuvo varias, dilapidaba el dinero, y volvía a suceder. ¿Lo cree probable?

Aquello confirmaba el perfil que me había trazado Goya de su marido.

—¿Tiene pruebas o sospechas de algo concreto, alguno de esos golpes de suerte turbios de Edmundo?

—Últimamente estaba muy ufano, viajó mucho a Madrid estos últimos meses, nos visitaba a todos los libreros, se mostraba encantador, eufórico, esa sonrisa del adicto que acaba de comprar la mejor droga, no sé si me entiende. Es muy fácil de identificar.

La misma palabra: «adicto». Qué curioso.

—Se comentaba que andaba detrás, como todos los buitres, de alguna herencia de la COVID, alguna de las importantes —continuó—, no dudo que podía conseguir liquidez cuando se lo proponía, era un encantador de serpientes.

—¿Y qué puede decirme de su relación con Sarah Morgan? He hablado con su padre y me dice que se conocían, que hicieron negocios juntos.

Suspiró, creo que con pena o con resignación.

—Sarah era una mujer excepcional, la mejor profesional del ramo, el referente número uno. Nacida y criada para ello, pronto superó a su padre, ella era más convencional y menos romántica que él, tenía los pies en la tierra. También amaba los libros, pero los defendía desde su trabajo, con sus cargos. Y yo no digo que no amase a su marido, pero...

—¿Pero qué?

—El bueno de Alistair ni siquiera se lo ha sugerido, ¿verdad?

—¿Sugerir qué, Gaspar?

—Lo que no quería ver, que eran amantes. Investigue, encontrará pruebas, siempre las hay, los infieles casados siempre acaban confiándose cuando la mentira dura.

Dos profesionales de la bibliofilia, casados y amantes, muertos con pocos días de diferencia en Vitoria y en Madrid. Ni siquiera se me ocurrió que podía estar frente a dos crímenes pasionales.

Me había ofuscado con el *Libro Negro de las Horas,* con el críptico mundo de la bibliofilia y tal vez toda la motivación se reducía al homicidio de dos amantes.

Fue entonces cuando sonó mi móvil y leí el nombre de Estíbaliz. Por su insistencia, la llamada era apremiante.

—Gaspar, debo atender otros asuntos ahora, me llevo una tarjeta por si necesito que me siga... asesorando. Le hago una llamada en un minuto para que tenga mi número.

—Vuelva cuando quiera, inspector Kraken. Aquí me encontrará. Además, estoy seguro de que nos volveremos a ver muy pronto.

Salí de la caseta y me perdí cuesta abajo, rumbo a un banco alejado de curiosos en el que hablar con cierta libertad.

—¿Alguna novedad? —la apremié—. Porque yo tengo oro.

—Ya lo creo que tengo novedades. La viuda de Edmundo se ha derrumbado, ha dejado atrás su estoicismo y esta mañana me ha llamado para confesarse. Me ha contado que estaba harta de las infidelidades de su marido, que sospechaba que tenía un lío con la última estudiante que ha contratado, pero no debió de ser la primera. Hemos estado revisando las grabaciones de ese día, y Lorea nos mintió en la primera declaración que le tomamos, fue a primera hora de la mañana, antes de la apertura de la librería. Estuvo dentro del local sin encender las luces unos veinte minutos y después se fue. Goya dice que él le había confesado que no pensaba renovarle el contrato en prácticas, pero ella lo interpreta como que se había cansado de la becaria y la había dejado. Estoy aquí, en la comisaría de Lakua, y voy a llamarla para tomarle de nuevo declaración. En cuanto nos fuimos pidió el alta voluntaria, y mira que yo la vi demasiado delicada como para salir. Tenemos que buscar alguna prueba, puede que ella misma se expusiera a una mínima intoxicación de anilinas para alejar las sospechas y que la viéramos como una víctima colateral del homicidio.

—Vaya con el difunto Edmundo —no pude más que comentar—. Yo también tengo nuevas líneas de investigación, y sobre todo, un nexo entre ambos crímenes. En el universo librero era conocido que Edmundo y Sarah Morgan eran amantes. Y esto nos abre un mundo de posibilidades y de nuevos sospechosos. ¿Es la empleada quien ha matado a uno o a ambos, o todo esto es una trampa de la esposa de Edmundo?

19

LA ARAÑA BLANCA

Mayo de 2022

Vi amanecer un cielo plomizo desde el ventanal de la habitación que había reservado en un pequeño hotel en el Barrio de las Letras. Sospechaba que todas mis pesquisas no iban a alejarme mucho de aquellas calles, el epicentro de las librerías de anticuario del país.

La inspectora Madariaga me había llamado a última hora, disculpándose por no haberme acogido a mi llegada a Madrid: la muerte de Sarah Morgan la mantenía abducida en la toma de declaraciones y demás trámites, pero yo funcionaba muy bien por libre y me alegré de haber conocido a Alistair no como inspector, sino como hijo de su mejor amigo.

Madariaga me emplazó a acompañarla al entierro de Sarah Morgan en el Cementerio Británico, el mismo donde estaba enterrado su abuelo, el Gael Morgan que fue hermano de armas de mi abuelo y el mismo lugar donde mi padre conoció a Alistair. Me lo tomé como un rito familiar y acudí como representante de la tercera generación que cumplía con la formalidad.

Nos encontramos en una calle discreta cercana a la entrada del camposanto.

Mencía Madariaga no era alguien a quien se pudiera olvidar al verla: era albina, con una larga melena como besada por la luna, pero el rasgo que más llamaba la atención eran las pestañas, largas y blancas, que daban la impresión de tener siempre escarcha alrededor de los ojos, como esos exploradores que pierden sus falanges en el Polo Norte.

Se la notaba acostumbrada al estupor inicial, se adelantó para ofrecerme un saludo y fue al grano:

—¿Cómo quieres que te llame: inspector, Unai o López de Ayala?

—Cualquiera menos Kraken, al menos, no delante de las personas de interés. ¿Ya tienes el listado?

—Es muy amplio, Sarah Morgan estaba al frente de todos los saraos de la bibliofilia, aunque la gran pregunta es cómo llegó a su editorial el ejemplar que le explotó. No sabemos si estaba ya allí, si le pertenecía a ella, o si alguien se lo envió.

—¿Tan opacos son los negocios del mundo de la bibliofilia?

—Ni te imaginas, contra toda lógica, muchos de estos locales recelan de los seguros, no solo contra el robo, sino un simple seguro de incendio.

—Yo tengo un par de datos que ofrecerte. ¿Conoces a Gaspar, de la librería Némesis?

—¿Y quién no? —sonrió, como si fuera un chiste privado.

—Si fuera tu garganta, ¿qué credibilidad le darías?

Todos los cuerpos solíamos seguir el mismo código de fiabilidad para nuestras fuentes, colaboradores, confites o gargantas. Algunos cobraban de manera oficial, pero ante casos muy particulares había que recurrir a gargantas nuevas, no profesionales.

—Sería un A-1. Habla mucho, es cierto, pero jamás miente.

El A-1 se asignaba solo a las gargantas con máximo grado de fiabilidad.

—¿Tú has recurrido a él alguna vez?

—Como fuente sin coste, sí, desde luego. Sería capaz de pagarnos con tal de que le escuchemos, disfruta enterándose de todo y difundiéndolo. También tiene cierto sentido de la moral y de la decencia. Quiero decir que a veces nos ha advertido a los de Patrimonio de robos de ejemplares valiosos que se andaban fraguando y gracias a su soplo hemos puesto vigilancia a los sospechosos, hemos encontrado alguna orden pendiente con los juzgados, se les ha detenido a tiempo y no se han producido. ¿Qué te ha contado?

—Me explicó el procedimiento para tintar los libros negros de horas con algo que segregan los robles llamado «agalla», y que se mezcla con vitriolo, y aquí viene lo interesante: el vitriolo es la denominación antigua del ácido sulfúrico, la base de la nitroglicerina.

—Lo que mató a Sarah Morgan —concluyó Mencía—. De todos modos, no es suficiente para presentar ante la jueza como evidencia de que la llamada que recibiste del supuesto secuestro y el asesinato de Sarah estén relacionados. Sabes que se puede contraargumentar que la coincidencia en el uso de los mismos elementos químicos se debe a que forman parte de la misma disciplina profesional.

—Lo sé. Algo que creo que sí que es interesante si logramos probarlo es que Gaspar afirma que Edmundo y Sarah eran amantes.

Me pude dar cuenta de que había logrado sorprenderla. Íbamos caminando hacia la puerta del cementerio por el muro color caldera que ya anticipaba un recinto con solera. Mencía se detuvo al escuchar mi bomba.

—¿Cómo? —preguntó.

—Hablé con su padre, Alistair Morgan, que era el mejor amigo de mi difunto padre, y él no me hizo referencia alguna. Gaspar cree que estaba ciego y no lo veía.

—Pero tú sabes que Sarah Morgan estaba casada, ¿verdad?

—Apenas me mencionó a su marido, no sé si tienen mucha relación o no tenía ganas de hablar de él, la verdad.

—He recabado muchos testimonios y se les tenía por un matrimonio feliz, muy enamorado, aunque él es londinense y algo frío en las formas, pero el sentir general era el de una pareja muy unida.

—¿Qué puedes aportarme tú? —quise saber.

—Este mundo es muy endogámico. Eran socios. Benedict Callaghan es el editor, junto con Sarah, de la editorial The Fisher King. Una editorial de facsímiles de lujo, muy prestigiosa. De hecho, a él suelen llamarlo así: el Rey Pescador. Por su porte aristocrático y porque practica la pesca en los lagos de alta montaña en Escocia.

—Alistair me contó lo de la editorial de facsímiles, aunque no lo de su apodo. ¿Tú cómo crees que se llevan suegro y yerno?

Me lanzó una sonrisa cargada de misterio y me señaló con la mirada al coche fúnebre que llegaba por la calle Irlanda.

—Eso es lo que vamos a averiguar ahora mismo —dijo.

Era un Buick Riviera, lo había visto en entierros de gente pudiente, pero siempre negro, nunca antes blanco. Y mucho menos para una interfecta adulta.

—Una «araña blanca» —murmuré sorprendido mientras mirábamos pasar aquella elegante antigualla—. ¿Quién habrá tenido la idea, Alistair o Benedict?

Las «arañas blancas» eran los coches fúnebres destinados a los niños difuntos. ¿Habría sido Alistair, una forma de expresar que Sarah siempre sería su niña? Tomé nota, en todo caso, del extraño detalle y observamos el cortejo de coches que seguían en lenta marcha a la «araña blanca».

Doblamos por fin la última esquina y pudimos ver un corrillo de gente que se aglomeraba en la puerta.

La inspectora Madariaga se persignó, apunté mentalmente el dato de que era creyente, también por la pequeña cruz de plata que lucía a modo de colgante.

Traspasamos el arco ojival de la entrada bajo un letrero que anunciaba «British Cemetery». Un muro naranja con almenas custodiaba cerca de seiscientas tumbas de los británicos no católicos que vivieron en Madrid desde el siglo XIX. Ilustres como la familia Loewe, el dueño del mítico restaurante Lhardy o la propietaria del salón de té Embassy dormían el sueño de los justos bajo su tierra.

Habíamos avanzado por el estrecho pasillo de tierra y grava. El cementerio estaba un poco descuidado, y el césped que rodeaba las tumbas, lleno de calvas. Los asistentes al entierro habían ido ocupando los huecos que permitía el reducido espacio que quedaba libre.

Un ángel con capucha se abrazaba a una cruz de mármol blanco que rezaba: «A mi Timothy del alma».

Respiré hondo, los camposantos habían estado tan presentes en mi vida que había llegado a un pacto de no agresión con ellos: yo extraía los secretos a los vivos para que sus moradores pudieran por fin descansar en la paz que se habían ganado.

—¿Estáis grabando? —quise saber.

—Por supuesto. Va a ser significativo, tanto por quien venga como por quien no. Era la experta en bibliofilia de referencia del país, la que mejor representaba el relevo de la nueva generación. Muchos de los viejos libreros se resistían a dejar sus negocios pese a haber superado de lejos la edad de jubilación, pero es un trabajo sedentario y muy vocacional, así que la siguiente generación esperaba resignada a que les pasasen el testigo. Pero la pandemia lo cambió todo. Algunos murieron, pero otros le tomaron miedo a bajar al local y acabaron por delegar en sus hijos o hijas, que estaban sobradamente preparados. Pero ninguno tenía la red de contactos y la valía profesional de Sarah Morgan. Mírala.

Y llegamos al ataúd que contenía sus restos. Junto a él, un trípode sujetaba un cartel que clamaba al mundo:

«In loving memory of Sarah Morgan. Woman, daughter, wife».

Y entonces vi la foto de Sarah Morgan.

Y ella, desde el otro lado, me miró desafiante. Unos inmensos ojos negros, unas cejas pobladas y poderosas, el mentón partido, la mandíbula kilométrica y la melena oscura de su padre. Había sido segura, poderosa y casi intimidante.

—Ponme al día —le susurré a la inspectora Madariaga mientras nos quedamos en un discreto segundo plano.

El pequeño cementerio se estaba llenando de personajes peculiares y apenas reconocí entre ellos a Alistair y a Gaspar, de luto riguroso, uno calvo y otro con la coleta blanca peinada.

—El que está a la derecha de Alistair Morgan es Benedict Callaghan, el viudo de Sarah.

Era un hombre pálido, de ojos azules muy claros, pelo castaño brillante y algo ensortijado y un elegante fular al cuello. Era alto y muy delgado, de aspecto distinguido. Apretaba los labios finos en un gesto de impotencia, como reteniendo un grito que tal vez llegase a solas, en la soledad de un domicilio conyugal que ya no volvería a estar completo. Al menos completo de Sarah Morgan.

—Los que lo rodean son los Callaghan, sus padres, han venido de Londres junto con su hermano.

Me señaló a una pareja de pelo blanco, ella tenía el

mismo rostro alargado que Benedict y el mismo porte aristocrático. El hermano, con alopecia y bastante menos agraciado, gastaba traje con chaleco, de los que se encargaban a medida a algún sastre de Piccadilly Arcade.

—¿Y el del bigote largo como un mosquetero? —pregunté señalando con un discreto gesto a un tipo que parecía salido del siglo XVII.

—Un figura, subastador de la casa de subastas de Sotheby's de Londres. Es muy amigo de Benedict. Veo que han venido todos los de la Cuesta de Moyano —prosiguió mientras me iba describiendo a la variada fauna que observaba, entre incrédula y morbosa, los rituales—. También los de la Liga Internacional de Libreros Anticuarios... Está Juan de la Cuesta, el ilustre descendiente.

—¿De quién?

La inspectora Madariaga me miró como a un mal estudiante, me estaba acostumbrando a esa mirada. No me importaba, significaba que estaba aprendiendo mucho y rápido, y a mí la velocidad me venía bien últimamente.

—De su tatarabuelo homónimo, Juan de la Cuesta.

Seguí sin comprender, la apremié a explicarse.

—El famoso impresor de Cervantes. Tiene el local de la imprenta de su antepasado en el mismo Barrio de las Letras, es un lugar histórico para turistas y para cervantinos de todo el mundo, además de la sede de la Sociedad Cervantina que él preside. Allí salió el prínceps de *El Quijote.*

Sonreí para mí pensando que ya sabía lo que era una edición prínceps.

Lo observé con curiosidad. Tendría unos años más que yo, con barba corta y unas gafas de pera que lo hacían parecer un empollón introvertido.

—Y tenemos también a Gaspar a su lado —indiqué.

—Son buenos amigos, Juan de la Cuesta es muy retraído, pero los de la brigada de Patrimonio siempre acudimos a él cuando se trata de temas cervantinos, que suelen ser muy jugosos para los coleccionistas, y de vez en cuando aparece alguna edición no catalogada y se monta un pequeño revuelo. Es uno de nuestros gargantas más o menos habituales, y si te lo estás preguntando, sí, a él le pagamos. Aunque creo que no lo hace por dinero, como imaginarás es muy buen gestor de su patrimonio y tiene la vida muy bien resuelta, sino por amor al legado de su antepasado.

—Yo también lo defendería de cualquier falsificación o acto delictivo —convine.

La inspectora Madariaga continuó hablando, pero la escuché distraído, porque eran otras personas las que me habían llamado la atención.

Un grupo de mujeres, eran cinco. Trajeadas, de gris, bien vestidas, todas con gafas de sol, camisas blancas, alguna incluso con un sombrero borsalino y una estrecha corbata negra. Permanecieron a lo lejos observando, sin mezclarse con nadie. Parecían enteras pero consternadas, era como si vigilasen o controlasen las exequias de Sarah, o tal vez me sorprendió que su actitud fuera un espejo de la mía.

Eso era, precisamente eso.

En cuanto lo pensé, lo supe: ellas estaban allí como yo, para averiguar si el asesino de Sarah estaba entre nosotros.

—¿Las conoces? —le pregunté a la inspectora Madariaga.

Las miró con detenimiento, torciendo el gesto.

—No, a esas no las controlo. Tal vez no sean del mundillo, entiendo que Sarah tendría vida social más allá del ámbito profesional —adujo.

Para entonces, Gaspar no había desaprovechado la oportunidad de acercarse junto con Juan de la Cuesta, que saludó a la inspectora Mencía murmurando una frase cabizbajo de esas que se dicen en los entierros, tipo «no somos nada».

—Ya le dije que nos volveríamos a ver pronto —me dijo Gaspar con la voz tomada por la emoción—. Este es el peor momento, cuando uno comprende que se le despide de verdad.

Todos asentimos, aunque no estaba preparado para la sorpresa que me trajo aquella jornada.

Con sus tacones y su traje entallado, Goya apareció en el cementerio. Y si quiso pasar desapercibida con sus gafas de sol, no lo logró, porque casi todas las cabezas se fueron girando a su paso, hasta que se acercó a Alistair y al viudo y les presentó sus contenidas condolencias.

Todos aguantamos la respiración, solo Gaspar se atrevió a romper el espeso silencio con su voz susurrante:

—Esto resulta demasiado morboso, incluso para mí.

20

EL CEMENTERIO BRITÁNICO

Mayo de 2022

Los cuatro seguimos a distancia la conversación entre Goya y Benedict, aunque no acertamos a oír lo que decían.

—Ver para creer —dijo Gaspar con un gesto que basculaba entre la incredulidad y el reproche—. Inspector, le traigo a Juan de la Cuesta porque Sarah y él colaboraban con el Instituto Cervantes, y no he podido evitar crearme una teoría interesante.

—¿Una teoría con respecto a qué? —pregunté preocupado.

¿No se habría ido Gaspar de la lengua con Juan de la Cuesta? Por mucho que el impresor también colaborase con la brigada de Patrimonio Histórico, no era bueno que airease mis pesquisas.

—Le he preguntado por si él ha escuchado algo últimamente de algún libro de horas que haya salido al mercado. Ya sabe, dos pares de orejas escuchan más que uno.

—No son mi especialidad —dijo mientras se subía las pesadas gafas con el dedo índice en un gesto que repetía una y otra vez—, los libros de horas pertenecen a la Edad Media, y los cervantinos comienzan a partir de 1605, que fue cuando mi antepasado imprimió *El Quijote* por primera vez. Pero Gaspar me hizo una pregunta que me llamó la atención y...

—Está claro, inspector Kraken —le interrumpió Gaspar perdiendo la paciencia—, que usted busca un ejemplar valioso, y yo le pregunté a Juan dónde habría guardado Sarah Morgan un ejemplar de esa naturaleza, y es evidente que la primera opción es en algún lugar de su editorial, tenga en cuenta que puede tener mil estanterías y recovecos, cajones ocultos, estancias, techos, suelos o paredes falsas, cajas fuertes..., cada bibliófilo tenemos nuestros escondites, algunos prosaicos, otros sofisticados. Algunos arcaicos, otros de última tecnología. Pero es una opción demasiado evidente, y Sarah no era una mujer simple que no pensara las cosas. Y Juan me dijo que la última semana coincidió con Sarah Morgan varias veces en el Instituto Cervantes, y aquí es donde viene mi teoría..., aunque quisiera que la viesen *in situ* y así lo pueden comprender, ¿tienen algo mejor que hacer?

21

EL INSTITUTO CERVANTES

Mayo de 2022

Cualquiera se resistía al guante que nos habían tendido. Yo no, desde luego. Pero a la inspectora Madariaga también se le dilataron las pupilas y se adelantó:

—Voy a por el coche, os recojo a ambos en la entrada, seguro que tenéis que despediros de demasiados colegas. ¿Me acompañas, inspector? —dijo girándose hacia mí.

—Un momento y estoy contigo —le dije, y dejé a los tres mirándome.

Me acerqué a Alistair aprovechando que había quedado un minuto liberado de los pésames. Quería haber hablado con Goya, pero miré alrededor y no la encontré, aunque me pareció ver su espalda entre las cinco mujeres que ya marchaban camino del portón del cementerio. Se me había escapado, maldije la estupenda ocasión desaprovechada para tomarle la temperatura emocional a una mujer que me tenía bastante descolocado, todavía no era capaz de hacerle un perfil.

—Qué horrible tradición la de nuestras familias: unir aquí, frente a la muerte, nuestros lazos de amistad —me dijo Alistair mirando fijamente el retrato de su hija, como si quisiera presentármela.

—Cierto.

¿Por qué no lo hicimos, por qué jamás supe demasiado del pasado de mis padres, de sus amigos, de sus trabajos, de sus ambientes, de cómo vivieron?

Sabía la respuesta: el silencio de mis abuelos, la certeza de su dolor.

Pero Germán y yo habíamos crecido con un inmenso vacío de información, sin tener apenas datos de nuestras raíces, y para alguien obsesionado con la verdad, estaba resultando demasiado doloroso.

Tal vez siempre supe que el momento llegaría, y con un abuelo a punto de cumplir los cien años, estaba apurando demasiado el tiempo de las preguntas sin evasivas.

—Aquí conocí a tu padre, me emocionó que tu abuelo hubiera cumplido su promesa y hubiera bautizado a su hijo con el nombre de mi padre. Eso es mantener una promesa.

—Eso es la definición del abuelo —dije, como si no tuviera que explicar nada más.

Él sonrió con tristeza y asintió, como si recordara algo.

—Alistair, nada más lejos de mi intención, pero voy a necesitarte para que me hables de mi madre. Pero, si te parece, voy a la Librería del Alma en otro momento, cuando el entierro termine. Te puedo hacer compañía, el abuelo no permitiría que el hijo de Gael se matara a lingotazos de absenta.

—Así que el hijo de Gael va a cuidar al hijo de Gael... Yo debería cuidar de ti, en ausencia de tu padre. Y si quieres ayudarme, aguanta aquí un minuto, que no quiero que vengan los pesados de la Liga Internacional de Libreros Anticuarios —dijo en voz baja, saludándolos con la mano desde la distancia y haciéndoles un gesto evidente de que estaba ocupado conmigo.

—Te cubro, no hay problema. Te decía que todo lo que me cuentes de mi madre...

—Tu madre, la bella y dulce Marta... Poca cosa, era

clienta habitual de la tienda, tu padre la atendía, y pese a que al principio no era muy receptivo, se hicieron cotidianos y estaban a gusto charlando. No fue un amor a primera vista, y no porque tu madre no lo mereciese, pero se coció a fuego lento, con conversaciones que se alargaban más de la cuenta charlando de las novelas que ella compraba. Hasta que le hice a Gael ver lo evidente.

—¿Así que tú hiciste de Cupido?

—Sí, digamos que le di el empujón. Ella denotaba interés, pero era muy tímida, y hace cuarenta años en este país nosotros éramos los que teníamos que dar el primer paso.

—De acuerdo, pero ¿sabes algo de ella, de su familia?

—No tenía, por lo que recuerdo, Gael no me hablaba de eso.

—¿No puedes darme ningún dato? ¿Dónde trabajaba? ¿Dónde vivía? ¿Con quién se relacionaba?

Alistair me miró un poco cansado.

—Mira, era la novia de un empleado que era mi amigo, pero yo siempre he sido muy libre y muy discreto en mis relaciones y nunca he fiscalizado las de mis amigos, nunca he sido de preguntar. Siento mucho que no te esté ayudando.

Un investigador reconoce enseguida cuándo no tiene que preguntar más, y aunque me resistía a hacerlo, porque era la única persona viva además del abuelo que podía darme algún dato de mi madre, Marta Gómez, o de la que creía que era mi madre, tuve que renunciar.

En los papeles de mi padre no encontré su DNI, ni su certificado de defunción, era como si no existiese.

Y un detalle que siempre me escamó: en su tumba de Villaverde solo aparecía la fecha de su fallecimiento, dos días después del cumpleaños de Germán, en 1982, pero las letras de bronce grabadas sobre granito nada decían de cuándo nació. Tampoco su segundo apellido.

Solo Marta Gómez.

Y aquella omisión no era normal.

Ahora me resultaba escandalosamente genérico. Como si fuera la identidad prestada y falsa de alguien con otro pasado. En el álbum familiar solo había dos fotos de ella.

Una, cargando conmigo en brazos. Yo tendría cuatro años y estábamos en la piedra de San Tirso, con el mantel de cuadros desplegado sobre la hierba con las fiambreras rebosando tortillas de patatas. Obviamente, yo ni tenía el recuerdo de aquella excursión al monte. En la otra fotografía, la única de una familia en ciernes, mi padre abrazaba su barriga embarazada de Germán y me daba la mano, yo tendría más de cinco. Tampoco recuerdo el momento en que la tomaron.

Me despedí de Alistair, no sin antes recibir un emotivo abrazo que captó las miradas curiosas de todos los presentes y me dirigí a la puerta, donde me esperaba la inspectora Madariaga en su coche. Nuestros confidentes libreros no habían venido todavía, retenidos, imaginé, en infinitos bucles de conversaciones de funeral.

—Antes de que vengan, quería comentarte algo: pedimos a la operadora los datos del móvil de Sarah Morgan y el equipo informático ha tenido acceso a su agenda. Recogí sus idas y venidas durante la última semana, y me llamó la atención que tuvo varias visitas a Alcalá, 49.

—Se lo estás diciendo a un vitoriano, Mencía. Es mucho pedir que sepa de qué me estás hablando.

—El edificio de las Cariátides, el antiguo Banco Español del Río de la Plata, donde está actualmente la sede del Instituto Cervantes.

22

LA CAJA DE LAS LETRAS

Mayo de 2022

Una puerta giratoria dorada nos dio la bienvenida a la sede del Instituto Cervantes. Un imponente edificio neoclásico cuya entrada hacía chaflán en la céntrica calle Alcalá.

—Este es el Gran Hall —nos fue guiando Juan—, los antiguos empleados del banco lo llamaban «el submarino».

Y daba cierto aire, con sus mostradores de mármol verde y sus apliques de bronce, parecía en parte el interior de un crucero de lujo de principios del siglo XX.

—Lo que queríamos mostrarles —susurró Gaspar— es la joya nacional que alberga el legado de nuestros escritores: la Caja de las Letras, el tesoro mejor guardado de la capital, aquí, en los subsuelos del edificio.

Acudió a nosotros un tipo uniformado de guardia de seguridad, más bien de botones.

—Señor De la Cuesta —dijo saludando con un gesto educado—. ¿Puedo ayudarle?

—Fabio, vengo acompañado de la inspectora Madariaga y del inspector Ayala. También de un compañero librero. Nos gustaría acceder a la Caja de las Letras.

Fabio, con su barba casi pelirroja y su cráneo cuadrado, ladeó la cabeza.

—Sabe que no puedo bajar a cualquiera, las visitas no son libres —negó con la voz lenta de ultratumba.

Era curioso, rezumaba servilismo, pero nadie le movía de sus obligaciones.

—Pertenezco a la brigada de Patrimonio Histórico, Fabio —interrumpió Mencía—. Puedo entrar con una orden de la jueza, y la pediré si es necesario. Pero se trata de una investigación contra reloj, nos facilitas mucho la vida si nos acompañas y nos muestras la Caja de las Letras..., y nunca viene mal deber un favor a la policía, ¿no crees? Una multa, el permiso de residencia de un familiar...

Fabio la miró con la inteligencia práctica de quien no quiere ganarse un enemigo.

—Está bien, los acompaño y les hago una visita rápida, pero solo al señor De la Cuesta y a los policías. El amigo librero se queda fuera.

Todos asentimos, salvo Gaspar, que, contrariado, murmuró una excusa digna y se retiró antes de poner las cosas más difíciles.

Fabio tenía físico de bisonte, con la espalda cargada, los hombros voluminosos y un tronco poderoso al que le iba creciendo una barriga cincuentona.

Nos bajó hasta el sótano y lo seguimos por un pasillo hasta que llegamos a una imponente puerta circular de dos metros de diámetro.

—Era la antigua cámara acorazada del banco —explicó—. Tiene dos alturas, ahora lo verán.

Y no precisó de usar la fuerza de su vigoroso físico para girar el timón, porque el portón de acero estaba abierto.

Nos metimos en la cámara acorazada, una especie de pasillo cuyas paredes estaban forradas de cajas, cajas de tres tamaños. Las pequeñas eran las más altas, del tamaño de un buzón, las medianas ocupaban la altura intermedia, y, desde luego, en esas cajas ya cabía un ejemplar, pongamos, de un escurridizo *Libro Negro de las Horas.* Las cajas mayores quedaban a la altura de nuestras rodillas.

—Son mil ochocientas cajas, y solo sesenta de ellas están ocupadas por los legados de escritores y últimamente directores de cine, científicas, bailarines —nos contó Fabio.

—Miren, las cajas numeradas de latón dorado están ocupadas con la fecha en la que se depositó el legado y la fecha en la que se abrirá —dijo Juan—. Por ejemplo, la caja de Berlanga se abrió en 2021, cuando habría cumplido cien años. Contenía un guion inédito, entre otros documentos. También están los hermanos Machado, la caja de Ferlosio, con una lupa que dejó la viuda, con la que se ayudaba a escribir hasta el final de sus días. Y mi querida Ana María Matute, en la caja 1526. Decretó que no se abra hasta...

Nos llevó a la caja entusiasmado.

—Hasta 2029. Pero sabemos lo que dejó: una primera edición de su *Olvidado rey Gudú,* su novela favorita. Y la mía también: «Si bien la inteligencia tiene un límite, la tontería y la malicia no tienen fondo visible o alcanzable» —recitó de memoria—. Aquí también duerme la máquina de escribir de Nicanor Parra y hasta un cofre con tierra de la casa de Gabriel García Márquez en Aracataca y una placa con el famoso primer párrafo de *Cien años de soledad.*

Comprendía su entusiasmo, comprendía su brillo. El torpe impresor parecía un director de orquesta hablando con pasión de las mejores partituras. El lugar tenía algo sacro, algo de templo, algo de espacio de devoción. Pensé que las paredes metálicas, en plata y oro, le daban un aspecto de nave espacial *vintage.*

La inspectora Madariaga y yo calibramos el espacio que nos rodeaba con ojo de investigador. Fabio estaba presente, así que Juan de la Cuesta fue lo suficientemente discreto para no hablar del libro que yo buscaba, pero nos miró con un gesto elocuente que nos decía: «Este es un buen escondite, ¿no creen?».

Miré hacia arriba, sobre mi cabeza se desplegaba un segundo piso dentro del pasillo tubular. Unas escaleras estrechas y empinadas llevaban a otra tanda de cajas que llegaba hasta el techo del altillo.

—Es más de lo mismo —dijo Fabio—. Más cajas hasta completar las mil ochocientas.

—Muchas gracias, Fabián —contestó Mencía.

—Fabio —la corrigió, tal vez ya acostumbrado.

—Creo que ya lo hemos visto todo, te agradezco tu flexibilidad. Te voy a pasar mi número, y cualquier cosa que necesites, sabes que puedes acudir a mí —le dijo la inspectora mientras le ofrecía una tarjeta.

Fabio se la guardó en el bolsillo trasero, después de mirarla como si fuera un billete de lotería ganador.

—Agradecido, inspectora —murmuró feliz con esa voz suya tan opaca.

Nos acompañó hasta la salida, aunque Juan y él se quedaron hablando de los horarios de un acto de lectura de *El Quijote* que De la Cuesta estaba organizando.

Mencía y yo aprovechamos para salir del edificio y contrastar opiniones.

—Desde luego, es un lugar en el que Sarah podía haber guardado un ejemplar valioso, pero hay mil setecientas cuarenta cajas posibles —dijo—. Podría entrar con una orden judicial, pero ¿qué le digo a la jueza, si ese libro no está demostrado que tenga que ver con ningún delito?

—Tenemos la grabación de la llamada del secuestro —le argumenté.

—El supuesto secuestrador no ha cumplido con la prueba de vida, Unai —me recordó, como si fuera necesario—. Para un juez no va a ser suficiente, la investigación que estoy llevando es por el homicidio de Sarah Morgan, y todavía no tenemos los resultados del análisis de tu ADN que nos corroboren los primeros de que había sangre de tu progenitora en el escenario del crimen.

En ese momento me saltó una notificación en el móvil. Era Lutxo:

«No he encontrado nada del nombre que me diste en la hemeroteca. Te dije que puedo pedirle un favor a mi colega Telmo, ¿llamo a la caballería? Quiero ayudarte a coger a ese cabrón».

Juré para mí y le escribí:

«No te preocupes, ya me encargo yo. Tengo otro asunto para ti. Es para antes de ayer: Casto Olivier, el antiguo dueño de la fábrica de naipes. Todo lo que tengas, sobre todo su biblioteca, era coleccionista de libros antiguos».

No tardó ni un segundo en contestar:

«Para ayer. Estoy en la hemeroteca, me pongo ahora mismo».

Quería volver a hablar con Telmo, quería saber qué relación tenía con la viuda de Edmundo y contaba con una magnífica excusa.

Pero entonces llamó Estíbaliz, me alejé un poco y contesté:

—¿Novedades?

—Ya lo creo. La buena de Lorea, que nos la ha pegado. La he llamado para que venga a comisaría a declarar y no se ha presentado. Hemos estado en su domicilio, y varios vecinos la han visto entrar y salir más tarde con una mochila. Ha apagado el móvil, nadie de su entorno la ha localizado. Se nos ha fugado, Kraken.

23

SPANISH FORGER

1972

Hace ya un mes que falsificas un ejemplar del XVII de *El paraíso perdido* de John Milton. Hay un coleccionista en la mansión de Villa Sofía que contactó con la hermana Aquilina. Ella fingió buscarlo por toda Europa, le habló de sus contactos en París y en Milán. Por fin le dio la buena noticia: lo ha encontrado.

Mentira. Todo mentira. El ejemplar no existe, posiblemente desapareció en el bombardeo de París durante la Segunda Guerra Mundial. Hasta esa fecha, la hermana Aquilina pudo rastrearlo. Lo demás es ficción.

Eres la nueva *Spanish Forger,* te contó la historia la primera vez que te trajo a la biblioteca de los ancianos.

Durante el siglo XIX aparecieron manuscritos de los grandes iluminadores del Medievo que jamás habían estado catalogados. Pero el estilo de las iluminaciones era fácilmente atribuible a los maestros. Las casas de subastas vendieron los hallazgos durante décadas, extasiadas por la buena suerte de sacar al mercado joyas nunca antes vistas.

Ya en el siglo XX los historiadores del arte comenzaron a estudiar varias de esas obras y detectaron que eran falsificaciones. Pero no eran copias. Aquellos códices jamás existieron. Un desconocido artista había creado libremente manuscritos imitando el estilo de los iluminadores. Le siguieron la pista hasta España, pero jamás lograron descubrir su identidad. La leyenda fascinó a todo el mundo del coleccionismo, y las obras del *Spanish Forger,* ya identificadas como tales, salieron de nuevo en una única subasta que alcanzó todos los récords.

Durante este tiempo has aprendido a recrear el antiguo negro marfil con huesos de oveja carbonizados que la hermana Aquilina le compra a un pastor del Gorbea. Machacas la tierra de Siena hasta conseguir el ocre amarillo después de mezclarlo con aceite de linaza para solidificarlo.

Has aprendido también a añadir el papel que falta ablandando ciertas hojas de ejemplares que han salido de la misma imprenta, las páginas no impresas de las guardas. Las planchas antes de que se seque toda la superficie y después las homogeneizas con una solución vaporizada de celulosa o espolvoreándola con nitrocelulosa.

Quieres acabar el Milton porque te ha prometido contarte qué es el Círculo de las Egerias.

La noche que lo acabas estás expectante. Ella lo revisa con una enorme lupa de plástico. Sabes que ha quedado satisfecha, te ha hecho repetir páginas docenas de veces hasta resultar indetectable.

—Aprobado, Ítaca. Este ejemplar ya está listo para salir al mercado.

—Pues entonces hábleme del Círculo de las Egerias.

Se balancea con el cuerpo un poco pesado, como un ánade, y se sienta en la silla desde la que te suele dar indicaciones.

—Comenzaré por contarte quién fue Egeria. Nació en el siglo IV, en la diócesis de Hispania, en la Gallaecia interior, posiblemente El Bierzo. Era noble, culta, ella se definía como una mujer de ilimitada curiosidad. Viajó durante tres años hasta los Santos Lugares y los documentó. Ella escribió la primera guía de viajes tal y como las conocemos ahora. Toma, te has ganado este ejemplar, es una preciada edición del siglo XIX, así practicas tu inglés.

Te da un pequeño libro de tapa blanda, en sepia enmarcada en verde. Puedes leer: *The pilgrimage of Etheria.*

Aprecias el regalo y su valor, pero te sientes defraudada y estafada.

Un mes de esfuerzo, cuatro semanas saliendo de la cama a medianoche para trabajar tres y cuatro horas a la luz de unas pocas velas en silencio, y la hermana Aquilina te escatima la información que te interesa: habló de «ellas», de unas mujeres, cultas, de buena familia, un círculo que la acogería.

Tú pensaste en una familia y has acabado siendo una esclava.

Así será siempre con la hermana Aquilina.

Una hermosa promesa a cambio de aprovechar tu don.

24

EL CONDICIONAL ALAVÉS

Mayo de 2022

Lorea, la becaria *millennial.* En ocasiones, a lo largo de mi carrera como policía, me había sorprendido la identidad de los culpables. Y esta era una de ellas.

Lorea.

Era cierto que podía tener el motivo, la oportunidad, el arma. La tríada oscura de hechos objetivos que los investigadores teníamos que analizar con la cabeza fría sobre el papel y no guiarnos por impresiones como su apariencia vulnerable o su extrema juventud.

—¿Estás ahí? —preguntó Estíbaliz al ver que tardaba demasiado en contestar.

Me despejé y me obligué a ser resolutivo:

—Habéis puesto un dispositivo en marcha, imagino.

—El juez ha aceptado dictar la orden de busca y captura gracias a las grabaciones y la declaración que le he presentado, con las que le demuestro que miente. Tampoco hay denuncias de la pérdida del DNI, tarjetas de crédito, las llaves... En eso también nos mintió. Cuando alguien pierde el bolso con todos sus documentos imprescindibles para el día a día y las llaves hace una serie de gestiones con el banco, pide cita para el DNI y no consta ni en su banco ni en la comisaría de Olaguíbel que pidiera cita. Por otro lado, había un total de nueve huellas dactilares de Lorea en la trastienda de Edmundo, algunas sobre la misma mesa donde subieron los efluvios de las anilinas. Es un indicio circunstancial, ya que trabajaba en la librería, pero todo suma ahora mismo. Y tengo algo más..., el informe del análisis de la grabación del presunto secuestro que me han enviado los del laboratorio de Acústica Forense.

Me paré en seco en la acera, un señor con su perro por poco me lleva por delante, le pedí disculpas y me aparté.

—Dime —le urgí con la voz seca.

—No hay ruidos ambientales, se deduce que te llamó desde un lugar cerrado, no hay tráfico cercano. También puede ser un lugar bien insonorizado. Pero eso no es lo más relevante: han cazado un condicional alavés.

—Pues tendrás que explicarte, porque no sé de qué estás hablando.

—En una de las frases, la voz dice: «si estaría mejor informado», en condicional, y prosigue con «sabría que», es un localismo alavés, es incorrecto. Lo correcto es decir: «si estuviese mejor informado». Ni tú ni yo nos dimos cuenta porque mucha gente aquí, sobre todo los mayores o gente sin estudios, habla así.

—Entonces la llamada fue desde Vitoria.

—No tiene por qué, pero desde luego la persona que dice ser Calibán es alavesa o ha vivido aquí muchos años.

—Como perfilador me ayuda mucho a acotar la lista de personas de interés —le dije.

—Ya lo creo, ¿cómo va tu perfil?

—Está claro que quien o quienes mataron a Edmundo y a Sarah pertenecen a este mundo de la bibliofilia. Y los conocían a ambos en persona, sabían de sus costumbres y de sus últimos negocios. Es en el entorno profesional donde lo vamos a encontrar. Hay cierto sadismo y algo muy personal en destrozarles el rostro, pero o no es fuerte físicamente, y me temo que ahí encaja Lorea, o es cobarde y no mató en un cuerpo a cuerpo. No quiso lucha, no quiso estar presente.

—Envíame tu informe de perfilación, aunque sea provisional. El comisario Medina me llama cada dos horas —me urgió—. Y sé que me lo vas a preguntar, pero me paso cada poco por tu buzón y sigue vacío.

Suspiré frustrado.

—Mira, Estíbaliz. Lo de Edmundo se está complicando, y también necesito avanzar con la identidad del nombre que me dio Calibán. Vuelvo ahora mismo a Vitoria, allí tenemos demasiados hilos de los que tirar. Y si el informe dice que Calibán es vitoriano, no sé qué hago aquí. Seguiré colaborando con la inspectora Madariaga, pero hago más falta allí.

El plazo para que Calibán volviese a llamar expiraba en unos días y yo no era de los que van a una negociación sin nada que ofrecer.

—Vaya paliza —respondió mi compañera.

—Estamos en una cuenta atrás, Esti.

—Deberías comenzar a contemplar la posibilidad de que el tal Calibán no vuelva a llamar y de que tu prioridad no es encontrar un supuesto libro negro de las horas en cuya existencia ni siquiera creen los expertos.

Cómo explicarle.

Cómo explicarle que si hubiera una sola posibilidad entre un billón, con «b», de que yo tuviera una madre viva, no dejaría de preguntarme un solo segundo de mi vida qué era de ella, dónde estaba, y sobre todo, la pregunta de todo hijo criado sin madre: ¿por qué nunca me había buscado?

Me despedí de ella y aproveché para marcar el número de Telmo mientras Juan de la Cuesta salía del edificio y charlaba con Mencía.

—Kraken, ¿cómo va todo?

—Con bastante trabajo, estoy en Madrid, pero salgo para Vitoria. Me gustaría pedirte un favor. Por cierto, acabo de coincidir con tu jefa, Goya —le tanteé para ver su reacción.

—¿En Madrid? —preguntó extrañado.

—Sí, en el entierro de Sarah Morgan —le confirmé.

—No, ella está en Vitoria. No me ha dicho nada, tienes que estar equivocado.

—Estaba hace poco en el Cementerio Británico de Carabanchel, te lo puedo asegurar.

Guardó unos segundos de silencio, como tardando en aceptar el dato.

—Bueno, te creo, claro. Qué raro, no me ha dicho nada. De todos modos, ¿cuál es ese favor?

Lo noté molesto, casi posesivo y casi rencoroso.

—Tú controlas las publicaciones antiguas catalogadas por la fundación, ¿verdad?

—Ha sido mi trabajo durante los últimos meses, sí.

—Necesito que me encuentres cualquier noticia en la que aparezca este nombre —se lo dije—. ¿Crees que podrás ponerte ya? —le urgí—. Voy contra reloj.

—Pues voy ahora mismo a la fundación, ya que no está Goya, trabajaré con total intimidad —dijo, creo que casi para él mismo.

—Te lo agradezco. Si encuentras algo, me llamas, sea a la hora que sea, dejo el móvil abierto.

—Cuenta con ello.

No se me escapó lo que aquello significaba: que Telmo tenía libre acceso al edificio de la fundación y a todo lo que albergaba, incluido el depósito, a cualquier hora del día y de la noche.

—Una pregunta, Telmo. ¿Qué sabes de Sarah Morgan?

—La conocía por los artículos que publicaba en las revistas de bibliofilia como *Titivillus*.

—¿Como qué? —pregunté, sin comprender.

—*Titivillus.* Era un demonio medieval, su principal cometido era recopilar los errores de los copistas. Cargaba con un hatillo de libros a su espalda y los esperaba en el Infierno, en el Juicio Final. Parece baladí, pero en el Medievo la creencia de su existencia se generalizó y los escribas lo temían, así que estaban atentos a no cometer faltas de ortografía.

—Bonita historia —comenté.

—Según lo veas: coacción religiosa para fomentar la productividad —contestó—. Te decía que Sarah solía publicar en revistas del sector.

—Pero ¿la conocías en persona? —insistí.

—Jamás hablé con ella, aunque a veces venía a la fundación y hablaba con Goya, no sé de qué.

—¿Y qué opinas de Edmundo?

—Era un capullo que no la merecía —contestó con rabia, sin pensar, con esa voz que parecía mascar piedras.

—Se dice que era muy promiscuo, ¿sabes algo de eso?

—Siempre contrataba a dependientas jóvenes, inteligentes, pero imagino que, con la diferencia de edad, muy manipulables. Tú eres el perfilador, seguro que ya habrás llegado a la conclusión de que Edmundo era un narcisista de manual.

—Gracias por el apunte, lo sospechaba, sí —concedí—. ¿Conoces a Lorea, su última empleada?

—Sí, coincidimos en un curso de catalogación.

—¿Es cierto lo que se decía?

En realidad no se decía nada, pero era mi frase favorita para tirar de la lengua a alguien. Eso sí que era de primero del manual de interrogatorio.

—Sí, era cierto. Edmundo y Lorea tuvieron un lío, pero él ya estaba a otra cosa.

—¿A Sarah?

—Lo de Sarah no se sabe, era mucha mujer, incluso para él.

Vi que Juan de la Cuesta se despedía de la inspectora Mencía y ella me hacía un gesto con la mano para decirme que después me llamaría por el móvil.

—Telmo, te dejo para que empieces cuanto antes —dije mientras colgaba y me acercaba a Juan—. Yo me vuelvo a Vitoria, ya sabes, si tienes algo más que pueda servirnos...

—Yo también me voy a la imprenta a trabajar, ya sabe dónde encontrarme.

—Está en el Barrio de las Letras, ¿verdad? La imprenta de *El Quijote*.

—Sí, ahora es la Sociedad Cervantina, que yo dirijo, sí, en la calle Atocha, ¿le interesa, quiere que se la enseñe?

—No, no es eso, pero me alojo en un hotel en el Barrio de las Letras.

—Pues vamos juntos, entonces. Sí que me gustaría comentarle algo, algo que no le he contado a Gaspar. ¿Ha oído hablar de la mítica librería escondida de Pedro Bardel?

—No, ningún librero hasta ahora me la ha mencionado.

—Porque Gaspar solo habla de lo que domina, pero yo la he encontrado. He encontrado el local. Venga conmigo: voy a mostrarle la cueva de Alí Babá de los tesoros bibliográficos.

25

LA LIBRERÍA ESCONDIDA

Mayo de 2022

Caminamos hasta la calle del Prado, una acera estrecha con mucho encanto donde abundaban los pequeños comercios.

Nos movimos entre una mezcla heterogénea de vecinos y turistas. Esquivamos varias furgonetas de reparto y algunos *riders* con sus mochilas cúbicas a la espalda. Me gustaba aquel ambiente, en el mismo centro de la ciudad, a barrio castizo que se había negado a crecer.

Pensé que nos dirigíamos a la Librería del Prado, un pequeño local donde se anunciaban libros antiguos y grabados, pero Juan continuó y se detuvo entre el portal número siete y el siguiente local de antigüedades, el número nueve.

Me quedé mirando una persiana bajada vandalizada con un grafiti de grandes letras amarillas.

—Observe con atención, ¿no ve nada?

—Un local cerrado hace tiempo —dije.

—Exacto, hace más de cuarenta años. Pero mire, mire con atención la fachada. ¿Ve las marcas que dejaron las letras de este negocio?

«Vaya...», pensé.

—Pues tienes razón: parece que había unas letras formando el nombre «Pedro» en mayúsculas.

—Eso es. Pedro Bardel. Tengo facturas de mi familia de hace décadas donde aparece la dirección de Pedro Bardel, calle del Prado, nueve. Si quiere, nos pasamos por la imprenta y se las enseño.

—No es necesario, lo que no veo es dónde quiere ir a parar.

—Mire, Pedro Bardel era uno de los nonagenarios que falleció durante la primera ola de la COVID. Llevaba muchos años retirado del mercado. Fue el patriarca de los libreros de viejo de Madrid, yo me crie con su leyenda. Pero matrimonió con una familia pudiente, tenían minas, y él ya no necesitaba vender. Se dice que en este local hay veinte mil ejemplares. Amigos libreros, de los ancianos, me contaban que había de todo, guías de viajes del siglo XIX, que contenían grabados y acuarelas de ciudades españolas y ahora son cotizadísimos, libros de horas, libros góticos, incunables. Y mire..., ¿ve ese balcón del entresuelo? Pues a mí no se me ha olvidado el detalle que me contó el de la librería Lope: dice que Bardel a veces subía esta persiana y abría la librería solo por el placer de exponer sus codiciados ejemplares y que coleccionistas u otros libreros se interesasen por alguna de sus joyas bibliográficas. Cuando el cliente le quería comprar, él le subía el precio, pero incluso si el cliente aceptaba la subida, él se negaba a venderlo. No necesitaba el dinero, lo hacía solo por jactarse, por un retorcido sentido de la diversión. Como puede imaginar, en la profesión acabó haciendo algunos enemigos. Y este librero me contó que una vez lo invitó y lo subió al entresuelo, y que en esas contraventanas blancas que ve cerradas tenía grabados de Goya ¡pinchados a la madera con chinchetas! ¿Se lo puede creer? No los había sacado al mercado durante décadas, solo para tenerlos en este local cerrado, clavados con chinchetas.

Me impresionó, me imaginé a un enfermo Francisco de Goya trabajando en sus grabados, en su época más oscura, sin saber que siglos después el producto de tanto esfuerzo creativo se deterioraba crucificado en un local de un avaro coleccionista.

—Piensa que el ejemplar que la inspectora Madariaga y yo buscamos puede estar aquí —le dije.

—No lo sé, solo quiero colaborar, como siempre que huelo algo raro en este mercado. Después de tantos años veo venir una estafa, un robo, una falsificación. Me siento deudor del legado de mi familia y de que escritores como Cervantes o Lope de Vega confiaran en mi antepasado para que imprimiera y distribuyera sus obras. Fue una labor conjunta, y yo siento que debo estar a la altura y protegerla en la medida de mis posibilidades de gente que entra en este sector solo por dinero y por especulación. Por mi parte, solo puedo informarlos de que Sarah visitó con excesiva frecuencia las últimas semanas el Instituto Cervantes, y ahora está muerta. Y que vi a Edmundo por esta calle un par de veces el mes pasado, y eso es demasiada casualidad porque no daba puntada sin hilo, y pregunté a la dueña de la Librería del Prado, que es amiga, y Edmundo no entró en su tienda.

—Crees que Edmundo compró los ejemplares que están o estaban en este local a los herederos de Pedro Bardel —concluí.

Y tal vez fue el mítico librero Pedro Bardel, un coleccionista con dinero suficiente, quien compró la biblioteca a Casto Olivier y no necesitó venderla jamás. Por eso tenía veinte mil ejemplares, solo partiendo de un coleccionista rico como Olivier podía llegar a acumular tantos ejemplares.

... Y si las leyendas eran ciertas, tal vez Pedro Bardel se quedó con el *Libro Negro de las Horas* de Constanza de Navarra y estaba allí escondido, a apenas un metro al alcance de mi mano.

Sonreí por primera vez en días: ya tenía algo que darle a Calibán.

26

LA PEQUEÑA MOZART

Mayo de 2022

La tarde estaba cerrando ya mientras conducía por las carreteras desiertas rumbo a Villaverde. El anochecer había enrojecido el horizonte con nubes de esas que parecían sobrenaturales. En el pueblo me esperaban el abuelo y Germán, pendientes de lo poco que podía avanzarles por teléfono.

Había puesto al día a la inspectora Mencía y le pedí que se encargara de pedir las grabaciones de las cámaras externas del hotel de la calle del Prado, para verificar la información que nos había dado el impresor. Por mi parte no tenía más que hacer en Madrid, porque de momento no había suficientes indicios para pedir a la jueza un registro de aquel local ni en la Caja de las Letras. No mientras Calibán no diera señales de vida ni me enviase la muestra de la sangre de mi madre. Tanto la policía de Madrid como la Ertzaintza le estaban dando muy poca credibilidad a la llamada.

Hablé con Alba, me pasó con Deba antes de que se quedase dormida. Me contaron sus pacíficas rutinas, alejadas de entierros y muestras de sangre. Estaba caminando al filo de dos mundos, uno pacífico y otro siniestro. Estaba por ver hacia qué lado me harían caer los vientos del destino.

A la altura de Burgos recibí la llamada de Telmo, exultante:

—¡La he encontrado! —exclamó.

—¿A Ítaca Expósito? ¿Estás seguro?

—Una vez que he encontrado el primer titular, me ha resultado sencillo tirar del hilo.

Noté que estaba temblando al volante.

—Espera, ahora mismo te llamo —fui capaz de decir.

Por fin, por fin algo de Ítaca Expósito. Di un volantazo que no debí y me aparté hasta un solitario desvío.

Una vez allí, salí del coche y respiré un par de bocanadas de aire. A veces sabes que la vida te va a cambiar al minuto siguiente, pero por mucho que te prepares mentalmente, te viene grande. Y una madre resucitada le venía grande a cualquiera.

Marqué el número de Telmo.

—¿Qué tienes?

—Unos cuantos artículos a lo largo de los años sesenta. No sé si te cuadra, no me dijiste nada de fechas.

—Continúa, por favor. Todavía no sé si me cuadra.

—Vaya..., sí que es importante, estás hecho un flan. Pues te voy a escanear todo lo que he encontrado, dame un correo para que te lo envíe.

—Te lo mando por WhatsApp, pero por tus muertos, Telmo, adelántame algo.

—Lo he encontrado en la revista de la Escuela de Artes y Oficios. Te leo el titular: «Ítaca Expósito, la Mozart de la pintura vitoriana».

—¿Mozart?

—Continúo: «La niña prodigio que embelesa al mundo con sus copias de los grandes maestros de la pintura».

Una niña prodigio.

Sentí orgullo por alguien que no conocía. Fue extraño, el mismo tipo de orgullo que sentía por la precocidad de Deba.

—Aquí hay una foto, aparece la tal Ítaca Expósito en la

plaza de la Virgen Blanca con más escolares, todos sentados en pupitres y con tablas que sujetan dibujos del monumento, también hay un cura. Por lo visto ganó ella. Es un pequeño articulito, solo dice: «Ítaca Expósito, la genio precoz de la imitación, gana el concurso de pintura de la Virgen Blanca». Debajo aclara: «Nuestra más adorable niña prodigio de la pintura también se atreve con uno de nuestros más emblemáticos monumentos, pese a las quejas de algunos padres que no querían que los trazos portentosos y maduros de la niña prodigio compitieran con los garabatos de sus retoños, finalmente se dio por válido el fallo del jurado». Y tengo otra noticia en la que se habla de su paso como alumna excepcional en la Escuela de Artes y Oficios. También está ilustrada con una foto, se la ve más mayor, dibujando esculturas clásicas. ¿Te paso los escaneos?

—Ahora mismo, por favor. Y una cosa, Telmo..., gracias, no voy a olvidar este favor.

—Ya empiezo a darme cuenta de que o es personal o eres un obsesivo de cojones.

«Ambas, me temo», callé.

Recibí al momento las imágenes de las viejas publicaciones, aunque sentí que tardaban una eternidad en descargarse en mi móvil, pese a que esa eternidad solo durase un par de segundos.

Por fin vi su cara. Ítaca Expósito. Rostro estrecho, concentrada, trenzas oscuras, barbilla afilada y partida, ojos muy grandes. Era una niña despierta, de unos ocho años. Con uniforme escolar. En la foto de la Escuela de Artes y Oficios era una adolescente, alta y bastante delgada, de pelo largo, suelto. Miraba a la cámara como si ocultase un secreto, con una media sonrisa. El aula de dibujo estaba plagada de esculturas griegas de pies, manos, torsos. Varios alumnos se concentraban en pintar frente a sus lienzos, todos ellos en batas blancas, incluso Ítaca, que ya había terminado el dibujo pese a que los demás apenas eran esbozos.

Me sentí extraño, miré el recorte de la sierra de Burgos que tenía frente a mí, como ralentizando el momento, tal vez era la primera vez que veía a mi madre, aquella niña prodigio. Tal vez esa era mi historia, la de mis raíces, o tal vez solo un fraude de un estafador que me había involucrado en una búsqueda convirtiendo su delito en un delirio personal que no tenía ni pies ni cabeza.

En todo caso, Calibán lo había conseguido: me tenía en sus manos, trabajando a destajo para él.

Me obligué a continuar, todavía tenía que llegar a Villaverde, donde me esperaban el abuelo y Germán, tan desconcertados como yo. Tenía que seguir. Centrarme y seguir.

Escuché la voz cascada del abuelo en mi cabeza: «Déjate de hostias y sigue».

—Esti, te voy a reenviar los escaneos que me acaba de mandar Telmo. Ha encontrado a Ítaca Expósito.

—¿Qué me dices, entonces existe de verdad, no es una invención?

—Al menos hubo una, y por fechas cuadraría que fuera mi madre. Tal vez un poco joven, me habría tenido con dieciocho o diecinueve años.

Le resumí brevemente el contenido de los dos artículos.

—Quiero que me busques algo en los registros, ¿dónde estás?

—Metiendo horas en Lakua, en mi despacho.

—Perfecto. Mira, bajo la foto de la plaza de la Virgen Blanca hay un epígrafe, nombra a un sacerdote, un tal Lázaro Martínez de Armentia. Parece joven, no tendrá ni treinta años. No sé si tendremos suerte de que esté vivo. ¿Puedes buscar en los registros?

—Me pongo en cuanto cuelgues. ¿Dónde estás tú?

El sol era un disco naranja que se estaba escondiendo en la cresta de la sierra. Después solo quedaron nubes rotas en el cielo, en pocos minutos llegaría la oscuridad.

—En ruta, en una hora llego a Villaverde. ¿Habéis encontrado a Lorea?

—Ni rastro, y su familia está preocupada. Según todo su entorno, esa chica nunca ha roto un plato. Nos mintió con el asunto de las llaves y con las horas a las que se pasó por la librería, pero ¿tú la ves asesinando a su jefe?

—Jefe, desde luego, pero tal vez también amante. Telmo me confirma que tuvo un lío con Edmundo, pero que ya terminó.

Estíbaliz calló, se notaba que se estaba peleando con las palabras.

—Lo sé, pero no olvides que lo que te dice Telmo muy probablemente viene de la misma fuente: Goya. Lo que no puedo evitar pensar a estas alturas es: ¿y si Lorea no es la asesina y es otra víctima más?

—De Calibán, o del que haya asesinado a Edmundo o a Sarah Morgan —terminé su pensamiento, como si fuésemos de esos gemelos telépatas.

—Sinceramente, no sé qué estamos buscando, Kraken. Una fugitiva, una secuestrada o un cadáver.

27

EL PADRE LÁZARO

Mayo de 2022

Creo que fue la cena más tensa y triste que recuerdo en Villaverde. Subí por la cuesta bajo la luz agónica de una de las pocas farolas.

El pueblo estaba en silencio, entre semana apenas vivía gente, cada vez menos pueblo y más despoblado.

Germán y yo nos sentamos en torno a unas pencas rebozadas que nos había cocinado el abuelo y él nos acompañó en cuanto se sirvió el cuarto de vinico tinto que tomaba a diario desde que el mundo era mundo.

No escatimé nada, al menos todo lo que podía contar se lo conté, tenían derecho. Se trataba de nuestra familia.

El abuelo se adelantó, como siempre, mientras mondaba la piel entera de una manzana, una costumbre que repetía a menudo y que a mí me fascinaba desde crío.

—Hijo, le he pedido a Germán que busque en el registro de la propiedad la librería de vuestro padre.

—Abuelo, que tú no estás para eso. Déjamelo a mí.

Pero le miré a los ojos, cada vez más opacos.

Había un ruego, una súplica.

No soporté ese rostro de desolación, de incertidumbre.

—He encontrado la escritura de compraventa —dijo mi hermano en el tono más profesional que pudo—, aunque fue hace muchos años y el dueño no está vivo. No sé si quieres que le pase los datos para que Estíbaliz busque algo con eso.

—Gracias, Germán. Por favor. No es necesario, de verdad.

—Esto te concierne tanto a mí como a ti. Me pediste información de la familia Olivier. He buscado en el registro mercantil y en el de la propiedad. Malvendieron todo lo que constaba a su nombre en los años setenta, no quedó nada, solo la propiedad de una de las empresas que tenían, creo que era una empresa pantalla, un chanchullo de aquellos años, el edificio está casi en ruinas. Adivina: es la casona que está en la calle Manuel Iradier, cerca de San Antonio.

—¿La de enfrente de la iglesia de las Carmelitas?

—Exacto, el ayuntamiento quiere comprarlo y por lo visto hay problemas para declararlo edificio histórico. Quieren construir un hotel *boutique*, pero los permisos deben de ser una tortura burocrática. Los vecinos se llevan quejando toda la vida del estado ruinoso, de las plagas que se les cuelan en sus edificios, y de los posibles derrumbes del balcón de la fachada principal, que está apuntalado, pero un día se va a caer, aunque hay una verja y nadie va a salir herido.

Lo miré mientras terminaba con la ensalada de tomates de la huerta. Sin aceite ni sal, así, a pelo, de los que todavía tenían sabor.

—Y estás sonriendo por que... —le animé.

—Porque ahora vienen las buenas noticias, cortesía del abuelo y su legendario don de gentes.

—Conozco al que guarda la finca, Justino. Es de Villafría, el chiguito de la Hermógenes.

—El chiguito tiene setenta años —me aclaró Germán.

—Pues eso —se encogió de hombros el abuelo mientras se zampaba el último gajo de la manzana.

—Está medio jubilado, así que me he acercado a Villafría —continuó.

Aquello era muy propio del abuelo, eso de acercarse andando a un pueblo que estaba a dos kilómetros para ver si veía a alguien.

—Para qué coger el móvil, ¿verdad? —dije.

—Si estaba en la pieza, y allí no escucha el aparato porque no hay cobertura. Y a mí no me costaba nada. Total, que he hablado con el chiguito y mañana lo recogemos en coche y nos vamos a curiosear un poco a la casona esa, no sé, que si algo habrá, digo yo, pues tú que eres policía lo encuentras.

Asentí agradecido.

Y terminamos la cena en silencio, un poco más aliviados.

Teníamos esa falsa sensación de que podíamos controlar algo, de que estaba de nuestra mano no dejar que todo lo dado por supuesto hasta entonces se colara por el sumidero.

Germán y yo nos levantamos, recogimos la mesa, nos pusimos a fregar y mandamos al abuelo a la cama, pese a sus quejas.

Cuando nos aseguramos de que se había dormido y los ronquidos nos llegaban hasta la cocina, Germán se decidió a hablar mientras me tendía los platos mojados y yo los secaba con el trapo.

—Me siento un poco mal, Unai. Estoy buscando a todas las Martas Gómez del registro. Es una pesadilla, hay cientos de ellas nacidas durante esos años.

—Ya lo sabía, es lo primero que pedí a Estíbaliz. Había miles, Germán, miles de mujeres nacidas en toda España con ese nombre y ese primer apellido. Es tan genérico que parece torpemente inventado, una identidad falsa —dije frustrado, y me senté frente a la mesa recién recogida cuando terminé de colocar el último plato en el armario.

—¿Te das cuenta de que no tenemos nada? —dijo Germán—. Dos tristes fotos de ella, un nombre, un apellido, una fecha de defunción... y un nicho supuestamente habitado por sus restos. Que ya lo estoy dudando, y no me extrañaría que estuviera vacío. Te has planteado la posibilidad de pedir a un juez que nos permita exhumar los restos y hacernos una prueba de ADN, ¿verdad?

«Desde el primer momento», omití.

—Aún no estamos en ese punto —lo corté, casi por instinto—. Dime una cosa, y quiero tu sinceridad: ¿a ti te importa de quién naciera yo? Porque a mí me importa un carajo de quién nacieras tú.

Germán se pensó durante un rato la respuesta. Buscó una silla y se colocó a mi lado.

—Según yo lo veo, esto puede acabar de tres maneras: o que seamos hermanos de padre y madre, como hasta ahora creíamos. O que tú seas hijo de otra madre y Marta Gómez sea mi madre y te crio como propio, o que ambos seamos hijos de esa tal Ítaca Expósito y de papá. Así que, en el peor de los escenarios, seguimos siendo hermanos de sangre por parte de padre. Pero te soy sincero, incluso si no lo fuéramos, nos hemos criado como hermanos y no puedo imaginar un hermano mejor.

—A mí me sucede lo mismo —comenté pensativo—. No eres un hermano que me ha tocado, eres «el» hermano. Siempre asocié tu nombre, «Germán», con su significado: «hermano».

No me entraba en la cabeza pensar en Germán de otro modo.

—Pues entonces no hay más que hablar, digan lo que digan esas pruebas de ADN, nada va a cambiar entre nosotros —dijo con el alivio en el rostro—. Es solo que lo tenía que aclarar.

—No hacía falta. Entre tú y yo todo está claro, el que

me preocupa es el abuelo, ¿cómo está? ¿Crees que esto le está afectando? No deja de ser que ahora mismo no sabe qué pasó con su hijo ni con sus dos nietos hace cuarenta años, él también sentirá que puede que haya estado viviendo y manteniendo una inmensa mentira.

—Ronca, luego duerme —dijo Germán con su práctica visión del mundo.

Pero en ese momento vi una notificación en el móvil:

«¿Es muy tarde? Es importante».

Era la inspectora Madariaga.

Me levanté de un salto y la llamé mientras me metía en mi dormitorio y cerraba la puerta buscando un poco de intimidad.

—Mencía, puedes hablar. He llegado hace un rato a mi pueblo.

—Es solo para confirmarte que tengo los resultados de la prueba de ADN. Se ha cotejado con la sangre que encontramos en la editorial de Sarah Morgan, y efectivamente, se trata de tu progenitora.

Me senté en la cama, ahora sabía que era el hijo de otra mujer —tal vez de Ítaca Expósito—, y no de Marta Gómez, tan etérea una como la otra.

—Gracias, es tarde —dije mecánicamente—. Mañana hablamos.

Entré en la cocina. Germán era más listo que yo.

Leyó en mis ojos toda la conversación que había mantenido con Mencía.

—Bueno, pues algo que ya sabemos —murmuró mirando al suelo—. Me voy a la cama. Suficiente por hoy.

—Germán, podemos cotejar también tu ADN con el de la sangre de mi madre... —me apresuré a decir, a la desesperada.

Pero me callé horrorizado.

«Mi madre, tu madre...».

Ya había una grieta entre nosotros, que siempre habíamos hablado de «nuestra madre».

Y éramos un poco, solo un poco, pero lo suficientemente extraños como para que el aire de aquella cocina se helara y nosotros nos quedáramos congelados dentro.

—Y desde luego, podemos pedir que exhumen los restos de...

«De la que ya no es mi madre», pensé sin poder pronunciarlo en voz alta.

Y no tener un espacio físico localizado donde ir a hablar con ella me dejó desolado, más huérfano aún.

—Oye, vamos a dejarlo por hoy —me cortó Germán—. Buenas noches, hermano.

—Buenas noches, hermano —repetí en modo autómata, y nos agarramos ambos a aquella palabra para no precipitarnos peligrosamente por esa grieta a la que no nos queríamos asomar.

Y en esos momentos se escuchó un silbido desde el portal.

Ya habíamos cerrado el portón de madera de la entrada, y corrí escaleras abajo antes de que le diese por aporrear con la pesada aldaba.

—Shhh... El abuelo está durmiendo, sube —le susurré mientras abría el picaporte.

Mi compañera me siguió escaleras arriba hasta la cocina, donde nos esperaba Germán.

—¿Y esa cara de funeral? —preguntó tan espontánea como siempre.

—Hay mucho que procesar —murmuró Germán.

Dio las buenas noches educadamente y se fue a su habitación, sin ganas de hablar.

Por mucho que yo me empeñara, la maldita llamada de Calibán estaba rompiendo mi familia.

Y no quería, no podía permitírselo.

Lo maldije en silencio.

Solo tenía el recuerdo de una voz metálica y educada, pero estuve a nada de comenzar a odiarlo, y eso era mucho decir para alguien que nunca había querido bajar a ese pozo.

—Al menos yo te traigo buenas noticias, o eso espero. El Lázaro que me has mandado buscar, al igual que el de la biblia, no está muerto.

—¿Tan rápido? —exclamé sorprendido.

—Por una vez que una búsqueda es sencilla, no te me quejes.

—Pues tienes razón, cuéntame.

—Coincide por apellidos, por edad y porque fue sacerdote en los años sesenta, pero ya no lo es, aunque se encarga de la conservación de los faroles de la Cofradía de la Virgen Blanca en el Museo de los Faroles —dijo triunfante—. He llamado al museo y me ha atendido él mismo, acude a diario. ¿Mío o tuyo?

28

—

EL MUSEO DE LOS FAROLES

Mayo de 2022

Quién iba a decirme que en un museo junto a mi piso que albergaba bellos faroles iba a conocer a la primera persona que me iba a dar luz acerca de mi madre.

Paseé a primera hora por las aceras desiertas del Casco Viejo. La Zapatería era una de las calles gremiales de la Almendra Medieval que entre semana solía permanecer ajena al trasiego del centro. Los edificios restaurados de fachadas naranjas y amarillas albergaban todavía las casas en alforja, una estructura medieval de largos pasillos y escaleras empinadas que en invierno distribuía mal el frío y en verano acumulaba el calor en la última planta.

Estíbaliz me acompañaba, y se lo agradecí. Pese a que se estaba volviendo loca liderando el dispositivo de búsqueda de Lorea, prefirió tirar de ojera y no dejarme solo. ¿Tan perdido se me veía? Imaginé que sí, así que me dejé ayudar.

Un largo estandarte azul que ondeaba en la fachada nos indicó que habíamos llegado a la Casa Museo de los Faroles. El edificio tenía una puerta altísima de madera verde terminada en un arco, imaginé que era la adecuada para permitir que las carrozas salieran cada cuatro de agosto, la víspera de la Virgen Blanca, hacia la procesión nocturna del Rosario de los Faroles con los cofrades cargando el peso de la tradición.

Un hombre orondo con barba ensortijada nos esperaba en la puerta.

—Los inspectores, ¿verdad? —preguntó.

Nos presentamos y nos invitó a pasar al edificio, que albergaba los faroles y todas las piezas que salían en procesión.

—Me sorprende mucho que hayan contactado conmigo, llevo una vida muy rutinaria: vengo a diario al museo, me encargo de la conservación de los vidrios, a veces de su restauración, aunque no soy artesano vidriero ni metalistero, pero fui cura y estoy acostumbrado a obedecer muy bien —nos guiñó el ojo en un tono socarrón—, así que me usan de fuerza bruta.

Lázaro no se parecía nada al joven delgado con sotana que aparecía en las dos fotografías antiguas junto a Ítaca Expósito.

Además de su gran panza, tenía una barba algo canosa y rizada, y salvo los ojillos muy juntos, apenas vi similitudes entre el sacerdote de los años sesenta y aquel hombre.

Nos había hecho pasar a un recinto que exponía los faroles de vitrales azules, malvas, rojos, verdes y mil colores.

Los había en forma de estrella de seis puntas, otros eran una gran cruz blanca en la que se podía leer *Pater noster*.

A un lado pudimos admirar una maqueta de madera en tonos claros con la plaza de la Virgen Blanca y los edificios adyacentes. La maqueta mostraba el recorrido de los faroles y sus portadores la noche de la víspera de la Blanca.

Se me puso la piel de gallina cuando vi desde una perspectiva de dron mi propio tejado, aquel al que solía subir a despejarme, aquel en el que Alba y yo habíamos visto la procesión hacía unos años, cuando lo nuestro estaba, como los incunables, en pañales.

También se veía parte de la plaza de España, y bajo los arcos, la librería Montecristo.

Pero me obligué a centrarme y no distraerme, estaba allí para encontrar respuestas.

—¿Tiene algún lugar más privado donde podamos hablar?

La pregunta le tomó un poco por sorpresa.

—Bueno, en realidad no hay ninguna visita planificada para hoy. Estamos solos.

—Aun así —le apreté—. Es un tema confidencial de una investigación, preferimos hablar con usted en un espacio cerrado en el que no pueda entrar gente.

El local estaba muy bien insonorizado.

Lo noté en cuanto entramos y cerró la puerta.

El murmullo de la Zapa quedó fuera, tocaba oír la campana de las nueve en la iglesia de San Miguel, a pocos pasos, y estaba acostumbrado a escucharla desde mi piso todas las mañanas, y no la oímos.

... Y no dejaba de pensar en posibles locales desde los que pudo llamarme Calibán y tener a una mujer retenida durante días.

—Me comentó que se encargaba de la restauración de los vitrales, ¿podemos pasar al taller? —intervino Estíbaliz con aire inocente.

—A ver si el maestro vidriero no se enfada porque le meto a extraños, es muy quisquilloso con su material de trabajo —comentó, y lo seguimos hasta una pequeña habitación con una mesa de trabajo con vidrios rotos y mil botes de distintas pinturas.

—Bueno, ¿de qué se trata? ¿Qué precisan de mí? —preguntó mientras se secaba una gota de sudor con uno de los trapos del taller.

—¿Es usted quien aparece en una de estas dos imágenes? —le tendí las dos fotos y al principio las miró como si fueran ajenas. Después sonrió.

—Parece otra vida, la Virgen. Si hasta tenía cintura.

—¿Entonces nos confirma que es usted?

—Sí, no creo que haya más Lázaros Martínez de Armentia.

—Pero ya no es sacerdote... —quise saber.

—Colgué los hábitos hace décadas, no tenía vocación ni me sentía cómodo con las jerarquías de la Iglesia.

—¿Recuerda a Ítaca Expósito? Ella aparece en las dos, en un contexto parecido.

Miró la foto de la Escuela de Artes y Oficios, en la que aparecía ya de adolescente.

—Sí, cómo olvidarla. Fue una joven muy excepcional. Toda su vida, en realidad, fue muy atípica. Yo la acompañaba a actos públicos cuando las monjas de su colegio, la Veracruz, me lo pedían. Eran los tiempos después de Franco, pero el patriarcado estaba todavía muy presente en el día a día y a veces requerían que fuera un preceptor masculino quien la acompañase. Al principio era un sacerdote recién ordenado cuyo destino incluía confesar y dar misa en algunos colegios, el obispado me envió a la Veracruz, entre otros. Comencé siendo el confesor obligado, ya sabe, las niñas te cuentan pecados insignificantes, qué mal podían hacer a esas edades. Pero Ítaca era interna y huérfana, algo muy poco común, porque el colegio de la Veracruz no era un orfanato. Por eso Ítaca siempre estaba allí, la pobre, en las vacaciones de Navidad, durante los larguísimos veranos, sola con las monjas y ninguna compañera. Yo tendría veintipico, la recuerdo con quince años, más madura y responsable que las compañeras de su edad porque había crecido rodeada de adultas. Comenzamos a tener confianza y me convertí en su confidente de todo lo que no podía contarles a las monjas, y menos aquellos años. Luego estaba lo de su talento.

—Se refiere a su facilidad para la pintura.

Miró los tarros llenos de pigmentos y los pinceles.

—Era también su cruz. Las monjas la explotaron de niña hasta que se plantó, y no se lo tomaron muy bien. Ganaron mucho dinero, ella no vio ni un duro, nadie le abrió una cuenta corriente para que tuviera una vida ni unos ahorros al llegar a la mayoría de edad. La exhibían como a un mono de feria mientras la obligaban a copiar con un reloj de arena junto al lienzo a algunos maestros de la pintura que ella odiaba. Tenía una sensibilidad muy especial, me hablaba de los trazos como si hablara de la persona que lo pintó, para ella eran lo mismo. No distinguía. Cuando estaba melancólica, se iba a Friedrich. Pero la madre superiora, la directora del colegio, mató a la artista. Digamos que retorció el pescuezo de la gallina de los huevos de oro y cuando le abrió las tripas descubrió que no había nada. Ítaca se negó a volver a pintar a la edad de ocho o nueve años, pero vivía con el terrible miedo de que la echaran. Tenía un sentimiento de precariedad, de que estaba sola en el mundo, de que no tenía a dónde ir si la echaban. A mí aquello me resultaba demoledor. Yo crecí en una familia de muchos hermanos, con unos padres humildes, muy estrictos, pero amorosos. Sentía tal pena por la niña que, imagino, procuré ser un poco la figura de un hermano mayor. Conmigo se desahogaba.

«Vaya mierda de vida», pensé impotente. No me entraba en la cabeza lo que habría sido crecer con ese desamparo, con esa soledad.

—¿Puede decirnos dónde está ahora?, ¿qué fue de ella? Tenemos mucha prisa en encontrarla. —Estíbaliz rompió el hechizo.

Ella estaba investigando a la rehén de un secuestro. Yo estaba escuchando, por primera vez, mi verdadera historia familiar.

—¿Dónde está ahora Ítaca? Qué más quisiera yo que saberlo, me gustaría decirle que estoy muy orgulloso de ella, sea quien sea ahora. Fue mi joven amiga y yo su confidente, tal vez. Si harían eso por mí, les estaría muy agradecido. Solo puedo contarles esos primeros años hasta que terminó sus estudios —dijo mirando la imagen de la Escuela de Artes y Oficios—. Esto acabó en desastre, por ejemplo.

—¿A qué se refiere con «esto»?

—Yo pensé que debía relacionarse más allá de los muros de la Veracruz, era una prisionera y no había visto mundo desde que dejó las giras de exhibición, así que convencí a la hermana Aquilina.

—La hermana Aquilina, ¿dónde podemos localizarla?

—En el cementerio, imagino. Era una mujer madura en los años setenta, no tiene edad para estar viva.

—Muy bien, pero si se acuerda del apellido...

—No sé si me acuerdo, pero pueden ir al colegio de la Veracruz y preguntar por los docentes en aquellos años, ella daba Naturales y Pretecnología.

Esti y yo nos miramos con cara de haber escuchado griego.

—Artes Plásticas, Manualidades, Pintura, Dibujo... Fue su mentora, la que le enseñó a pintar, pero yo la convencí de que Ítaca volvería a pintar si le permitía ir a las clases de la Escuela de Artes y Oficios. Allí acudían alumnos de todas las edades. Ítaca tenía ya quince años, y no conocía a más gente que la veintena de hermanas y profesoras del colegio, a mí y a sus compañeras de clase. Y pude convencerla a cambio de que yo la acompañara a las clases y la recogiera.

—¿Y por qué dice que acabó en desastre?

Miró la foto, en la que una Ítaca adolescente dibujaba a carboncillo las formas de una estatua clásica sin brazos.

—Porque allí se enamoró.

29

UNA I

1972

Los hombros eran fáciles. Más complicación tenían los pliegues de la túnica. Todo un universo de tela que no dejaba de desplegarse sobre la piel de la espalda del joven.

El chico de espaldas se movía incómodo, y todos los alumnos estaban ya medio desquiciados con sus constantes cambios de postura.

Tenía una mata de pelo oscuro sin peinar, algo que Ítaca nunca había visto antes, acostumbrada al pelo cortado a navaja de los padres que recogían a sus compañeras.

Lo suyo no era el dibujo de la realidad. Era buena, mejor que todos los presentes en el aula, por lo que podía sospechar al ver los resultados de los trazos, pero no era magistral, como cuando copiaba un lienzo de óleo de un maestro de la pintura.

Pese a todo, don José María, el profesor de Pintura, se le acercó varias veces. Un hombre de bigote fino que tamborileaba con los dedos por todas las tablas de sus alumnos.

—Muy bien, Ítaca. Es el momento de que comiences a darle volumen con las sombras... si nuestro modelo es capaz de estarse quieto —alzó la voz para que el aludido pudiera escucharlo.

Ítaca no había visto nunca su rostro. Cuando el padre

Lázaro —un despiste de persona pese a sus buenas intenciones— la dejaba siempre tarde en la entrada del edificio, ella entraba en el aula susurrando una disculpa y colocándose en el caballete de la última fila, el único disponible por su pésima visibilidad.

Llevaba más de un mes acudiendo a la Escuela de Artes y Oficios, y desde entonces se levantaba de un salto todos los jueves, los días de la clase de dibujo con modelo. Todos los alumnos se concentraban en plasmar lo mejor que podían aquella inquieta espalda. Ella se recreaba observándolos a todos, un universo de personas variadas más allá de la uniformidad de las monjas y las alumnas de la Veracruz.

Aquel jueves don José María se entretuvo ayudándola con las texturas de la tela. Le enseñó a cruzar los trazos en varias direcciones según el resultado y la profundidad que buscase. A Ítaca el tiempo se le iba cuando tenía delante un lienzo. Cuando salió no quedaba nadie en el *hall* de la escuela. Bajó las escaleras, pero el padre Lázaro ya le había advertido de que tenía que dar una extremaunción en la calle General Álava y de que llegaría un poco tarde a recogerla. Se resignó a esperar sentada en las escaleras, cuando un chaval un poco mayor que ella se le acercó.

—Buenas —se limitó a decir, y se sentó a su lado, cruzó los brazos y miró al frente, al parque que los separaba del edificio de la Diputación.

—Buenas —respondió Ítaca—. ¿Te conozco de algo?

Él se rio, como si le hubiera contado un chiste muy gracioso. Se apartó el flequillo largo de la cara, una cara de pilluelo que le había crecido y le estaba dejando algunas marcas de acné.

—Me tienes que conocer si eres de la última clase. A ver, te voy a dar una pista.

El chico se levantó, bajó las escaleras, se colocó de espaldas y se señaló los hombros.

—Te tienen que sonar —dijo sin girarse.

—Eres el modelo —cayó Ítaca.

—¡Exacto! —exclamó él, ufano—. ¿Tanto cambio cuando no voy vestido de griego?

Ítaca rio por la ocurrencia.

—¿Por qué lo haces, lo de posar? No es que se te dé muy bien —se calló al momento, a lo mejor había sido demasiado directa.

Pero el chico no parecía haberse ofendido, más bien lo contrario.

—Soy un desastre como estatua griega, lo sé. Pero me pagan por estar quieto, y en el pueblo como me gano el jornal es cosechando con mi padre los fines de semana, durante la semana estudio en Vitoria.

—¿Y te compensa venir todos los jueves por unos pocos duros?

—Es para comprar novelas, a veces ensayos —dijo—. No quiero pedir a mis padres dinero para eso.

—¿Y a quién te gusta leer? —preguntó ella, la piel erizada.

—Machado, Ortega y Gasset, García Márquez... —sonrió el muchacho—. No he viajado a Castilla, pero ya he vivido allí y sé que es ancha y plana como el pecho de un varón. No conozco Macondo, pero cuando vaya, no me perderé y dejaré que las mariposas amarillas me rodeen.

Ítaca pensó por primera vez en el pecho del muchacho. No, no era la primera vez que pensaba en él. Tantas horas dibujando su espalda la habían conminado a imaginar el resto de su cuerpo bajo aquella escueta sábana que hacía de túnica.

—Delibes, Miguel Hernández, Lorca —continuó Ítaca—. Nunca he cuidado cabras, pero puedo describirte el trino de los pájaros de Alcoy. No he estado en Nueva York, pero cuando vaya tomaré café en los mismos locales donde estuvo Federico.

Ambos sonrieron a la vez, a la vez se miraron a los ojos, a la vez los apartaron, incómodos.

Un claxon rompió el hechizo. Un coche rojo muy vistoso había parado frente a ellos. Un chico lo llamó:

—¡Vamos, que aquí no se puede aparcar!

—Es un amigo, él sí tiene carnet de conducir. Por cierto, ¿cómo te llamabas? —dijo después de dar un salto en lugar de bajar las escaleras.

—No te lo he dicho —se rio Ítaca.

—Pues dame una pista. Seguro que tú no adivinas el mío —le miró retador.

—Seguro que sí —dijo ella pensando en su ventaja.

En la biblioteca de la Veracruz tenía varios santorales con todos los nombres imaginables. Fuera cual fuese, podía encontrarlo.

—De acuerdo, valiente: nombre gaélico, cuatro letras. Y ya te lo he dicho —se despidió con un guiño—. Ahora tú, seguro que el tuyo no es tan difícil como el mío.

—Ya verás. Te doy una pista, ya que eres tan lector: la *Odisea* de Homero.

—Um..., ¿Penélope?

—No me fastidies, no seas tan obvio —qué decepción. Todo el mundo respondía «Penélope».

—¿Nombre de sirena?

—Soy un destino, con eso tienes que adivinarlo.

—¿Un destino? Ahora mismo voy a Linacero y me compro la *Odisea,* y te juro que el próximo jueves te digo tu nombre. Pero dame otra pista. Solo otra más.

El claxon del otro chico sonaba de nuevo reclamándolo, pero Ítaca ya había adivinado su nombre.

Se apiadó de él y le gritó mientras Gael corría hacia el coche:

—¡Una «i»!

Gael se volvió, feliz:

—¡Una «i»! —gritó al aire—. De acuerdo: ¡Una «i»!

30

EL ROSTRO DE MAÑANA

Mayo de 2022

Caminábamos ensimismados cruzando el parque del Prado, rumbo a la cita que teníamos con el abuelo, creo que tomando nota mental de todo lo que nos había contado el excura.

—¿Qué piensas de lo que nos ha contado? —preguntó Estíbaliz rompiendo el silencio.

—Que Lázaro le tenía cariño, pero hay cierto aire de culpabilidad. Por otro lado, estoy obsesionado con los posibles zulos donde la tengan retenida. El museo está muy bien insonorizado, y el edificio puede albergar sótanos o almacenes donde guardar a una rehén.

—Ha dicho un condicional alavés: «Si harían eso por mí, les estaría muy agradecido» —añadió mi compañera.

Se me había pasado. Por lo visto, yo estaba muy acostumbrado a escucharlo en mi entorno y no lo detectaba.

—Qué bien que te hayas dado cuenta, yo no me he enterado. Estaba demasiado centrado en que la conocía. Habla de Ítaca con admiración, y no olvido que Calibán dijo que era la mejor falsificadora de libros antiguos de la historia. Y Lázaro convivió durante años con la niña prodigio de la pintura, conocía su talento. Ya tenemos tres fuentes que nos confirman que Ítaca Expósito tenía las habilidades pictóricas adecuadas como para ser falsificadora de arte: Calibán, los artículos de la Escuela de Artes y Oficios y Lázaro Martínez de Armentia.

—Hay un detalle de sentido común que me cuadra en esta historia, ya no me parece tan loca: no hemos encontrado papeles ni documentación oficial de Ítaca Expósito, pero sabemos que existió. ¿No te cuadra ese detalle con alguien al margen de la ley? ¿Alguien que haya cambiado de identidad? —me preguntó.

No lo quería pensar. No de momento. Primero tenía que asumir que la sangre de alguien que todavía estaba vivo correspondía a mi madre no fallecida hacía cuarenta años. Después, si se demostraba, tendría que dar el siguiente paso y afrontar una realidad muy incómoda para un policía: que mi posible madre fuera una delincuente, alguien que estaba al otro lado de la ley. Y que mi trabajo siempre había sido enviar a la cárcel a personas como ella.

Pero no era el momento, todavía no. Era como pensar en el postre cuando se me estaban atravesando los entrantes.

—Centrémonos en seguirle la pista y encontrarla con vida o tener algo que ofrecer a Calibán antes de que termine el plazo, ¿te parece? —contesté mirando hacia los árboles de la Florida.

Nos dirigíamos a la casa abandonada de la calle Manuel Iradier.

Habíamos recogido a Justino en Villafría a primera hora de la mañana, y el abuelo se había quedado con él entreteniéndolo en una cafetería de San Antonio mientras Esti y yo nos veíamos con Lázaro.

—Hay otro punto a tener en cuenta —añadí pensando más bien en voz alta—: Sabe de pigmentos y de elementos químicos. Nos hemos centrado en personas del mundo de la bibliofilia, pero ahora estoy empezando a comprender que tengo que ampliar el perfil de sospechosos que estoy elaborando. Lázaro puede saber perfectamente manipular unas anilinas, además trabaja muy cerca de la librería Montecristo, apenas a unos cientos de metros, sería muy fácil para él conocer los horarios y las rutinas de Edmundo. Y respecto a la muerte de Sarah Morgan, también Lázaro puede saber modificar la glicerina. La inspectora Madariaga me contó algo muy inquietante. Está en la brigada de Patrimonio Histórico y su trabajo es conocer los grandes robos y falsificaciones de todos los museos del mundo. Mencía cree que el asesino de Sarah se inspiró en un caso que conoció en el Museo de las Falsificaciones de Viena: el delincuente extendió una capa de nitroglicerina sobre el lienzo de un cuadro falso y lo vendió a un marchante, aun teniendo constancia de que era falso. Sabía que iba a intentar adecentarlo y quitarle la pátina de vejez para hacerlo pasar por el verdadero, y qué producto suelen usar los profesionales para limpiarlo. Y ya puedes imaginarte cómo acaba el cuento: el marchante codicioso murió cuando el cuadro le explotó en la cara. A él lo detuvieron, yo le habría hecho un perfil de psicópata castigador, moralista, sádico pero cobarde.

—Similar al que estás haciendo con los casos de Edmundo y Sarah, por lo que me has dejado leer.

—Así es. Lo que vengo a decirte es que Lázaro puede..., podría...

Nunca me gustaba concluir demasiado rápido en el tema de los perfiles, y menos después de una sola visita.

—Lo que vienes a decirme es que Lázaro puede ser Calibán.

—Nos faltaría la motivación. —No quería precipitarme—. Pensemos en la económica. ¿Puedes hablar con sus bancos y rastrearle las cuentas para ver si encontramos algo interesante? Sus finanzas no deberían tener sorpresas: busca deudas, entradas repentinas de dinero... Lo que sea.

Asintió, sabía que lo haría en cuanto tuviera un minuto libre.

—Y también... ¿puedes pedir a los de Informática que nos hagan una simulación de cómo podría ser Ítaca Expósito en el presente? Nos vendría muy bien ahora que sabemos que es alguien de carne y hueso.

¿Y si la había visto alguna vez? ¿Y si estaba cerca de mi vida con su identidad oculta? Quería saber cómo era su rostro si me la cruzaba el día de mañana.

Qué tontería.

Habría venido a buscarme si hubiese querido.

Me dejó con mi padre, en Villaverde. Yo era fácil de encontrar, y el abuelo más. Era un árbol de raíces centenarias, no se había movido en su vida.

No..., si no estaba en mi vida era porque así lo había decidido, y solo Calibán la había traído de vuelta a mi vida pese a ella.

—Calibán sabía que yo era el hijo de Ítaca Expósito. Eso denota que conoce al menos una parte de su vida. Y Lázaro nos ha contado lo que sucedió cuando Ítaca tenía quince años, en 1972, pero si es mi madre, me tuvo con diecinueve, el doce de agosto de 1976.

—Y aun así no tenemos nada, Unai. Dice que no recuerda el nombre del primer amor de Ítaca, del chico por el que la encerraron.

—¿Y si ese chaval, el de la Escuela de Artes y Oficios, era mi padre?

Estíbaliz se paró en seco, en mitad de la Senda. Algunos que estaban practicando *running* la miraron molestos. En condiciones normales, yo sería uno de ellos.

Pero la llamada de Calibán había dejado mi vida en un limbo, supeditado a una cuenta atrás que ya estaba deseando que terminase.

«Siete días, Unai», me repetí una vez más. Para bien o

para mal, en breve tendría una respuesta o un drama al que llorar, pero al menos sabría a qué atenerme, yo, que era el enemigo número uno de la incertidumbre.

Esti me puso su cara de adulta y me miró como cuando se tiene la conversación de los Reyes Magos:

—Esto que te voy a preguntar es difícil, pero alguien tiene que hacerlo, y yo soy tu mejor amiga, así que me toca comerme las hostias, y muy a gusto. Ahí va: ¿a estas alturas tú estás seguro de que tu padre, Gael López de Ayala, es tu padre?

31

—

LINACERO

1972

El siguiente jueves tardó en llegar siete días y mil noches. Ítaca tenía preguntas, y desde luego, tenía a punto su respuesta.

Necesitaba un cómplice, eso lo sabía, y también sabía que el bueno del padre Lázaro era el adecuado. No se dejó nada en el tintero, y el joven sacerdote, virgen también en todo lo referente a amores adolescentes, se implicó en su labor de facilitador, tal vez por vivir de manera vicaria lo que él y su vocación le negaron.

Acordaron en que aquel jueves él se retrasaría de nuevo al recogerla, después de dejar advertida a la hermana Aquilina con una inexistente reunión en el seminario para que no recelara de su tardanza.

Terminó la clase de dibujo más larga que Ítaca recordaba. Ahora aquella espalda y aquella nuca le resultaban insuficientes. Gael estaba más agitado que de costumbre y desquició a todos con sus continuos movimientos.

—Perdón, perdón... —no dejaba de repetir, pero lo hacía con tanto desparpajo que la mayoría de los alumnos se reían con él a cada nueva payasada, asumiendo que aquel dibujo no iba a ser el mejor de sus carreras como estudiantes en la Escuela de Artes y Oficios.

Ítaca esperó después de la clase sentada en las escaleras una cita no propuesta pero sí imaginada. Frente a ella, el parque del Conde de Peñaflorida se fue quedando vacío de alumnos. Se encomendó a todos los santos que recordaba, tal vez le había dado demasiada importancia a algo que no la tenía.

—Isla —le susurró al oído una voz triunfante.

Gael se había acercado desde atrás sigiloso, y se colocó en las escaleras tras ella.

—Eres un destino. Empieza por una «i», y aparece en la *Odisea:* eres una isla. Te llamas Isla.

Otra decepción.

—Has estado cerca. Pero no, no me llamo Isla. Has perdido.

—Bueno, tú todavía no has ganado. Ni en mil vidas adivinarías mi nombre.

—Gael —disparó ella, segura.

Gael se quedó, por una vez en su vida, quieto más de dos segundos.

—Pero ¿cómo...?

—Es que lo has puesto muy fácil. Nombre gaélico, cuatro letras y ya está contenido en la adivinanza: solo puede ser Gael. Y sí: tienes un nombre casi tan raro como el mío, es un alivio.

Aunque Ítaca no quería sacar el tema de los apellidos por nada del mundo. No quería dar explicaciones por aquel «Expósito» que la marcaba. No quería explicar que era huérfana, que la habían expuesto siendo un bebé en la puerta del colegio de la Veracruz y que desde entonces estudiaba allí. Quería, por una vez, ser otra que no fuese ella. No dar pena por sus orígenes, al fin y al cabo, ella habría elegido cualquier otro origen menos el que le tocó en vida.

—¿Qué es Linacero? —preguntó, para cambiar de tema.

—Lo más cerca que vas a estar de pisar el Paraíso sin tener que morir. Vamos —dijo—. ¿Tienes dinero?

—Um..., hoy no me he traído la cartera. ¿Es necesario para entrar?

—No para entrar, pero sí para salir feliz. Yo tengo que pasarme para recoger un encargo. Te llevo, I.

Ítaca lo siguió, sofocando la tentación de desvelarle su nombre. Se lo tenía que ganar, y todavía no lo había hecho.

Gael, por su parte, se había dado cuenta de que Ítaca no conocía Vitoria. Acudía todas las semanas a la Escuela de Artes y Oficios, en el centro, frente a la Diputación, pero no conocía la librería más popular de la ciudad, que hacía chaflán con la esquina de los Fueros. Y esa ignorancia le suponía un enigma que estaba empeñado en desvelar.

Entraron en el alargado local, con su mostrador de madera que se perdía hacia el final de una estantería forrada por lomos de mil colores.

Ítaca dejó de respirar durante unos segundos, impresionada. Había vivido en las bibliotecas de la Veracruz —la abierta para las alumnas y la escondida en el sótano de la hermana Aquilina— más que en su propio dormitorio, pero estaba acostumbrada a volúmenes vetustos, con siglos de antigüedad, salvo los escritores canónicos españoles cuyas obras adquiría la joven hermana Paz, encargada de la biblioteca. Pero aquellas novelas eran todas recientes, recién salidas al mercado. Casi no conocía a los autores.

—*Némesis,* de Agatha Christie —le dijo Gael tomando un ejemplar de tapa blanda de la mesa de novedades—. Tienes que leerla. Debes leerla. ¿Te gusta la novela policíaca?

«De eso no compran las monjas», estuvo a punto de decir, pero logró callar a tiempo.

—¿De qué trata? —dijo en cambio.

—Miss Marple en una inteligentísima anciana que recibe una herencia inesperada de un viejo amigo a cambio de que resuelva un asesinato. La bautiza como «Némesis», como la diosa griega de la justicia, porque está convencido de que ella hará justicia. El hijo del finado fue acusado de un crimen que no cometió, y desea, después de muerto, enmendar la injusticia que le destrozó la vida. Miss Marple recibe también una invitación a una excursión por los jardines y castillos de Inglaterra. Ella, aguda como pocas, comprende que si acepta esa invitación podrá ir descubriendo pistas y sospechosos que le lleven a la verdad. ¿Por qué no te la compras? ¿No te apetece un viaje por la campiña inglesa?

A Ítaca, que si algo tenía era imaginación, como todos los niños solitarios, se le llenó la cabeza de paisajes verdes y ruinas.

—Si me acompañas otro jueves, traigo el dinero y me lo compro —dijo fingiendo una despreocupación que no sentía al girar el ejemplar y leer en la pegatina blanca pegada que el precio era noventa y nueve pesetas.

Gael sonrió como si la creyera.

—Eso está hecho —le guiñó el ojo—. Sígueme, tengo que preguntar por un ejemplar que encargué.

Y le cogió la mano, en un gesto espontáneo, mientras avanzaba por el estrecho pasillo hasta que llegó al final de la librería.

—¿A dónde me llevas, si aquí ya no hay más tienda? —le dijo Ítaca sin comprender.

—Este es un truco que solo conocemos los clientes habituales —y cruzó a través de un hueco en el mostrador, por un pasillo oscuro de varios metros, hasta llegar al otro lado de la tienda, que ya no era una librería, sino una papelería de material escolar y de arte.

Otro paraíso.

Ítaca miró asombrada alrededor: cartulinas de todos los colores, cuadernos de todos los tamaños, pinturas, acuarelas, tizas, témperas, ceras...

Gael, mientras tanto, le había soltado la mano y se había lanzado a por el dependiente, que le dio una amistosa palmada en los hombros y le entregó el ejemplar. Después pasó por caja y volvió hasta Ítaca con su pequeño tesoro de papel.

—¿Ves para qué sirve vestirse de estatua y estarse quieto durante dos horas? Para esto —mostró triunfante un lomo en el que pudo leer *Las ciudades invisibles,* de Italo Calvino.

—¿De qué trata? —quiso saber Ítaca arrancándole el ejemplar de las manos.

—Describe ciudades: las ciudades continuas, ciudades sutiles, ciudades escondidas. Las ciudades y los ojos... —dijo, y volvió a mirarla y aguantaron un par de segundos más que la primera vez—. Las ciudades y el deseo... —dijo, y le rozó el dorso de la mano un par de segundos más que la primera vez—. Las ciudades y los intercambios...

Y se pusieron de acuerdo sin hablar para intercambiar sus primeros roces de labios en el oscuro pasillo entre los dos mundos mágicos.

Ninguno de los dos se percató de una figura que los había reconocido y tomaba nota a pocos metros de distancia, oculta entre un carrusel de postales vitorianas.

32

LA CASA OLIVIER

Mayo de 2022

Sonreí. Si no lo había pensado...

—¿Recuerdas que encontraron una coincidencia en mi ADN en los huesos del canciller López de Ayala, en Quejana, hace tres años, cuando investigábamos el caso de «Los señores del tiempo»? Soy un descendiente de los López de Ayala. No le hicimos la prueba al abuelo, pero dime, ¿cuántas posibilidades hay de que yo sea un descendiente de alguien que se apellide López de Ayala y no sea hijo y nieto de alguien que se apellida López de Ayala? No es un apellido común, de hecho, según el INE, solo hay ciento veintiocho López de Ayala en España. Y mi padre era hijo único, no cabe la posibilidad de que sea hijo de algún tío, como Jon Nieve.

Estíbaliz miró el reloj del móvil y reanudó el paso. Asentía, pero no sabría decir si estaba muy de acuerdo.

—De todos modos, llegado el momento, sería tan fácil como hablar con el abuelo y que él, Germán y yo nos hagamos las pruebas de filiación. Pero de momento no voy a marear más a mi familia si no es necesario —insistí mientras cruzábamos por el paseo de la Senda, escoltados por unos larguísimos castaños de Indias.

Mi compañera sonrió y señaló con la cabeza calle arriba.

—No creo que pudieras marear al abuelo, mira cómo viene el portero de Villafría.

Habíamos quedado frente a la verja de la casona de los Olivier, pero por lo visto Justino le arreaba bien al vino desde buena mañana, porque venía haciendo algunas eses y el abuelo tenía que enderezar su trayectoria de vez en cuando.

—Pues vamos a entrar, que ya me tocaba dar una vuelta —dijo, aunque no se le entendía demasiado.

—Justino, deja que yo te ayude, hombre —dijo el abuelo como quien le habla a un niño. Olvidé que para él lo era.

Le dio una cariñosa palmadica en la espalda y le arrebató el manojo de llaves con las que el pobre Justino pretendía atinar metiéndolas en el candado, todas a la vez.

El abuelo, que no tenía buena visión de cerca, pero era hábil como un prestidigitador, acertó al quinto intento.

Una llave corroída por el tiempo que debería haber sido cambiada hacía décadas emitió un crujido que nos taladró el tímpano, pero después de una breve pelea con la inmensa mano del abuelo, que no cedía, terminó girando y permitiéndonos acceder.

Algunos curiosos pasaron por la acera y nos miraron con mal disimulado interés.

—Vamos todos adentro —les urgí.

Mejor sin cotilleos, mejor sin titulares, mejor sin media ciudad especulando acerca de qué hacía Kraken entrando en la casa abandonada de los Olivier.

Una vez traspasamos el umbral nos encontramos con un jardín hasta arriba de maleza y en una esquina, junto a la valla desastrada, había algunos enseres viejos, como un colchón que había pasado a mejor vida, y otros cacharros que indicaban que en algún momento había habido okupas, aunque fuera en el jardín.

—Y dime, Justino, cuando te pasas por aquí, ¿por dónde

entras? —La voz del abuelo sonaba seductora como la de una sirena, si es que fuera posible la comparación.

Los cuatro miramos a la entrada principal.

El balcón de la primera planta estaba asegurado con barras y andamios ante el riesgo evidente de derrumbe. A nuestro alrededor había cascotes que se habían desprendido de la fachada, de esos que te dan en la cabeza y te dejan seco. Arriesgarse a pasar por debajo era deporte de riesgo extremo.

—Hay una puertecica que no se ve desde la calle, tiene usted la llave, Santiago —le señaló al abuelo.

Lo seguimos tras el edificio, lejos de la vista de cualquiera que pasara por la calle. Estábamos rodeados de edificios elegantes, una de las mejores zonas del Ensanche, donde acostumbraban a atender despachos de abogados como el de mi hermano o consultas de médicos. Nos sitiaba una tapia que marcaba el perímetro de lo que en el pasado fue la finca de una familia muy adinerada.

Justino nos señaló la pequeña puerta trasera que comenzaba tras bajar varios peldaños.

—Esti, esto no es allanamiento de morada, ¿verdad? Vamos a entrar sin una orden de registro.

—Um..., no. Es la invitación de un amigo a que lo acompañemos durante su jornada laboral a su lugar de trabajo. Nada que ver —susurró.

—Justino, ¿nos invita a entrar? —gritó mientras el hombre bajaba por las escaleras después de que el abuelo la abriera y empujara con el codo y se perdía en la oscuridad y en el polvo.

—¡Pasen, pasen! —vociferó—. No tengan miedo, que el sótano está en mejor estado que el resto de las plantas.

—¿Ves? —sonrió triunfante—. Nos ha invitado, no es allanamiento. Y el abuelo de testigo. Esto le sirve a un juez.

La miré con mi cara de «a mí no me intentes convencer» y seguimos al abuelo, que se había sacado su navaja multiusos y había encendido una pequeña linterna.

Esti y yo hicimos lo propio con nuestros móviles.

Mi lado paranoico ya estaba pensando en zulos donde esconder a mi madre, por segunda vez en dos horas y en dos lugares muy dispares: un museo con faroles y una casa abandonada por un empresario de naipes.

—Aquí abajo estaba la biblioteca de don Casto. Como todo fue muy repentino, se llevaron los libros, muy queridos por él, pero en las estanterías del despacho aún quedan papeles. Tenía muchos, miles. Digo yo que quedaron los que ya no valían *pa* nada.

Nos acercamos a una mesa de despacho imponente. Apenas se veía nada, porque solo un par de ventanucos nos filtraban algo de luz del exterior, pero estaban cubiertos por pesados cortinones.

El abuelo no fue precisamente tímido, o tal vez sabía que Justino no iba a recordar al día siguiente nada de lo sucedido allí dentro, y se acercó al mueble que estaba a las espaldas de la mesa y se dispuso a abrir los cajones.

—¡Abuelo! —le frenó Estíbaliz—. Los guantes, por favor.

Y le tendió unos guantes de látex que siempre llevaba en el bolsillo interno de la cazadora.

El abuelo husmeó el ambiente, como si fuera un ciervo antes de una tormenta.

—Aquí huele a naranjas —comentó.

Era cierto que olía a cerrado, y tal vez a comida descompuesta. Pensé en el colchón de los okupas, imaginé que alguna vez habrían comido en el sótano, al resguardo de las miradas de los transeúntes.

—Los tuyos, Kraken —dijo Estíbaliz, y me dio un par que me quedaba un poco pequeño.

Se lo agradecí con la mirada.

—Hijo, aquí hay facturas, que no creo que te interesen, pero hay fotos viejas, yo no sé si te servirán.

Me tendió una caja desbaratada de cartón. Las fui mirando una a una, pero todas estaban borrosas o alguien miraba a otro lado en los posados familiares.

—Tengo la impresión de que son fotos descartadas para los álbumes familiares o para los retratos enmarcados en las estanterías —le dije a Esti después de observarlas todas.

Continuamos buscando algo, sin saber muy bien el qué, porque las facturas estaban todas relacionadas con la fábrica de naipes, aunque también con imprentas, pero no vi ninguna factura de libros. La inspectora Madariaga me había advertido de que en el opaco mundo del coleccionismo literario las facturas no eran la norma entre las transacciones entre libreros y bibliófilos, sino los tratos de palabra y el apretón de manos.

—¡Hostia, yo a este chaval lo recuerdo! —dijo de pronto el abuelo a mi espalda, señalando con su linterna la foto que acababa de pasar.

—¿A quién, abuelo?

—A este... no lo conozco en persona, pero lo he visto en algún otro lado. Muchas veces —dijo, y me arrancó la foto de las manos y alargó el brazo todo lo que pudo.

—Déjeme ver, Santiago —se prestó Justino, contento de poder ayudarle.

Se colocó las gafas de cerca y achinó los ojos.

—Este era uno de los nietos, el mayor. Eran tres nietos los de Vitoria: una hembra y dos hermanos. Este es Diego Olivier, era el que iba a heredar la empresa, su padre falleció cuando se estaba haciendo mozo. Y en esta foto está con su hermana Carmen y con el pequeño Nico. Diego era el ojito derecho de don Casto.

Los hermanos eran morenos salvo Diego, un espécimen rubio que llamaría la atención en sus años. Bien vestido, de mandíbula cuadrada y ojos claros, fuesen del color que fuesen, en la foto no se apreciaba.

Entonces caí.

—Abuelo, yo también he visto a este tío hace poco, ¿no aparece en la tanda de fotos que tenía mi padre, el mismo manojo que me enseñaste, donde también salía en una foto con Alistair? Creo que iba de blusa en unas Fiestas de la Blanca.

El abuelo probó a mirar la foto a distintas distancias y se acercó a la ventana, en busca de un poco de luz.

—Pues igual sí, pero esto es fácil, hijo. Si lo necesitas, me cojo un autobús ahora mismo para Villaverde, te busco la fotico esa y te lo confirmo —se ofreció.

—Me lo confirmas en cuanto te vuelvas, no me corre tanta prisa. Aunque de todos modos, ¿tú no te acuerdas de si conocía a mi padre? ¿No conocías a todos los amigos de tu hijo?

—Pero cómo voy yo a saber —se encogió de hombros y se recolocó la boina—, si tu padre conocía a todo Cristo en Vitoria, que se hacía con todos, y responsable era, pero no se perdía un Carnaval ni una cena de Santa Águeda ni un paseíllo de los blusas.

—Lo que viene siendo un juerguista —resumí.

—Juerguista, pero formal —se enrocó el abuelo, que se había puesto digno en la memoria de su hijo fallecido.

Entonces Estíbaliz nos trajo de vuelta al presente con voz preocupada:

—¡Mira, Kraken! —nos interrumpió—. Aquí ha estado gente últimamente. Ilumina la mesa.

Después nos pidió silencio con un gesto, todos obedecimos.

El abuelo ni se movió, yo me acerqué procurando no hacer ruido.

Efectivamente, alguien había pasado la mano por la mesa y había quitado el polvo a su paso.

—Ya te dije que olía a naranjas —murmuró el abuelo, que seguía alejado de nosotros bajo la ventana, cerca de la puerta de la biblioteca.

¿Y si no eran okupas? ¿Y si era el lugar donde tener encerrada a una rehén?

En esos momentos, el abuelo vio algo, algo fuera de la estancia.

Nos hizo un gesto con la mano para que nos acercásemos, Estíbaliz se sacó la pistola y se fue acercando en silencio hasta el umbral de la puerta, hasta quedar en el quicio.

Todos apagamos las linternas a mi orden, y, como si estuviera pisando minas enterradas bajo mis pies, seguí los pasos de mi compañera procurando hacer el mínimo ruido.

Entonces el abuelo dio un respingo y estuvo a punto de caerse mientras nos señalaba fuera de la biblioteca:

—¡Alguien ha salido corriendo!

33

LA PRIMERA LEY DE LAS EGERIAS

1972

Ítaca fingió concentrarse en el pez globo del maldito pergamino.

La hermana Aquilina estaba nerviosa últimamente, y ella, con el tiempo, había aprendido a anticipar cuándo una falsificación era importante por el número de noches que la sacaba de la cama y la arrastraba al sótano para adelantar trabajo.

La notó en su nuca, el aliento cálido, con la lupa de plástico para cerciorarse de los detalles, en este caso, las púas marrones del pez.

—Quiero una comisión —se atrevió a decir por fin aquella noche.

La monja se colocó delante de ella con los brazos en jarra:

—¿Cómo has dicho, niña?

—No soy una niña, soy más alta que usted desde hace un año —se armó de valor, ¿por qué no decirlo?—. Y este encargo va a ser caro. Quiero una comisión. Trabajo muchas horas que me quitan tiempo para los estudios y muchas noches apenas duermo, a veces llego a los exámenes después de haber dormido una hora, y aun así siempre apruebo todo. En la Escuela de Artes y Oficios me han ofrecido dinero por hacer retratos, y también por dar clases particulares. Y usted no me paga nada.

—Porque aquí te pagamos la manutención, la cama, el material escolar, la matrícula de tus estudios, la comida y el uniforme.

—Pues páseme la cuenta, hermana. Dígame cuánto se gastan conmigo al año y permítanme trabajar y pagárselo. No quiero deberles nada.

—Eso no va a pasar —concluyó, y miró el reloj de muñeca preocupada—. Y ahora, termina con el pez, tienes que escribir con gótica todas las anotaciones del veneno, igual que el original.

Ítaca cambió de pincel, tomó uno de pelo grueso y lo mojó de tinta negra.

—O puedo destrozar el pergamino. —Se plantó, y acercó las cerdas manchadas hasta casi rozar el pergamino.

—No vas a hacer eso —sonrió con calma la hermana Aquilina.

Conocía a las personas, Ítaca era mansa, había sido su sumisa pupila desde que nació. Y era responsable, perfectamente consciente del valor de aquella página falsificada.

Pero Ítaca tachó el pez inacabado con una enorme y gruesa cruz negra.

—¡Insensata, que he prometido el bestiario para dentro de dos semanas! —gritó incrédula.

—Sin mí no va a llegar a tiempo, y lo sabe. Y no voy a volver a falsificar nada para usted a no ser que me dé una comisión.

—No lo estás diciendo de verdad. Conozco tu mayor miedo: que te echemos del colegio. Y sabes que la madre Magdalena está deseando que le dé una excusa para hacerlo.

—Entonces la voy a denunciar. Me ha obligado desde niña a falsificar libros para usted, me ha llevado a casas de las mejores familias, me ha hecho cómplice de su delito. Al principio me decía que era por el colegio, que necesitaba una obra, después reparar el patio, después pagar al obispado... Pero usted sigue y sigue vendiendo libros falsificados por mí, cada vez está más ciega y desde hace tiempo yo lo hago prácticamente todo, incluso avejentar los pergaminos, y es un trabajo muy laborioso para una chica de quince años. Pero lo hago. Me ha convertido en cómplice, y sé que si la denuncio las dos iremos a la cárcel.

—¿Y cómo me vas a denunciar, inocente? ¿Quién te va a creer?

—Ni siquiera necesito ir a la policía, usted los convencería de que estoy loca o tengo la imaginación despierta, y ellos no sabrán de libros. Pero iré a la mansión de Villa Sofía, y a la casa de los Escoriaza, y hablaré con todos los coleccionistas a los que usted ha estafado. Les explicaré con detalle cómo falsificamos todas esas biblias, los cartularios, los mapas y los bestiarios. Sabrán que no miento, y ellos mismos la denunciarán, y no, no me importa ir a la cárcel, he vivido en una cárcel toda la vida. Sin más ropa que un uniforme, comiendo siempre la misma comida, sin poder ir a ningún lado cuando llegan las vacaciones y mis amigas se van con sus familias. Me han invitado mil veces y nunca me han permitido pasar ni un solo día fuera de esta prisión, ¡si ni siquiera sabía que el material de dibujo se compra en Linacero! —gritó.

Por una vez la rabia salió.

Para qué callar.

Hacía tiempo que sabía que no quería seguir viviendo así, encarcelada, explotada y esclavizada.

«Cualquier cambio será a mejor», se repetía una y otra vez por las noches, a oscuras, en esa cama cuyos barrotes ya rozaba con los pies.

Sabía que no la cambiarían por una más larga.

Sabía que en un año tendría que dormir cada vez más encogida y encorvada.

La hermana Aquilina se sentó pesadamente en la rígida silla de madera.

Era cierto que en un par de años la vejez le pesaba en los huesos y ya no aguantaba tantas horas de pie. Tal vez había forzado demasiado a la niña.

—Llevas años preguntándome por el círculo de las Egerias. Y te prometí que las respuestas llegarían.

—Ya... eso —la vieja promesa, ¿de verdad creía que podría usar a las Egerias como cortina de humo? Había concluido que eran como los Reyes Magos o el Ratoncito Pérez: una ilusión infantil inventada por los adultos para reírse de la inocencia de los niños—. Ni se moleste. No me importa.

—¿Que no te importa? Te quiero ofrecer entrar en el círculo de las Egerias y me dices que lo desprecias... Algún día te acordarás de esta conversación. Y voy a comenzar hoy con la primera ley de una Egeria: «Que no te pillen». Una Egeria nunca va a la cárcel. Nunca. Hará lo que haga falta, pero nunca ingresará en una prisión, ¿me has entendido? Y tú no vas a denunciarme, porque yo me prometí una vez que nunca, jamás, acabaría en una cárcel, pero eres muy joven para entenderlo.

—Pues explíquemelo. Ha llegado el momento de que deje de tratarme como la cría que no soy. ¡Por Dios, hermana, que nunca lo fui, ustedes nunca me dejaron ser niña!

La hermana Aquilina se echó hacia atrás sorprendida. ¿Estaba Ítaca más alta, más adulta? ¿Hacía cuánto que no se fijaba en ella, solo en los pergaminos que falsificaba, obsesionada con el trazo perfecto, indetectable?

—Está bien. Hoy es la noche, supongo. Te contaré mi historia y lo comprenderás todo. —Suspiró. No se había dado cuenta de lo que le quemaba el pasado allí dentro—. Yo no nací monja, y no siempre fui la hermana Aquilina.

—¿Usted no se llama Aquilina?

—Tuve una familia, unos padres, y era una familia pudiente y muy bien vista aquí, en Vitoria. Mi padre se llamaba Mateo Garay, tenía una fábrica de maquinaria industrial, pero el éxito empresarial vino por sus imprentas. Invirtió mucho y salió al extranjero buscando siempre los últimos avances para ser el primero del mercado nacional. Y era coleccionista de libros. Libros de horas, sobre todo. Viajábamos mucho a Francia, allí, junto con Flandes, estuvo la cuna de los mejores iluminadores. Y padre adquirió todos los que su economía le permitía.

La hermana Aquilina hizo un gesto de dolor, como si estuviera recordando momentos no tan dulces ni coloridos.

—Creo que a veces su apetito por comprar era demasiado voraz, pero crecí acompañándolo a las subastas y husmeando por librerías de viejo de París, Poitiers, Londres, Edimburgo, Venecia. Yo era hija única, su heredera, fui políglota como tú desde niña, te he dado la misma educación que yo recibí. Salvo que a tu edad mi padre me envió a un internado en la Costa Este, en Nueva York..., pero esa es otra historia que te tengo que contar otro día, es demasiado para mi memoria y para mi corazón abrir la caja de Pandora de los recuerdos la misma noche.

—¿No todo el mundo sabe cuatro idiomas? —preguntó Ítaca sorprendida.

—Tú no eres consciente de todos tus talentos, ¿verdad? Virgen María Purísima, me estoy dando cuenta de que no lo he hecho tan bien como creía contigo —murmuró para sí misma.

—¿Por qué se metió monja, entonces, si era rica y culta y tenía un futuro? —preguntó Ítaca, que no sabía muy bien si creerla.

A lo largo de todo el tiempo que había pasado a su lado la había visto mentir tantas veces a los coleccionistas, con tal candidez y seguridad, mirándolos a los ojos y cerrando tratos a golpe de apretón de manos, que acabó teniendo por norma no creer nada de lo que le dijera.

La monja suspiró, un poco cansada.

—En Vitoria había otro bibliófilo, también obsesionado con los libros de horas. No te diré el nombre, por discreción. Es un hombre conocido, aunque es ya muy mayor, como puedes imaginar. Es el dueño de una fábrica que da mucho trabajo, aquí en Vitoria.

Ítaca escuchaba tomando nota mental de todo.

—Al principio fue un buen cliente, después fueron los mejores amigos, aunque mi padre era mayor que él, pero era ambicioso desde joven. Fueron cómplices de negocios y de bibliofilia, aunque aquella amistad se fue torciendo y se fue convirtiendo en una rivalidad cada vez más agresiva cuando mi padre conseguía hacerse con algún ejemplar de libros de horas codiciado.

—¿Y eso qué tiene que ver con usted y con que se metiera monja?

—Todo, hija. Todo.

—¿Por qué lo dice, hermana?

—Porque un libro de horas reescribió mi vida.

34

VACÍO

Mayo de 2022

Estíbaliz y yo salimos corriendo detrás de la sombra, que subió hasta el *hall* de la entrada y desde allí cogió otras escaleras al primer piso.

Mi compañera, con su arma desenfundada, le dio el alto varias veces, pero la figura no obedeció y la tuvimos que seguir piso arriba.

Era pequeña. Si durante unos segundos pensé que podría ser Calibán o incluso Ítaca Expósito, enseguida comprendí que era otra persona. Otra persona que ya conocía.

—¡Es Lorea! —me gritó Esti, que llevaba la delantera en la carrera.

La perseguimos por las estancias, había polvo y sábanas que cubrían algunos muebles. Yo me tropecé con varias sillas que Lorea tumbó por el camino para ponerlo más difícil.

Pero no había dónde huir. Cuando llegó al balcón, el que estaba apuntalado, pareció detenerse durante un segundo, pero después abrió el pestillo y salió.

Esti y yo llegamos al umbral, sin atrevernos a salir.

Mi compañera le apuntó con la pistola:

—Lorea, estás en busca y captura. Es mejor que te entregues sin oponer resistencia.

—¡No pienso entregarme! —gritó.

Y lo tuve claro. Por su lenguaje corporal, no tenía la mínima intención de avanzar hacia nosotros.

Así que tocaba mojarse, salí al balcón, tanteando mis pisadas.

—¡Que os vayáis o me tiro y digo que ha sido abuso policial y que me empujasteis!

—¿En serio vas a meterte en ese jardín? ¿Nos vas a acusar, si te hemos tratado bien? —le gritó Estíbaliz.

—¿Bien? ¡Me habéis tratado como una sospechosa desde el primer momento por encontrar a mi jefe muerto, después de intoxicarme y acabar en el hospital! ¿Eso es tratar bien a alguien?

Mientras hablaba, aproveché para acercarme. Otro paso más, más acorralada, menos distancia, más cerca de mi objetivo.

—¡Aléjate, Kraken, o salto!

—Mira alrededor, Lorea —le dije—. Tus gritos han llamado la atención de todos los vecinos. Hay gente asomada a las ventanas. Tenemos testigos de sobra si te tiras, no vas a poder ponernos una denuncia por abuso policial, porque mucha gente va a testificar y ya sobrevuelan sobre ti unos cuantos cargos, ¿quieres añadir el de injurias y falsa denuncia a dos inspectores?

Y entonces vi, en la periferia de mi campo visual, que el abuelo había salido al patio junto con Justino y que estaba empujando el roñoso colchón hasta colocarlo bajo el balcón, en la entrada.

Así que tenía una nueva estrategia, y Lorea, de espaldas, era ajena al movimiento que se gestaba varios metros más abajo.

Me fui acercando poco a poco, paso a paso, como si fuera un TEDAX a punto de desactivar una mochila sospechosa.

—¿Qué demonios haces, Kraken? —me gritó Estíbaliz desde el umbral del portal—. Este balcón no va a aguantar vuestro peso, ¡haz el favor de volver!

—¡No pienso dar ni un paso atrás! —le grité para que Lorea lo escuchara.

Y sucedió algo hermoso e inesperado. Los vecinos, testigos de todo, comenzaron a gritarme:

—¡Kraken, por Dios, no te la juegues!

—¡Kraken, no te muevas, retrocede!

No veía a la gente, pero escuchaba sus voces, voces angustiadas, voces de gente que seguramente no me conocía en persona, pero que se preocupaba por mí.

—¡No pienso hacer ni caso, Lorea! No pienso retroceder. —Y mientras hablaba, me iba acercando más, cruzando el suelo desportillado del balcón—. Pienso detenerte, no voy a dejar que te fugues de nuevo delante de nuestras narices.

La tenía ya cerca, casi al alcance de mi brazo.

... Y ella, desesperada, reaccionó justo como yo esperaba: se lanzó al vacío, calculando que se haría daño, pero que no moriría.

No contaba con el abuelo y su colchón.

Se escuchó una docena de gritos angustiados.

El abuelo gritó:

—¡Está bien, tenemos a la raposica!

Me atreví a asomarme, el abuelo y Justino la habían rodeado y le impedían el paso. Poco después Estíbaliz aparecía —no sé ni cómo se teletransportó tan rápido— y le colocaba las esposas.

Desde las ventanas y balcones adyacentes se escuchó un aplauso. Imagino que estaban tan aliviados como yo de que la detenida no se hubiera roto nada.

—¿Has estado aquí todos estos días desde que saliste del hospital? —le preguntó Estíbaliz cuando bajé.

—Me ibais a pillar con varias mentiras, no me habéis dejado otra opción —dijo mirándola fijamente.

Ya no parecía una frágil becaria, ahora vi una rabia que antes no había detectado.

—Hemos lanzado un dispositivo de búsqueda, muchos agentes te han buscado, no sabíamos si eras una nueva víctima de quien mató a Edmundo y a Sarah Morgan —le contestó Estíbaliz con gesto serio—. Vas a tener que darnos muchas explicaciones en comisaría. Pero... ¿cómo te has ocultado aquí? Hicimos una búsqueda en el piso de tus padres, de todos tus conocidos, entramos en tu casa..., ¿y estabas aquí, en el centro de la ciudad, casi a la vista de todos?

—Mi abuela era odontóloga, hace años que se jubiló, pero el piso donde pasaba consulta es de su propiedad. De niña crecí pasando desde el patio interior de ese edificio por la puerta de la tapia. Algunos vecinos guardan todavía la llave. Yo siempre tuve una copia —dijo encogiéndose de hombros.

Estíbaliz maldijo a la santa patrona de los dentistas. Después de llamar a una patrulla para que se la llevase, se quedó conmigo un segundo, frustrada.

—Es un avance, Estíbaliz. Ahora toca interrogarla, sabemos que nos ha mentido, no pongas esa cara —la animé.

—Es que me siento inútil. Le hice un dispositivo de búsqueda de manual, rastreamos los móviles de todos sus conocidos, peinamos el piso de sus padres, el suyo, el de sus hermanos..., y resulta que si hubiéramos investigado el pasado laboral de sus cuatro abuelos habríamos dado con el piso vacío de la abuela, y tal vez...

—Tal vez nada. Esta es la puñetera realidad de este trabajo. Da igual lo buenos que seamos. Ellos siempre van por delante.

No tenía ni idea de lo proféticas que iban a ser esas palabras. Me acordé de ellas los días que vinieron. Muchas veces. Y muchas veces las maldije porque me destrozaron la vida.

35

NÉMESIS

1972

—Ya sabes que la historia termina mal.

—Pero ha comenzado, hermana. Quiero que me la cuente, quiero que la acabe.

—Termina con una falsa denuncia. Un chivatazo, el rival de padre falsificó algunas facturas de la empresa de impresoras. Y después lo denunció no solo a las autoridades, sino a la prensa. Fue un escándalo. El nombre de mi familia se arrastró por el fango en docenas de titulares, los pedidos cesaron de la noche a la mañana.

—¿Y qué pasó con usted? —quiso saber Ítaca.

—Yo estudiaba en Nueva York, pero las cartas de mi padre eran muy preocupantes, y un día cesaron. Tres semanas después, la directora me informó de que lo habían metido en la cárcel. Dejé el curso a mitad y volví a Vitoria para estar con mi madre. Me encontré con el ostracismo de toda una ciudad que nos daba la espalda. Tuvimos que malvender el edificio de la fábrica, que estaba en lo que ahora es Betoño. Ya no quedan ni las ruinas. Me empeñé en ir a visitar a padre en la cárcel, pese a que él no quería. Pero concerté la visita. Quería verlo, nunca dudé de su inocencia, quería que supiera que yo creía en él, que madre y yo seguíamos, que reharíamos nuestra vida en algún lugar, lejos.

La monja calló, Ítaca percibió que le temblaba la barbilla.

—La cárcel fue una trampa. Dicen que fue una pelea entre tres, que él se involucró. Mentira. Una mentira más. Estaban pagados, quince heridas de arma blanca casera en el cuerpo de padre y ellos dos ni un rasguño. No fue una pelea, fue una ejecución. Nadie investigó, era el enemigo público número uno. Su cuerpo en una bolsa. Eso nos entregaron.

Enmudeció durante unos minutos, Ítaca llegó a pensar que se había dormido o que no hablaría más, pero finalmente continuó:

—Y no teníamos dinero, madre lo había gastado todo en abogados.

Su gesto se endureció.

—Siempre sospeché que su rival pagó más a nuestros abogados, que le defendieron sus propios enemigos. Solo nos quedaba lo más sagrado, su biblioteca. Yo aprendí todos los secretos de la bibliofilia con él, conocía el valor de cada pieza. Envié a mi madre, asesorada por mí, a todas las casas de subastas que conocía en Madrid, nadie aceptó ningún ejemplar, algo inaudito. Recorrió todo el Barrio de las Letras, incluso el Rastro, pero el apellido de padre estaba manchado, sobre él sobrevolaba una acusación de falsedad documental y nadie se arriesgó a comprar libros a la viuda de un coleccionista condenado por falsificar papeles. No se fiaban.

—Puedo imaginarlo —murmuró Ítaca.

—Y adivina quién se presentó como un salvador para comprarnos la biblioteca, toda, no en lotes, sino entera.

—Lo adivino, por supuesto —dijo Ítaca en voz baja.

—Era condición *sine qua non* que le vendiéramos todos los libros de horas. Conocía, porque los codiciaba, todos los ejemplares que padre compró. Fue un precio cerrado.

Su precio. Pero los acreedores nos asediaban, yo no quería vendérselos. A él no. Me negué durante meses. Fue la noche de Santa Águeda. Mi madre me pidió llorando que sicediera. Yo no quise, dejamos la discusión para el día siguiente.

La hermana tuvo que parar. Pasear la vista por las paredes repletas de libros. Tomar aliento antes de proseguir.

—Yo era orgullosa, estaba llena de rabia. Todavía la siento, nada la ha calmado. El tiempo no cura nada, solo enquista. Para madre no hubo día siguiente. Dijeron que una vena le estalló en el cerebro. Quedé huérfana de padre y madre en pocos meses, con un apellido repudiado. No podía volver a Estados Unidos, ni costearme mi educación con la miseria que quedó después de pagar a los acreedores de padre. Así que ingresé en la orden, de novicia, tomé por nombre uno que no tenía nada que ver con el que fui bautizada. He vivido escondida durante décadas a pocos metros de donde me crie.

Y entonces Ítaca ató todos los cabos.

Las falsificaciones eran una venganza. Los coleccionistas, probablemente los mismos que le dieron la espalda a su familia. Imposible reconocerla con su nueva identidad de monja. Los contactos, los conocimientos en bibliofilia. Décadas aprendiendo pacientemente a falsificar, dejando a un lado los escrúpulos para aprender a mentir mirando a los ojos.

... Y ella era solo un peón de la hermana Aquilina. Toda su vida, todo su talento, todo lo que era..., la había retenido en el colegio solo para aprovechar sus habilidades.

—Así que me ha convertido en una delincuente desde niña solo para cumplir con su venganza. Voy a denunciarla, ahora sí. Soy menor, la responsabilidad es suya por lo que me ha obligado a hacer.

—Niña inocente... —dijo la monja después de levantarse—. Yo también creía en la justicia de los hombres. Prueba a ver si un juez tiene piedad de una huérfana que lleva tiempo acompañándome y falsificando biblias. No..., Ítaca. Tenemos que encontrar una solución, pero ni tú ni yo vamos a pisar la cárcel. Es la primera ley. No pienso empezar a quebrantarla ahora.

Ítaca dio un paso al frente, la miró a los ojos y le tendió la mano.

—Se lo he dicho, y no me ha tenido en cuenta. Me ha tratado como la chiquilla inocente que ya no soy. Si soy cómplice de un delito de falsificación, quiero un porcentaje de los beneficios, no quiero solo los riesgos de ser una delincuente.

—Un diez.

—¿Un diez? Pensaba pedirle un cincuenta. Yo lo hago todo a estas alturas, y lo sabe.

La monja casi se rio, era la primera vez que la veía negociar. Pobre. Tendría que enseñarle también.

—No voy a darte un cincuenta por ciento. Cada venta que coloco es para que sobreviva esta comunidad de religiosas dejada de la mano del obispado a su suerte. No es realista. Un doce.

Ítaca se revolvió, ya no tan segura de sí misma.

—Un veinte —dijo con toda la dignidad de la que fue capaz.

—No salen las cuentas.

—Un veinte —repitió Ítaca, cada vez menos segura.

—De acuerdo, un quince —aceptó la hermana Aquilina.

Ítaca no sonrió cuando estrechó su mano, que olía a aguarrás.

Pero por dentro saltaba de alegría: ya podía comprar la *Némesis* de Agatha Christie.

36

SAN TIRSO

Mayo de 2022

Había llegado el día del fin del plazo de Calibán. No tenía el *Libro Negro de las Horas* en mi poder, qué más hubiese querido. No sabía la identidad actual de Ítaca Expósito, pero en una semana había averiguado más acerca del verdadero pasado de mi familia que en cuarenta años de omisiones y silencio.

... Y tenía algunas cartas escondidas en la manga. Si algo había analizado aquellos días era un patrón común en todos los bibliófilos que había conocido. Cierto punto ciego cuando se trataba de un libro codiciado. Un claro rasgo de adicción, de la necesidad desesperada de un yonqui del papel. Ese priorizar la búsqueda de manera enfermiza, ese poner por delante el hecho de conseguir un libro, ignorando todas las banderas rojas del sentido común. Lo había visto en Alistair, en Gaspar, en Alicia, en el difunto Edmundo y muy posiblemente en Sarah Morgan.

Calibán me había advertido de que no pinchase mi móvil para localizar el origen de la llamada. No sabíamos con qué tecnología contaba o si solo era un farol. Estíbaliz insistía en que nos arriesgáramos, en que permaneciera en mi piso, con todo el equipo a mis espaldas para dar con él.

Yo me negué.

—Es la vida de mi madre la que está en juego, Estíbaliz. Espero que lo entiendas, pero no lo necesito. Simplemente me voy a plegar a sus condiciones, voy a seguir sus normas —le dije después de su último intento de convencerme.

«No quiero policía ese día, no quiero trampas, váyase a un lugar apartado, sin edificios, solo entonces lo llamaré», me había dejado claro Calibán en la primera llamada.

—Muy bien —aceptó Estíbaliz—, no recibas la llamada en Vitoria, ni siquiera en Villaverde. San Tirso está muy bien, si te está siguiendo, quedará satisfecho: no hay edificaciones a varios kilómetros a la redonda. Pero... permite que suba a un par de agentes el día anterior y montemos un operativo en la cueva del ermitaño. Podemos pincharte el teléfono, tú estarás bajo la roca de San Tirso y, si te sigue, no verá a nadie, pero podremos cazarlo.

—Gracias, Esti —le dije, y se lo agradecía de verdad. De hecho, veía la impotencia en sus ojos de tierra y me emocionaba que se preocupara tanto por mí—. Pero no es lo que quiero.

Aquella mañana luminosa me puse una mochila al hombro, la cargué con un termo con agua, unos frutos secos que me dio el abuelo y una libreta y un lápiz por si Calibán me daba instrucciones.

Nada más.

Partí rumbo a San Tirso, en la cresta de mi sierra, dos horas y pico de caminata entre hayedos, robles y bojes.

Había nubes que matizaban la luz. Era la mañana ideal para una subida en solitario como aquella.

Cuando llegué a los pies de la gran mole de piedra me senté sobre la hierba salvaje esperando la llamada.

Y la llamada llegó. En cuanto descolgué el número oculto, inicié la grabación.

Una voz distorsionada me saludó con educación:

—Buenos días, inspector Kraken. Tenemos un asunto pendiente. ¿Está en disposición de entregarme el *Libro Negro de las Horas* que le pedí?

—Buenos días, Calibán. Aún estoy esperando la muestra de sangre que me confirme que a quien tiene usted retenida es a mi madre.

—Incumplió su parte del trato: avisó a sus compañeros. Colocaron vigilancia en su portal, ¿de verdad creía que iba a arriesgarme?

—Entiéndalo: está tratando de extorsionar a un exmiembro de la Ertzaintza, ¿cómo creía que iba a reaccionar?

—Usted todavía no es consciente de que la vida de su madre depende de su comportamiento, ¿verdad?

—Necesito una prueba de vida. No me la ha dado, y la policía no da ninguna veracidad a sus amenazas. Quiero hablar con ella, con Ítaca Expósito. Si es cierto que la tiene retenida, páseme con ella o le cuelgo.

Hubo un segundo de silencio. Uno de esos segundos que dura un día, una noche y todo un ciclo de vida.

—Mire: son mis reglas, no las suyas. O me entrega hoy mismo el *Libro Negro de las Horas* o su madre muere, ¿estamos?

—Lo estoy buscando, y me estoy acercando.

Pude escuchar el alivio, me llegó con su silencio.

—Ya sé que el origen es la biblioteca de Casto Olivier —le dije—. Y que después pasó, muy probablemente, a una librería oculta en la calle del Prado, la mítica librería de Bardel.

—No me importa dónde haya estado anteriormente ese ejemplar. Seamos claros, inspector Kraken: no tiene nada. Lo único que le he pedido es que me lo entregue a cambio de su madre.

—Seamos claros, Calibán: usted es un bibliófilo, y no

ha logrado encontrarlo, digamos en años, pese a que es metódico, inteligente y obsesivo. Pero no es, para nada, realista. Pretende que un lego como yo encuentre en siete días un ejemplar de cuya existencia dudan todos los expertos, pero su motivación no es matar a mi madre, su motivación es que yo se lo consiga.

—¿Que no es matar a su madre? —exclamó alterado—. No me dé órdenes, tengo la vida de su madre en mis manos. Siga buscando.

«Siga buscando», reprimí un gesto de victoria. Me había ampliado el plazo, y eso era todo lo que pretendía conseguir con aquella llamada.

—Deme siete días más —respondí, como un resorte, antes de que se arrepintiera.

—¿Siete días más? —repitió ofendido—. ¿Cree que puede negociar un plazo, cree que soy un hotel y su madre es mi huésped?

—Seis días entonces, sea realista, Calibán —le tanteé—. ¿Qué quiere, que su ego quede intacto o el libro que tanto anhela?

—Pero ¿qué respeto me va a tener si amplío el plazo? Esto no es serio, hombre.

—El respeto hacia la mente inteligente que está detrás, un hombre culto y flexible que sabe cuándo negociar para salir ganando —lo intenté calmar.

—Le doy cuatro, cuatro días. En caso contrario, Ítaca Expósito morirá como Sarah Morgan.

—¿Como Sarah Morgan, dice? Entonces, ¿se reconoce responsable material de la muerte de Sarah Morgan? —le apreté.

Pero Calibán me colgó. El silencio que lo siguió me taladró los tímpanos.

Me había precipitado, ¿qué posibilidades había de que reconociese otros crímenes por teléfono?

Miré a mi alrededor, desolado. Tenía otros cuatro días, pero no había conseguido ninguna prueba de vida de mi madre, ni más información salvo la que había averiguado por mí mismo acerca del *Libro Negro de las Horas.* Tenía dos posibles lugares donde buscarlo, y a una sospechosa de la muerte de Edmundo durmiendo en el calabozo.

... Pero no dejaba de pensar que la vida de mi madre dependía de mí y no estaba logrando lo suficiente.

37

LA BIBLIOTECA OCULTA

1972

Con la primera comisión Ítaca se compró unos pantalones de campana y una blusa. La única prenda que había tenido hasta entonces, además del uniforme que le compraban las hermanas de la Veracruz, era un vestido que le había regalado su mejor amiga Mikaela, la que se hizo su protectora inseparable desde que le falsificó la firma de su padre.

Había acudido siempre a la Escuela de Artes y Oficios con el mismo vestido, y aunque sospechaba que Gael ni se preocupaba por cuestiones de indumentaria, lo hizo por vestirse por primera vez a su gusto con el dinero que tanto esfuerzo y tanto riesgo le habían costado ganar.

El siguiente jueves se fue con Gael a Linacero y se compró su ejemplar de *Némesis,* que devoró en apenas tres noches.

El pobre Gael seguía obsesionado con adivinar el nombre de Ítaca, mientras la llamaba I como nombre provisional. Releía la *Odisea* y lanzaba teorías dispares, pero nunca acertaba.

—Eres un destino, pero ¿qué destino? —le preguntaba una y otra vez, casi obsesionado por el enigma.

Ítaca se apiadó de él y le regaló un poema que ella misma inventó con más pistas que le entregó después de la siguiente clase. Él atrapó, con su cara de travieso, el papel con un puño y lo cerró antes de que don José María los pillase:

Soy un viaje,
soy la isla tras la bruma,
la boya tras la boya,
el puerto que nunca llega.

Fue el siguiente jueves cuando dio con la solución:

—Ítaca, te llamas Ítaca. De eso trata la *Odisea:* del viaje, no del destino. Ítaca eres tú. ¿Por qué?

—¿Cómo que por qué?

—Ese nombre ha de tener una explicación detrás. Una historia como la promesa que mi padre le hizo a su compañero de armas. Todos los nombres que se salen de la norma tienen una hermosa explicación detrás. Exige la tuya.

Ítaca le había impuesto a Gael la condición de que no le preguntase por su familia. Él intuyó poco afecto o algún drama prematuro, aunque el respeto pudo más que la curiosidad y optaron por que sus charlas no fueran confesiones.

Pero aquella noche la pregunta de Gael zumbaba sobre su cabeza como un molesto moscardón. ¿Por qué las monjas eligieron ese nombre para mí, y no un María o Carmen que pasara más desapercibido y no demandara incómodas preguntas?

Las semanas con Gael se llenaron de roces y confidencias. Él aguantaba como podía la tentación de mirarla fijamente en clase de dibujo mientras posaba. Ella fingía concentrarse y trazar mal los músculos que ya se sabía de memoria.

El padre Lázaro inventaba excusas cada vez menos creíbles para justificar la insistente costumbre de llevar tarde de vuelta a Ítaca, pero nadie le exigió explicaciones.

Hasta un jueves, el último del mes. Ninguno de ellos olvidaría aquella fecha.

Comenzó bonito, preñado de posibilidades. Con un:

—Tengo una sorpresa —pronunciado con la voz pícara de Gael—. Conozco a un buen amigo y resulta que en la Escuela de Artes y Oficios hay una biblioteca. Su abuelo es el donante, está abierta a ciertas horas, la gente va a consultar libros de arte o a leer el periódico, pero el bibliotecario está mayor y por las tardes la cierra. Adivina —dijo mostrándole una llave.

—¿Te la ha dejado?

—Mi amigo tiene varias copias, es un poco truhan y se trae a las chicas a veces —le explicó Gael—. Pero así no tenemos que comprar todas las semanas en Linacero ni arriesgarnos a que te vea tu familia o gente que conozcas por la calle.

Ella asintió, conforme. No tenía dónde guardar sus nuevas adquisiciones literarias y no quería que las hermanas sospecharan nada, así que leía las novelas y se las dejaba al padre Lázaro para que se las custodiase de manera temporal. Y sabía que arriesgaba mucho si alguna alumna de la Veracruz la veía sola con Gael por la calle.

Después de la última clase de aquel jueves, ambos hicieron tiempo por los pasillos hasta que el resto de los alumnos dejaron desierto el edificio. Gael entró antes en la biblioteca. Pocos minutos después entró Ítaca.

—Otro paraíso —susurró ella examinando los ejemplares que se desplegaban a su alrededor como un subastador experto.

Subió las escaleras que daban acceso al estrecho voladizo de madera. Las estanterías de la planta baja estaban protegidas por una celosía metálica, como se estilaba a principios de siglo.

Ítaca hojeó las colecciones taurinas, los cuadernos de arte y la enciclopedia Espasa Calpe, idéntica a la de la biblioteca de la Veracruz. Y pronto se desilusionó.

No había ejemplares antiguos, nada anterior al siglo xx. No podría mutilar ni siquiera las guardas, como le había enseñado la hermana Aquilina, el primer truco del falsificador de libros antiguos: «usa el mismo papel, de la misma imprenta a ser posible, o de la misma época del ejemplar que vas a falsificar». Todos los ejemplares tenían guardas al inicio y al final: eran las hojas en blanco que separan la obra de su cubierta. Esas hojas en blanco eran codiciados tesoros para la hermana Aquilina y para Ítaca, que habían casi esquilmado los fondos de la biblioteca del colegio.

Gael observaba maravillado cómo Ítaca observaba maravillada los ejemplares.

Pero miró el reloj y le hizo un gesto para que bajase. La Escuela de Artes y Oficios cerraba en media hora, no podían quedarse encerrados. La luz de las farolas entraba por las ventanas altas, Ítaca bajó las escaleras y, pícara, apagó las luces.

La oscuridad ofrecía una intimidad deliciosa, de sombras y formas y texturas y roces y...

Allí, en el paraíso de libros, encontraron la expulsión. Cuando las luces se encendieron de golpe ambos entornaron los ojos, casi ciegos. Don José María no era un hombre de muchas palabras, pero el gesto severo, casi de repugnancia, al sorprenderlos semivestidos, incrustados en un abrazo, anticipó la debacle que llegó.

—Búscame en el parque —le susurró Gael al oído.

Cuatro palabras, las últimas.

Y así hizo Ítaca al día siguiente antes de que en la Veracruz la directora la llamase al despacho.

A Gael lo expulsaron, nunca más volvió a posar.

A Ítaca la castigaron sin salir del recinto del colegio hasta terminar sus estudios. Quedaban varios años aún.

Él no pudo buscarla, no tenía dónde. Solo sabía un nombre.

Ella no pudo buscarlo, no podía ni había tampoco un dónde.

Durante los años que siguieron, Ítaca volvió a su plan primigenio y le añadió un cómo: estafar a todos los coleccionistas que pudiera, falsificar todos los libros que la hermana Aquilina le ofreció y ahorrar para comprarse una nueva identidad. Un nuevo nombre, una vida, lejos de allí.

38

THE FISHER KING

Mayo de 2022

El lunes por la mañana recibí la peor llamada de mi vida. No recuerdo otra peor. Todavía hoy lo pienso y es difícil superarla.

Fue la inspectora Mencía quien se encargó.

Su voz anticipaba pésames.

—Unai, sé que es pronto, pero prefiero que seas el primero en enterarte. Por tu especial implicación en la investigación... —comenzó, con esos rodeos que te van poniendo la piel de gallina y sabes que es mejor que te sientes, no sea que te caigas redondo.

—¿El primero en enterarme de qué, Mencía?

—Benedict Callaghan me llamó el sábado por la tarde desde The Fisher King. Un espacio de la editorial permanece acotado desde el hallazgo del cadáver de Sarah Morgan, pero como es lógico, ha de seguir con su actividad profesional, bastante tiene con lo sucedido. Él mismo estuvo el sábado en el local, y entró en una estancia que la policía no había procesado. La puerta es un trampantojo, no sabíamos que había un cuarto detrás. Benedict dice que olvidó mencionarlo con el *shock* del asesinato de Sarah.

—¿Qué han encontrado en ese cuarto? —la interrumpí, de los nervios—. ¿Puedes contarme el motivo de la llamada y después ya me das los detalles?

—Nos llamó porque olía raro, e identificó el olor detrás de la puerta.

—¿Otro cadáver? —dije con un hilo de voz. No podía ser, no podía estar muerta.

—No, no —se apresuró a aclarar—. No, no es otro cadáver..., pero sí mucha sangre. Más de litro y medio, una cantidad en la práctica incompatible con la vida. Lo siento mucho, Unai. La analítica en este caso ha sido mucho más rápida. Era de tu madre. No puede estar viva.

39

EL JOVEN BIBLIÓFILO

1974

Han pasado varios años desde que vives en una prisión llamada «colegio de la Veracruz». Vives en régimen de arresto domiciliario, sueles escaparte por las tardes a las ventanas del piso superior para otear los perfiles de la ciudad y suponer que la vida de las sombras lejanas que avistas tras las cortinas pertenecen a personas con vidas normales, libres, diferentes a la tuya.

Este invierno está resultando un infierno de tormentas, granizo, vientos y una sempiterna lluvia. Tus compañeras de clase te cuentan que es molesta.

Te concentras en el siguiente ejemplar, has dominado tanto todas las técnicas de falsificación que a veces ni tú misma distingues tu obra de la original.

La hermana Aquilina cumple años, pierde vista, camina con bastón.

Hoy viene agitada.

—Sube a la sala de profesores, Ítaca. La madre Magdalena ha tenido que atender a un joven bibliófilo. No sé cómo me ha encontrado, pero preguntaba por mí. No tenemos más remedio que seguirle el juego y atenderlo. Observa, escucha y aprende. Y guarda silencio, no digas nada.

La sigues, estimulada por la novedad.

Desde tu arresto domiciliario ya no sales a las casonas de las familias ilustres, no visitas sus bibliotecas.

Los coleccionistas te envían saludos a través de la hermana Aquilina. Alguno de ellos, anciano, tierno, cariñoso, tal vez porque le recuerdas a alguna nieta, ha venido a visitarte alguna Navidad con algún ejemplar de regalo.

Y cómo se lo has agradecido.

Subís las escaleras, vistes con el uniforme del colegio, jamás te han comprado más ropa, no tiene sentido porque nunca sales de aquí, aunque tu amiga Mikaela siempre te ofrece la suya. En otro momento la habrías aceptado, ahora sabes que quedará sin usar y no tienes dónde guardarla.

Entráis en el discreto salón donde los profesores citan a los padres de las alumnas menos estudiosas.

Un joven os espera de espaldas, apoyado contra el marco del ventanal, mirando hacia el paseo de Fray Francisco.

Solo ves un pelo rubio, un cuerpo ya de hombre, un traje elegante.

Pero se gira y, efectivamente, todavía es joven, tendrá varios años más que tú, tal vez veinticinco. Ojos dorados, gesto preciso, de hombre de negocios, rezuma seguridad, pero os habla y es amable.

—Hermana Aquilina, me ha costado dar con usted.

Le tiende la mano, la hermana lo pone a prueba con la mirada, acepta el pulso y ambos se miden.

—Dígame, joven. La directora del colegio dice que me ha buscado insistentemente. ¿Qué desea exactamente de mí?

—He llegado a través de un buen amigo, también coleccionista, como yo. Me sorprendió saber que la mayor proveedora de las joyas de su biblioteca es una hermana de la Veracruz, no un librero de viejo o una casa de subastas.

—Los libros han sido mi pasión, y esta vida contemplativa tiene la ventaja del tiempo: he dedicado décadas a la bibliofilia. He cultivado relaciones con muchos colegas bibliófilos, y también amigos libreros de viejo. Me consultan sobre los libros de horas, mi especialidad. Tuve una buena formación que incluyó Europa y Estados Unidos. Pero todavía no me ha dicho qué desea exactamente de mí, joven.

—Dicen que es una buena cazadora de libros. Me gustaría comenzar a formar parte de sus coleccionistas de confianza. Mi familia también adora los libros de horas. De hecho, le invito ahora mismo, a usted y a la alumna que la acompaña...

—Ítaca, me llamo Ítaca —le dices sin acercarte.

—Qué nombre más adecuado —sonríe—. Me llamo Diego. Como mucho, tengo nombre de pintor y algún tratado de dibujo de Velázquez. Por cierto, algún hermoso ejemplar de la *Odisea* sí que guardo.

—Decía, Diego... —interrumpe la hermana Aquilina.

—Decía que las invito, ahora mismo si lo desean, a la biblioteca de mi familia. En realidad de mi abuelo, don Casto Olivier. Él está prácticamente retirado, y yo estoy al frente de los negocios de la familia.

La hermana Aquilina le sonríe, y eso es extraño. Inusual, más bien.

—No me diga, joven, que vive usted en la casona de los Olivier.

—Así es, desde que mis padres faltan, mi abuelo nos ha educado allí a mi hermana mayor, a mí y a mi hermano menor. ¿Querría usted acercarse y podemos hablar de los ejemplares que me gustaría que me encontrase? —insiste Diego.

Has visto antes esa vehemencia, ese punto fijo en el horizonte, todas las conversaciones terminando con el único objetivo de adquirir más libros.

Es joven para ser coleccionista, pero es un pura raza, un amante de los libros. Y es bello, te recuerda a un caballo, tiene algo noble y también distinguido.

—Ítaca ha de seguir estudiando, pero yo lo acompaño, joven. Tengo algunos ejemplares ahora mismo que quiero ofrecer al mercado, pero puede verlos usted primero.

La hermana Aquilina ha hecho su magia, ha lanzado el hechizo, ha murmurado el encantamiento. Conoces el truco, fue uno de los primeros que te enseñó cuando todavía visitabas a los coleccionistas.

Le ha espoleado con un «puede verlos usted primero». Nunca falla.

Casi puedes ver cómo Diego la sigue, casi salivando ante la perspectiva de una nueva adquisición, una virgen, una pura, y ella lo guía como si fuera el flautista de Hamelín.

Solo entonces te inquietas.

¿A dónde lo lleva?

Fuera, la tormenta está descargando con una furia que golpea los castaños de Indias, y sus ramas se baten unas contra las otras.

El paseo de Fray Francisco está desierto, nadie va a salir a la calle en esas condiciones.

Pero tú sabes que no lo lleva al exterior, y el único lugar que se te ocurre que pueda tentar a un bibliófilo de segunda generación es la biblioteca de los ancianos, el sótano donde prácticamente has vivido los últimos años de tu vida.

Vuestro taller donde falsificáis lo que ella vende, donde curtís y envejecéis los pergaminos, donde hacéis pasta de papel cuando es preciso.

Pero ese plan no es inteligente y la hermana Aquilina es inteligente.

Demasiado.

40

—

EL CEMENTERIO DE VILLAVERDE

Mayo de 2022

Miraba la lápida de Marta Gómez con ojos incrédulos. ¿Qué había detrás de aquella losa gris? ¿El cuerpo de alguien, de la madre de Germán, de mi madre, o estaba vacío?

—Esto no puede terminar así —me repetía en voz baja después de desahogarme llorando en el cementerio de Villaverde.

Escuché un ruido a mi espalda, ni siquiera me giré, me daba igual.

—Me ha llamado el abuelo —me dijo la voz de Estíbaliz cuando se acercó—. Está preocupado por ti, todos estamos preocupados por ti. Esto nos viene grande a todos.

—Esto no tiene sentido —le dije mientras dejaba que ella me abrazase por la espalda—. Calibán me había dado más plazo. ¡No tiene sentido! ¡No me lo creo!

—Unai, he estado hablando con la inspectora Madariaga. La sangre es anterior a la última llamada de Calibán. Eso quiere decir que cuando te llamó por segunda vez ya la había matado. O ya estaba muerta. En todo caso, te exigió un nuevo plazo para que le entregases el *Libro Negro de las Horas* sin tener a Ítaca como rehén, o teniéndola muerta. No te puede dar nada a cambio. Te mintió, el juego del secuestro ha terminado.

—Nada ha terminado, Esti. Hay miles de preguntas. De hecho, cuanto más investigamos, nos encontramos con más preguntas. ¿Quién mató a los tres, fue la misma persona? ¿Dónde está el cadáver de Ítaca? ¿El maldito *Libro Negro de las Horas* es el detonante de los tres asesinatos? Y si me preguntas por mi historia familiar, ¿qué pasó con mi nacimiento, por qué me abandonó, por qué mi padre fingió que mi madre era Marta Gómez, ella es también la madre de Germán?... ¿Quieres que siga, Esti? Porque esto está muy lejos de ser un caso cerrado para mí.

Estíbaliz se colocó a mi lado, mirando el nicho de Marta Gómez.

—Para mí eras como Batman, ¿sabes?

—¿Perdona?

—Eras huérfano, tu padre murió en un atraco que salió mal, y tenías un apodo, un tótem animal. Eras Bruce Wayne. Obsesivo, responsable, un cuidador, un protector de tu ciudad.

No estaba para metáforas, la verdad.

—Intentas animarme, lo sé. Pero tenemos que dejarnos de hostias, como dice el abuelo, y seguir adelante. Seguir investigando. Y más hoy, y más ahora, que ya no hay plazo. Si Calibán llama en tres días, perfecto. Esta vez sí que le montaremos un dispositivo para triangular la llamada. Ya no puede amenazarme con matarla, ya la ha matado. Ahora comienza mi caza —dije pasando mis dedos por el nombre que adoraba desde pequeño. Tenía polvo. Polvo del tiempo, polvo de llevar muerta cuarenta años.

—¿Te estás escuchando, Unai? Esto se te está yendo de las manos. Otra vez. ¿Cómo he podido cometer el error de dejar que investigaras a tu propia madre? —dijo frustrada.

—¿De qué estás hablando?

—De que hiciste bien en retirarte del servicio activo, por tu bien, por el de todos los que te rodeábamos y te queremos. Tienes rasgos de adicto, eres muy obsesivo. Tienes un gran punto ciego delante de ti y no lo ves. Eres monotemático: en cuanto te asignan un caso, lo priorizas de tal manera que empieza a drenar tus energías mentales, después también las físicas. Has dejado de cuidarte, Unai. Has dejado de correr, has dejado de dormir esta semana con tu familia, con Alba y con Deba. Todos comprendemos que Calibán te ha sometido a un plazo inhumano, y no quiero ni imaginar cómo lo gestionaría yo si alguien apareciera chantajeándome con devolverme con vida a mi madre muerta. Haría lo que sea. Tú, yo, cualquiera. Por delirante que pareciera. ¿Es que no lo ves?

No le hice ni caso, ¿cómo podría entenderlo?

—No te preocupes por eso. No estoy obsesionado con el *Libro Negro de las Horas,* ni con el pseudosecuestro de Calibán. Soy capaz de ver la trampa. Voy a dejar de buscar el *Libro Negro de las Horas* —le mentí—. Pero como comprenderás, no voy a dejar de buscar su cadáver ni a Calibán. Y me necesitáis, si es que Calibán tiene algo que ver con la muerte de Sarah Morgan o con la de Edmundo. Yo tengo los contactos con los bibliófilos. E Ítaca Expósito, aunque esté muerta, es el nexo de unión entre las tres muertes.

—Unai..., no me estás escuchando. No eres Batman, no eres un superhéroe, no puedes resolver todos los enigmas que te plantean porque algunas partidas comienzan con las cartas marcadas. Calibán es un trilero, un estafador, y lo peor de todo: es un estafador emocional, el más peligroso. Y te tiene bien agarrado, por lo que veo.

—Que me tiene bien agarrado, dices... —la miré, casi con rabia porque no era capaz de ver lo que yo veía—. Dime, ¿qué le cuento yo a Germán?, ¿cómo se supone que voy a mirarlo a los ojos y decirle que no tengo ni idea de si somos hermanos, medio hermanos o completos extraños genéticamente hablando?

Una golondrina pasó por encima de nuestras cabezas, creo que asustada por mis gritos.

—No tienes que darle ninguna respuesta. Un estafador te ha engañado, ha intentado jugar contigo y con lo más sagrado, que es tu familia. Punto. Germán no te va a exigir nada. Él solo quiere, como todos los demás, que te olvides de esto, nos lo dejes a nosotros y renuncies a seguir sufriendo.

Miré las lápidas que tenía frente a mí: mi padre, mi no madre, mi abuela, mis bisabuelos.

—¿Hace cuánto me conoces, Estíbaliz?

—Décadas.

—No. Lo que me pides solo puede pronunciarlo alguien que no me conoce. Vamos, sé lo que tenemos que hacer a continuación.

41

LA TEMPESTAD

1974

Miras afuera, no es una tormenta lo que castiga los árboles: es una auténtica tempestad. Es imposible que hayan salido del edificio de la Veracruz. Y has esperado más de una hora, pero nadie vuelve a por ti.

Eres consciente de que algo malo, algo realmente malo está sucediendo. Preguntas por la hermana Aquilina por los pasillos, en la sala de estudios, en la biblioteca de la primera planta. Nadie la ha visto.

Temblando, bajas las escaleras desiertas que te conducen al sótano, a la biblioteca de los ancianos. La tempestad en el exterior es de tal magnitud que hay un rumor de desastre y ramas derribadas que traspasa las paredes de piedra fría del colegio.

Te la encuentras en la puerta de la biblioteca, girando una cerradura con una llave que solo tenéis tú, la directora y ella.

—¿Qué ha hecho, hermana? —le reclamas—. ¿Dónde está el joven?

—El joven está bien. No te has dado cuenta de quién es, ¿verdad?

—Dígamelo usted. Veo que por una vez tiene ganas de hablar.

—Es el nieto de Casto Olivier, el mismo Casto Olivier que puso la falsa denuncia contra mi padre, el mismo Casto Olivier que lo metió en la cárcel. El mismo Casto Olivier que pagó a dos matones para que lo acuchillaran. Es uno de ellos. De los que destrozaron a mi familia.

Te lo temías, te lo temías desde que ella se ha acercado a él con esa mirada contenida y lo ha invitado a ver ejemplares que todavía no tenéis acabados.

—Hermana, ¿qué ha hecho?

—No he hecho nada, hija. No desconfíes de mí, he tenido muchos años para pensar en este momento. Nada de lo que me ha llevado hasta aquí, ni de lo que lo ha llevado a él hasta aquí ha sido casual. No quiero venganza, solo recuperar lo que me pertenece.

—No puede, hermana. Lo que pasó, pasó. Nadie le va a devolver la vida de su padre, de su madre, ni su juventud, ni la otra vida que no vivió, ni una biblioteca entera.

—No necesito la biblioteca de Casto Olivier —dice—. No la quiero. Solo un ejemplar, el más querido, el que más dolió, el que desencadenó la guerra.

—En esta guerra ya ha habido demasiadas bajas. Déjela pasar, ese hombre será a estas alturas muy anciano, morirá pronto, nadie recordará ya el mal que usted dice que le causó. Pero no se meta en líos, ¿no dice que la primera ley de una Egeria es «que nunca te metan en la cárcel»?

—Nadie va a ir a la cárcel. Y voy a decirte la segunda ley de las Egerias, grábatela a fuego, porque con la vida que vas a tener, la vas a necesitar: «Encárgate tú. Soluciona tus propios problemas. Siempre». Nunca esperes que nadie los resuelva por ti, si lo hacen, tendrán sus propios intereses y te los ocultarán, o más tarde se cobrarán el favor. Nunca lo merece. Recuerda a Eurípides: «Rema en tu propio barco».

—Muy bien, pues como remo en mi propio barco y no

quiero ser cómplice de las *vendettas* de nadie, le voy a exigir a usted que me asegure que no ha hecho nada a ese joven, que probablemente es ajeno al pasado de su abuelo, y no haga lo que sea que tenga pensado hacer.

La hermana Aquilina no es alguien a quien se le pueda domar, persuadir o convencer. Estás intentando ganar tiempo, pero eres penosamente consciente de que en realidad lo estás perdiendo.

Y te rindes, sabes que no puedes con ella. Está cheposa, casi ciega, camina con bastón, hace años que le sacas varias cabezas, pero siempre podrá contigo. Es tu mentora para todo lo delictivo, lo sabes, pero no has tenido otra, y las horas falsificando la han convertido en la persona con quien más tiempo has pasado en tu vida.

—¿Qué ejemplar quiere recuperar? —preguntas por fin.

—Un ejemplar único, que vale lo que diez colegios, pero jamás venderé: el *Libro Negro de las Horas* de Constanza de Navarra.

—¿Negro? —preguntas atónita. Te ha ocultado la existencia de libros negros de horas a lo largo de todos estos años.

—Teñido el pergamino con agalla, la excrecencia que les brota a los robles. Iluminado en dorados y plata. Era casi místico. Por la noche padre y yo lo contemplábamos y las miniaturas parecían bailar sobre el texto. Destacaban, brillaban. No es un ejemplar común, Ítaca. Es el más bello, y el más raro. Es un *unicum.*

Te ha tentado, te ha clavado un anzuelo como a Diego Olivier. Acaba de hablarte de su existencia y ya deseas verlo, poseerlo y después falsificarlo. Un nuevo reto: iluminar sobre manuscrito teñido en negro. Jamás se te habría ocurrido tal audacia.

—¿Y cómo piensa recuperarlo?

—Como se hacen las cosas, dialogando. Voy a la casa de

Casto Olivier, tengo una conversación pendiente con él desde hace varias décadas. Hoy es el día, querida Ítaca.

Es la primera vez que te llama «querida». Lo registras por lo que tiene de inédito. Con ella jamás sabes si creerte algo, la has visto mentir demasiadas veces, aunque nunca se prodiga en palabras dulces. Te acaricia un poco el alma, te sienta bien la confidencia.

—Hermana, hoy no es día para nada. Vaya usted mañana a hablar con el señor Olivier. La tempestad de ahí fuera puede acabar con cualquiera. No hay nadie en la calle.

—Tanto mejor, esa casa está muy céntrica y no quiero testigos. Y una monja entrando en la mansión de los Olivier daría mucho de qué hablar a los mentideros de esta ciudad.

Después lanza una mirada furtiva a la puerta que acaba de cerrar.

—Y además, he de hacerlo hoy.

Te aparta con el bastón, comienza a subir las escaleras. Tú la ayudas, está torpe y no quieres que resbale.

No ignoras que hay pisadas húmedas, pisadas de pie grande que han embarrado los peldaños.

Cuando llegáis al *hall* del colegio, ella te dice al oído:

—No bajes a la biblioteca de los ancianos hasta que yo vuelva. Después te explico qué hay que hacer.

La ves abrir la puerta de la entrada del colegio, y te quedas allí, en el umbral que no te está permitido cruzar desde hace años, desde... Ibas a pensar que desde Gael, y te sorprende el recuerdo porque lo asocias con la alegría, con el buen tiempo y con una Vitoria soleada y blanca, no con esta ciudad de tempestades y lluvia furiosa.

Observas desde el quicio de la puerta cómo la hermana Aquilina se pierde entre el paseo de Fray Francisco, con su uniforme de monja, sin paraguas, avanzando con su bastón de madera de boj, una madera casi tan dura como ella.

Esperas varias horas obediente. Ni te atreves a pensar

en lo que habrá sucedido, si Diego Olivier vio algún ejemplar, si marchó a casa de su abuelo... Hay tantas posibilidades que renuncias a elucubrar, sabes que eres parte del plan de la hermana Aquilina, y en cuanto vuelva la incertidumbre cesará.

... Pero no vuelve.

La tormenta ha amainado y la lluvia y el viento dejan a su paso un panorama desolador: el hermoso paseo ahora es un cementerio de ramas y hojas destrozadas.

Unos hombres suben por la escalera del colegio. No son padres, los reconocerías. Les abres la puerta y te ignoran después de preguntarte por la directora.

La madre Magdalena sale a recibirlos. Los individuos le dan la noticia, te sorprende ver que ella se dobla y se lleva la mano a la boca ahogando un grito.

Sabes lo que ha sucedido, no hace falta que nadie te lo sople al oído. En pocos minutos, todas las alumnas lo saben. Muchas han quedado atrapadas en el edificio por la tempestad, sus padres han llamado y han optado por no recogerlas hasta que la tormenta haya amainado.

—¡La hermana Aquilina! ¡Le ha caído una rama! —gritan las alumnas todas horrorizadas.

Muchas se abrazan, todas lloran.

Tú no eres capaz. Estás aterrada.

Pero reaccionas. Necesitas saber.

Buscas a Mikaela en mitad del gineceo, el caos te ayuda. Vas a salir por fin de tu prisión.

—¿Sabes dónde está la casona de los Olivier? —le susurras, te la llevas a los aseos de la planta baja.

—Claro, en la calle Manuel Iradier.

—¿Está lejos? —quieres saber.

—No. Si corremos, llegamos en menos de diez minutos.

—¿Tienes paraguas?

—Claro.

—Vamos, ahora —le urges.

Mikaela es tan decidida como tú. Se seca las lágrimas, reprime el llanto.

Os escabullís entre el tumulto de padres y madres que acuden a recoger a sus hijas y se encuentran con el horror de la noticia.

Nadie os intercepta cuando escapáis corriendo bajo un paraguas ya inservible.

Sabes que la madre Magdalena está demasiado ocupada como para percatarse de tu ausencia.

Ese primer soplo de libertad en años no es como lo habías soñado tantas noches en tu camastro.

Mikaela te da la mano y te guía corriendo, porque su padre puede ir a buscarla de un momento a otro y no desea darle explicaciones ni buscar otro castigo.

Corréis por la acera mojada del paseo, sorteando ramas, pasáis por debajo del puente ferroviario, y desde la Senda torcéis hacia una calle, te dice que estáis cerca.

Cuando llegáis a la mansión de los Olivier, hay un pequeño corrillo de curiosos y algunos hombres uniformados rodeando el cuerpo de la hermana Aquilina. La puerta de hierro de la verja está abierta y nadie os presta la suficiente atención como para impedíroslo.

Hay ramas, es cierto, pero todas están lejos.

No ha sido una rama lo que la ha matado, en realidad. Deduces que es un tiesto que voló desde el primer piso, donde un anciano de rostro estrecho y barba puntiaguda, muy blanca, llora apoyado en la barandilla.

42

SAN JUDICAEL

Mayo de 2022

Ascendimos por la cuesta desierta hasta la casa del abuelo. Silbé al abrir la puerta, antes de subir por las escaleras. Era una costumbre familiar, el abuelo siempre lo hizo y me pregunté por primera vez si mi padre también había tenido esa costumbre.

Buscamos al abuelo en la cocina, pero no lo encontramos. En ese momento Estíbaliz recibió una llamada y me hizo un gesto para que la dejase sola.

Yo obedecí y escuché ruido sobre nuestras cabezas. El abuelo estaba en el alto. Últimamente pasaba mucho tiempo rebuscando entre las cajas del pasado.

Subí hasta el desván y lo encontré sentado sobre una de ella, con las gafas puestas, leyendo un libro polvoriento.

—¿Qué haces, abuelo?

—Pues viendo si te puedo ayudar en algo, hijo. Mira, he encontrado la biblia que me envió mi amigo Gael, la que falsificó —dijo, y me tendió un ejemplar que no se diferenciaba mucho de las biblias escolares que se podían comprar a docenas en cualquier librería.

La tomé, sin comprender.

—¿Cómo que la falsificó?

En esos momentos subió Estíbaliz corriendo por las escaleras, traía novedades, pero se acercó y me miró con cara de interrogación al ver la biblia.

—Esto me lo tienes que explicar, abuelo. ¿Tienes una biblia falsificada?

El abuelo se rascó los cuatro pelos blancos que le quedaban debajo de la boina, como siempre que sentía que le habían pillado en un renuncio.

—Fue por el lío del nombre de tu padre. En aquellos tiempos los curas no bautizaban por aquí a nadie con ningún nombre que no estuviera en el santoral, y don Félix decía que no existía ningún san Gael. Yo le encontré un san Judicael, pero el cura insistía en que no era lo mismo, aunque fuera una variante. Y como mi amigo Gael estaba empeñado en que yo cumpliera la promesa, me envió esta biblia. Mira, en la página que está señalada con el marcapáginas aparece «san Gael», pero es una página falsificada. Se la mostré a don Félix y él aceptó por fin a bautizarlo. ¿Por qué me miras así, hijo? ¿Tiene mucha importancia?

—A ver, abuelo. Que hace sesenta años engañaras con un documento falsificado a un sacerdote tiene importancia cero, pero lo que implica sí que es importante. Tú me dijiste que Gael Morgan era un escocés de buena familia, que compraba y vendía libros por afición y por la pasión que les tenía. Pero nunca me dijiste que los falsificaba. Y eso, en el caso que nos ocupa, sí que es relevante. No por él, sino por sus descendientes, que han continuado con la misma profesión —le hice ver—. Eso lo cambia todo. Nosotros contábamos con que la asesinada fuera una profesional sin un pasado delictivo, y su padre, un librero casi retirado. Si han sido o son falsificadores, el móvil de su asesinato implica muchas más posibilidades.

Estíbaliz y yo cruzamos una mirada preocupados.

—Pues hay otra cuestión acerca de Alistair Morgan que me gustaría compartir contigo, Kraken —dijo mi compañera—. Me llamaste desde Madrid hace unos días y me dijiste que había dos libros negros de horas, uno en Nueva York y otro el de Sforza.

—Sí, es lo que me contó Gaspar, el librero anticuario que suele hacer de garganta para la brigada de Patrimonio Histórico, ¿por qué lo dices?

—Estuve investigando, como ya te comenté, en la base de datos Dulcinea, y no aparece ningún *Libro Negro de las Horas* de Constanza de Navarra entre los ejemplares denunciados. Pero hice una investigación posterior de los dos libros de horas de los que me hablaste. El *Libro Negro de las Horas* que está en Nueva York se encuentra en la Biblioteca y Museo Morgan.

—¿Morgan, dices?

—Así es, la Biblioteca Pierpont Morgan, en Manhattan. Los Morgan son una prominente familia de banqueros, mecenas, grandes coleccionistas y bibliófilos. Me anticipo a tu pregunta: sí, provienen de Escocia. Lo que ignoro es si Gael Morgan, Alistair y Sarah pertenecen a esa misma familia y si tienen relación con ellos. Me dijiste, en todo caso, que Alistair no pudo ayudarte mucho con el asunto del *Libro Negro de las Horas.*

—Sí, me dijo que nunca había oído hablar de ninguno de ellos. Algo que me extrañó, desde luego, porque otros libreros como Gaspar sí que conocían su existencia.

Tal vez Alistair no era solo un viejo *hippie* deprimido, tal vez me había mentido en más asuntos, como el de Marta Gómez.

Ya no sabía de quién fiarme y de quién no.

—De todos modos —prosiguió Estíbaliz—, tengo algunas noticias más que darte, y todas son importantes.

Miró al abuelo, pero lo consideraba uno de nosotros, no le pidió que se marchara.

—Lorea se niega a declarar, y solo tenemos contra ella

que su declaración no es coincidente con las grabaciones de su entrada y salida de la librería Montecristo. He probado a presionarla, pero es un témpano o realmente no sabe ni hizo nada, porque no hay manera. No puedo avanzar con ella. Si es que tuviera que confesar algo, desde luego no lo va a hacer.

Estíbaliz tenía ya demasiada experiencia con los interrogatorios como para saber si los detenidos estaban cerca de hundirse. Nosotros llamábamos a ese momento «tumbar al sospechoso»: en parte se trataba del lenguaje no verbal, pero otra parte era la certeza de que esa tensión entre ambos se liberaría en el momento en que se derrumbase. Pero a veces no sucedía. El sujeto era demasiado frío, o se mostraba ausente, no se implicaba, o simplemente no tenía ni idea y no había nada que declarar.

—... Pero estás sonriendo —le señaló el abuelo.

—Porque sí que tengo un avance: nos hemos vuelto locos comprobando todos los paquetes enviados y recibidos en la librería Montecristo y tenemos una coincidencia aterradora: el paquete que contenía el libro que le explotó a Sarah Morgan partió de la librería Montecristo, precisamente el día que Edmundo fue asesinado. La empresa es poco conocida: Riderpack, pero por lo visto todos los libreros trabajan con varias empresas de paquetería, según la urgencia, el destino, y sobre todo, el valor del libro que envíen —nos explicó.

—¿De la librería de Edmundo? —repetí—. Entonces, ¿qué tenemos delante ahora, Estíbaliz?

—Pues está claro, hijo —se adelantó el abuelo—. Que a lo mejor el librero casquivano mató a su amante, la nieta de mi amigo Gael.

43

ALIADOS

1974

Es de noche, por fin los sollozos han cedido al sueño. Las internas han llorado hasta el agotamiento a la hermana Aquilina, pero no han visto su cadáver.

Tú sí. Su cuerpo yacía tendido sobre un jardín que estaba encharcado cuando te acercaste. La cabeza destrozada, el bastón a pocos metros. Huesos, sangre mezclada con barro.

Ya no quedaba nada de ella cuando llegasteis. Se ha ido.

Tienes que aceptar que la vida ha cambiado y te ha dejado la segunda ley de las Egerias: «Encárgate tú misma».

Y te preocupa lo que te ha dejado también en la biblioteca de los ancianos, así que bajas en silencio, lo has hecho casi todas las noches de tu vida, conoces las lamas de madera que crujen y el helor de las paredes de piedra.

Llevas la llave en la mano, pero esta vez te has vestido, no acudes en pijama.

Te preguntas qué habrá sido de Diego Olivier, por qué no consolaba a su abuelo cuando has acudido a la casona junto a la fiel Mikaela.

Abres la puerta de la biblioteca, enciendes la luz e inspeccionas el interior, sin saber muy bien qué encontrarte.

... Y ves un bulto en el suelo, entre los caballetes.

El bulto se mueve, gime. Emite un intento de grito, pero está amordazado.

Tiene las manos atadas a la espalda con trapos. También los pies, y a la altura de las rodillas.

Te acercas con precaución, entonces te das cuenta horrorizada de que no te ve, de que está ciego.

—¿Diego, estás bien? —qué pregunta más estúpida y qué estúpido preguntárselo.

Está ciego, pero no sordo, ahora ya sabe que estás ahí. De todos modos, vas a liberarlo. La hermana Aquilina murió matando, era su venganza, su guerra, sus motivos. Te ha convertido en cómplice de mil delitos desde los quince años, ahora no está, ahora puedes negarte a que te arrastre a su infierno. Los Olivier no son tus enemigos, nadie merece que lo dejen ciego, lo amordacen y lo secuestren en una biblioteca.

Te acercas, le quitas la mordaza, él toma aire.

—¿Ítaca, eres Ítaca? ¡Por favor, llama a un médico, estoy ciego!

Su rostro huele a aguarrás, sabes que la hermana Aquilina se lo ha lanzado a los ojos. Es un muchacho fuerte, ella usó la química para igualar las fuerzas.

Tienes una botella de agua para diluir pigmentos hidrosolubles, la tomas y le das un baño en los ojos. Los tiene destrozados, eran dorados, lo recuerdas. Ahora son rojos, pobre Diego.

—¿Me puedes...? ¿Me puedes soltar o estás con ella? —te dice en una súplica.

—Ella ha muerto durante la tormenta, me temí lo peor y he bajado en cuanto he podido. Ella me ha prohibido esta tarde entrar en la biblioteca, sospeché que te había encerrado aquí.

—Pero ¿por qué? No entiendo nada, yo venía a comprar ejemplares —está desorientado.

—Ya habrá tiempo para las respuestas, de verdad. Me preocupan tus ojos, y me preocupa que escapes de aquí y que consigas ayuda médica. Tú no vas a poder llegar solo hasta un hospital, y yo no conozco demasiado esta ciudad ni sé de ningún médico.

—¿Y la directora del colegio? ¿No puedes despertarla? Ella se ocupará.

«Es enemiga», quieres decirle, pero no deseas darle tanta información, es un desconocido, le estás ayudando, pero no quieres acabar entre rejas. Y ella es muy capaz de darle la vuelta a la situación y culparte de todo.

Y ves tu libertad un poco más lejos, ese plan de terminar tus estudios, tomar todo el dinero que has ganado los últimos años y dejar atrás la prisión en que se ha convertido tu vida.

—Tiene que haber otra manera, tal vez ella está detrás de tu secuestro —le mientes.

—Entonces tendremos que escapar, desde mi casa puedo llamar a un doctor. Está cerca. ¿Puedes soltarme?

Cortas las ataduras con una de tus cuchillas. Te la guardas en el bolsillo, por si acaso.

—Gracias. De verdad. Me estás salvando la vida. No sé qué pesadilla es esta, pero gracias, Ítaca —murmura, pero todavía está en alerta, siente miedo.

Tiene los párpados apretados, toma la botella y los riega de nuevo con agua, también se lava la boca, el rostro.

—Había escaleras, ¿verdad?

Lo ayudas a subir, tiene unas manos poderosas, pero se apoya en ti y tú aguantas su peso.

—No hagas nada de ruido, vamos a intentar salir por una ventana del patio, de ahí subiremos por la verja y la saltaremos. Yo te guío —le susurras.

La noche y la oscuridad os empujan hacia el patio, dos sombras que se tambalean y se apoyan la una en la otra. Tú quieres ayudarle, pero solo deseas que no te la juegue y que te exoneren de su secuestro, y sabes que no vas a contar con ayuda dentro del colegio. Has sopesado tus opciones, estás involucrada, todo lo que hagas supone un riesgo, pero eliges el riesgo que no conoces. Sabes ya demasiado de crueldades conocidas como para acudir a ella. Sabes que necesitarás aliados para tu nueva vida. Diego y los Olivier pueden ser esos nuevos aliados.

Dos sombras en la noche, clara, estrellada, helada pero hermosamente calma, se arrastran por el patio, saltan una valla, Diego palpando los barrotes, haciendo memoria de las veces que ha recorrido el paseo para acordarse de las formas y la altura.

Conseguís saltar al otro lado, al que tienes prohibido porque diste besos en la oscuridad de una biblioteca.

Ya conoces el camino, lo has recorrido con tu mejor amiga pocas horas antes, pero finges que es él quien te guía, aún no sabes qué papel vas a tener que interpretar con los Olivier. Tampoco estás segura de si el abuelo te ha visto, aunque lo dudas, te cubriste con el paraguas.

La verja de la casona está cerrada, se saca un llavero.

—Es la más pequeña, la octogonal —te susurra.

Hace un gesto de dolor. Esas córneas deben de quemar como un infierno.

Entras en el recinto, por segunda vez también en pocas horas, excepto que ahora estás salvando al heredero. Excepto que el cuerpo de la hermana Aquilina ya no yace frente a la entrada. Evitas, en todo caso, acercarte.

Diego te tiende de nuevo el llavero.

—Ahora la llave pequeña, la redonda. Tres escalones, ya casi estamos.

Le ayudas, una vez dentro el frío gélido de la noche victoriana desaparece. Te alegras de no haber acudido a la biblioteca en camisón. No es la primera impresión que les quieres causar.

—¡Carmen! —grita Diego—. ¡Es urgente! ¡Llama al doctor Ibisate! ¡Necesito ayuda!

44

TORMENTAS

Mayo de 2022

Estíbaliz tomó una silla de mimbre que cojeaba y se sentó en ella.

—Tenemos el albarán del envío, y la firma es de Edmundo, pero no me fío. He enviado a hacer un peritaje grafológico para saber si es falsa.

—¿Quién crees que puede haber sido entonces? —quise saber.

Ella se encogió de hombros.

—Puede haber sido perfectamente Lorea, siguiendo nuestra teoría de que su motivación para matar tanto a Edmundo como a Sarah fuera que ambos eran amantes. Si fue su empleada durante meses, pudo aprender a imitar su firma. Y tenemos albaranes de otros envíos con la firma de Lorea, así que van a cotejarlos. También he llamado a Goya con la intención de que nos facilite varios documentos con su firma. Como siempre, me ha esquivado y no contesta —comentó frustrada—. De todos modos, como tenemos acceso a la de su DNI, también la he incluido, pero puede que me pidan más documentos con su letra manuscrita para realizar un examen completo, en el caso de que no vean coincidencias con Lorea.

Yo agarré también otra silla desvencijada y el abuelo hizo lo propio.

—En todo caso, esto reduce mucho el listado de personas de interés: tenemos a Lorea, a Goya, podría seguir siendo Telmo...

—¿Tú ves a Telmo pasando desapercibido por los soportales de la plaza de España, entrando y saliendo en la librería Montecristo como Pedro por su casa, firmando albaranes de libros modificados con glicerina y dejando anilinas como si nada? ¿Sin testigos, sin que nadie vea algo raro? No es un tipo que se olvide, Kraken.

Agaché la cabeza.

—Pues no, no lo es —tuve que reconocer—. En todo caso, esperemos a ver qué dice el peritaje.

Y entonces Estíbaliz me dirigió una de esas miradas solemnes que anticipaba tormentas.

—Hay algo más, ¿verdad?

Se sacó el móvil del bolsillo del pantalón.

—Me ha llegado la simulación de la apariencia de Ítaca Expósito en la actualidad. Es un retrato robot, pero es bastante realista. Entiendo que quieres verlo. ¿Prefieres que me quede? Tal vez sea un momento para ti solo —me tanteó.

Le arranqué el móvil de las manos.

—Anda, dame.

Y vi por primera vez a mi madre, esa que me habían dicho que tenía mi sangre. Sangre encontrada en abundancia, tanta como para estar de nuevo muerta.

Tal vez seguía siendo morena y llevaba melena lisa, tal vez no.

Los rasgos de la niña que pintaba el monumento de la batalla de Vitoria se habían alargado, los ojos se habían separado, los labios eran más finos.

Era una Ítaca adulta que me miraba de frente, como me habría gustado que me mirase.

—Abuelo, ¿tú la has visto alguna vez?

El abuelo se colocó de nuevo las gafas de cerca.

—No me suena de nada. Por Villaverde no se ha pasado, me acordaría.

Le había mostrado días atrás al abuelo las dos imágenes de Ítaca niña y adolescente, pero tampoco fue capaz de recordarla.

—¿Y tú recuerdas si mi padre tuvo alguna relación con la Escuela de Artes y Oficios?

—A tu padre no se le daba muy bien pintar ni hacer esculturas, yo no creo que fuese a clases ahí nunca —dijo encogiéndose de hombros.

—No me refiero como alumno, sino trabajando allí, posando como modelo.

El abuelo se rio de buena gana.

—Yo a Gael lo veo de cualquier cosa antes que de modelo, qué ocurrencias tienes, hijo. Él se sacaba unas pocas perras como muchos chavales de su edad. Sé que trabajó en la librería Linacero, también de camarero en Fiestas de la Blanca, en una tienda de ultramarinos de chico de los recados... Hacía de todo, era muy vivo.

Cuando el abuelo, que hablaba muy poco, empezaba con los circunloquios, era el momento de dejar de apretarle. Así que me levanté y Estíbaliz hizo lo propio.

Nos despedimos de él y en el mismo portal llamé a la inspectora Mencía, puse el manos libres y Estíbaliz la puso al día del hallazgo de la procedencia del envío del libro que mató a Sarah Morgan.

—Esto relaciona definitivamente ambos casos —dijo.

—Hablando del tercer caso, del de Ítaca Expósito —intervine yo—. Ya tenemos la simulación de su apariencia actual. Imagino que estaréis buscando su cadáver, ahora ya tenemos un rostro.

Ella guardó silencio por un momento.

—No, no estamos buscando un cadáver. Es cierto que ha aparecido sangre incompatible con la vida, pero no hay ninguna denuncia de nadie desaparecido que corresponda a una mujer de su edad, y nuestra prioridad es esclarecer el asesinato de la mujer cuyo cadáver sí que apareció, el de Sarah Morgan.

—¿No estáis buscando su cadáver? —pregunté alterado—. No lo entiendo.

—Ítaca Expósito no existe en los registros ni en los documentos oficiales, ¿a quién buscamos? ¿Empapelamos Madrid con su rostro y preguntamos: «Ha visto usted a esta muerta»? —me contestó, también alterada.

Estíbaliz tuvo que intervenir y poner un poco de sentido común:

—Inspectora Madariaga, voy a enviarte todos los documentos de los que hemos hablado. Vamos a continuar colaborando ahora que ha quedado claro que hay un nexo entre el asesinato de Edmundo y Sarah Morgan. ¿Te parece?

—Sí, por supuesto —dijo.

—De acuerdo —dije—, sé que Ítaca Expósito está muerta, y veo que nadie la busca. Y sé que nadie va a buscar tampoco el *Libro Negro de las Horas* de Constanza de Navarra. Organizaremos un dispositivo por si Calibán llama en el plazo fijado. Ya no puede matarla, no puede cumplir con ninguna amenaza, y sea quien sea, espero que así lo cacemos...

Estíbaliz aguantó la respiración, pensó que me había rendido.

—Pero yo me voy a Madrid ahora mismo —dije—. Tengo muchos hilos de los que tirar.

45

EL ABUELO OLIVIER

1974

La directora te llama a su despacho al día siguiente. Es un día muy ocupado para el colegio, las exequias de la hermana Aquilina lo mediatizan todo.

Su muerte todavía permanece en la zona gris de lo impensable. Pero sabes que todavía no estás a salvo y te has levantado alerta.

—Ítaca, don Casto Olivier ha pedido que estés presente —te informa.

Por una vez su rostro no está fresco. Ha pasado mala noche, lo sabes por unas bolsas oscuras bajo los ojos que no conocías.

Te indica con la mirada que no te puedes sentar, pero don Casto te ofrece la silla vacía a su lado, frente a la mesa de la directora.

—Siéntese, joven. Todavía no sé cómo voy a agradecerle lo que hizo usted anoche por mi nieto.

—¿Cómo está? —quieres saber.

—Hospitalizado en la clínica. Tiene quemaduras químicas en párpados y mejillas, pero lo más grave es la quemadura del ojo izquierdo. El oftalmólogo no sabe todavía si recuperará la visión al cien por cien. Sus córneas pasaron varias horas en contacto con el aguarrás. Una salvajada.

La madre Magdalena levanta la barbilla, aprieta los labios. Podría interpretarse como un gesto de soberbia, pero tras una vida dependiendo de saber leerle el rostro, sabes que está aterrada.

—Esto no tiene por qué salir de aquí —apunta ella.

—Esto ya ha salido de aquí —responde don Casto—. Los facultativos tienen la obligación de informar a las autoridades cuando sospechan de un delito. Y mi nieto fue salvajemente agredido, atado, amordazado y secuestrado en este colegio que usted dirige.

—Por una persona que ya no está entre nosotros, y que falleció en su jardín. ¿Qué puede decirme al respecto?

Don Casto la mira sin comprender.

—¿Qué puedo decirle? Que me visitó y hablamos brevemente de libros, la hermana Aquilina resultó ser una encantadora bibliófila, una experta en ciertos ejemplares de mi interés. Pero tenía prisa y no dejaba de mirar preocupada por la ventana, esperando a que la tormenta se calmara un poco para volver al colegio. ¿Cómo podía yo adivinar lo que le había hecho a mi nieto?

—¿No le dijo nada?

—Nada, señora directora. Nada. Me dijo que me visitaría hoy, que tenía algo importante que ofrecerme. Un trato, dijo. Un trato entre bibliófilos. Un ejemplar por otro, imaginé. Pero no un secuestro, por Dios, ¡un secuestro! ¿Desde cuándo los bibliófilos intercambian ejemplares por personas?

Por una vez, la madre Magdalena guarda silencio, se ha quedado sin argumentos.

—¿Ya se ha personado la policía para informar del deceso? —le pregunta don Casto.

—Así es. Esta tormenta se ha cobrado dos bajas en Vitoria, además de una docena de heridos, tres de ellos de cierta gravedad. Los servicios de emergencias no dieron abasto ayer tarde y noche para rescatar a personas atrapadas incluso en sus vehículos. La hermana Aquilina ha fallecido por una contusión en la cabeza, por lo visto un vecino mayor del Casco Viejo fue arrastrado por los cantones y también ha resultado muerto por los golpes de las caídas —le informa.

—Pero volvamos entonces al tema de mi heredero —insiste—. Puedo exigir responsabilidades al colegio, o al menos dar parte a las autoridades, aunque eso sería el fin para su congregación.

—Así es.

—No voy a pedirle nada a cambio. De momento. No le interesa un escándalo, pero quiero agradecer a esta joven que tuviera la valentía de socorrer y liberar a mi nieto —dice, y se gira hacia mí.

—Ítaca solo se ha comportado como una buena cristiana, tal y como le hemos inculcado precisamente en este colegio. Cualquiera de nuestras alumnas lo habría hecho —le responde la madre Magdalena con frialdad.

—Pero fue ella, y no otra. Quisiera hablar con sus padres para agradecérselo.

Sientes una vergüenza antigua como el tiempo. La misma vergüenza, siempre.

—No tiene padres, es huérfana e interna.

Se gira hacia mí.

—¿Qué edad tienes, hija?

—Dieciocho dentro de veinte días —y la miras a ella a los ojos. Le dices tantas cosas...

—¿Qué vas a hacer cuando termines tus estudios? ¿Tienes a dónde ir?

—Lo tengo —mientes.

Porque tienes dinero, pero no un lugar. Hasta entonces era un inespecífico «cualquier sitio fuera de aquí».

Don Casto comprende. Comprende demasiado.

—Usted va a permitir que yo tutele a esta joven hasta su mayoría de edad, todavía le quedan varios años para los veintiuno. Y no va a continuar siendo una interna. En caso contrario, aportaré los informes de los facultativos y un ejército de abogados. También mis buenas relaciones con el obispado. Lo que ha sucedido en este colegio es intolerable, pero estoy con usted con que no podemos permitir que el error de una sola persona manche para siempre la reputación de una institución como esta ni la del futuro de todas las alumnas y profesoras.

Y por fin sabes que le has ganado. Que os vais a perder de vista, como ambas anheláis desde que naciste.

Pero, por una vez, no será como ella quería.

46

ULTRAMAR

Mayo de 2022

Lo encontré abriendo paquetes con libros nuevos, me quedé observando un par de minutos cómo, absorto, se acercaba los ejemplares a la nariz y aspiraba su aroma como si fuera cocaína.

La Librería del Alma estaba vacía, me pregunté de dónde sacaba sus ingresos Alistair Morgan, porque era complicado que con ese flujo de clientes pudiera hacer caja la mayor parte de los días.

—Mi querido Unai, ¿sigues en Madrid? —me preguntó en cuanto se percató de mi presencia.

—Estos días voy y vengo. Colaboro en tres casos, aquí y en Vitoria. He cogido el coche y he venido a verte, tenemos que hablar —le dije—. ¿Puedes echar el pestillo de la librería? Quiero que tengamos una charla muy sincera, sin testigos ni interrupciones.

Su sonrisa se le quedó en los labios, incapaz de decidir si yo era amigo o enemigo.

Se pasó la mano, nervioso, por su ingobernable melena canosa y dejó sobre el mostrador el ejemplar que estaba olfateando.

—¿Tan grave es? ¿Habéis encontrado algo de Sarah que deba saber?

—Se trata más bien de lo que yo debo saber y quiero que me confirmes. Pierpont Morgan: ¿era pariente tuyo?

—Vaya..., para ser un neófito en esto de la bibliofilia te has puesto al día muy rápido.

—¿Estás emparentado con la familia Morgan, los coleccionistas mecenas que construyeron la Biblioteca Morgan en Nueva York? Es una pregunta retórica, puedo pedir que te investiguen y en unas horas lo sabremos. ¿Puedes ahorrarme el trámite, Alistair?

Se sentó sobre el mostrador, agachó la cabeza.

—Sí, somos familia y hemos mantenido el contacto. Incluso Sarah acudía a menudo a visitar y trabajar con sus parientes. Compartimos además la pasión por el coleccionismo. Sé que lo dices por el *Black Hours* de la Morgan Library. Sí, por supuesto que conozco el ejemplar. Y sí: te mentí cuando te presentaste aquí, como si fueras tu padre volviendo de la muerte, y me preguntaste por los libros negros de horas. Mi trabajo consiste en hacerme el tonto muchas veces, por seguridad. ¿De verdad esperas entrar en un mundo tan endogámico y oscuro como el de la bibliofilia y que los libreros te abran sus locales, sus colecciones y su experticia en una primera conversación, y más sabiendo que eres policía?

—No eres solo librero, ¿verdad? Ni lo era tu padre, y probablemente Sarah tampoco se limitaba a facsimilar legalmente ejemplares únicos.

—Cuidado, joven. Esa es una triple acusación, tendría que demostrarla.

Me saqué de la cazadora el ejemplar de la biblia que el abuelo había guardado durante más de sesenta años.

—Tu padre falsificó una triste biblia solo para conseguir que mi abuelo bautizase a su hijo con su nombre. ¿De verdad vamos a creernos todos que fue la primera y única vez que hizo algo semejante?

Alistair miró el ejemplar con los ojos muy abiertos.

—¿Esto lo falsificó mi padre?

—Así es —le confirmé.

—¿Puedo? —me rogó con la mirada.

—No voy a decirte que te lo quedes, ahora también es un recuerdo familiar para mí. Pero sí, puedes tocarlo. No es ninguna prueba que vaya a presentar a un juez.

Lo tomó con delicadeza, casi con devoción.

—Entonces..., ¿a qué has venido?

—Si sabes de falsificación de libros, y no quiero que me digas nada que te incrimine, necesito que me ayudes a encontrar el *Libro Negro de las Horas* de Constanza de Navarra. Pero esta vez de verdad. Creo que tu hija murió por ese libro. Creo que Edmundo adquirió la mítica biblioteca de Pedro Bardel, o al menos los lotes que le interesaban, y entre ellos encontró el *Libro Negro de las Horas.* Creo que se lo contó a tu hija, tal vez para proponerle algún negocio para The Fisher King, porque reproducir una tirada limitada de facsímiles de ese ejemplar podría ser muy buen negocio, o tal vez Sarah pensó en estafarlo a él, falsificarlo y quedarse ella con el original. No lo sé. Lo que sí creo es que Ítaca Expósito entró en escena, se hizo con el *Libro Negro de las Horas,* y un bibliófilo la secuestró, ella se negó a decirle dónde lo tenía escondido y él me llamó para extorsionarme. Por eso necesito saber, Alistair, y tú también quieres hacerlo para encerrar al que mató a Sarah como un salvaje, qué harías tú si tuvieras que falsificar ese ejemplar.

Lo miré fijamente, estaba harto de tanta ocultación y de que todos tuvieran un lado B.

Alistair levantó los brazos en señal de rendición.

—Está bien, está bien... Si tuviera que rastrear la falsificación de un ejemplar así, comenzaría por estudiar los pocos hermanos que tiene: el MS M.493, las *Horas Negras* de Morgan, por ejemplo. Da igual qué artista anónimo lo produjo, todos eran imitadores de Willem Vrelant, uno de los iluminadores más famosos de la historia que trabajó en Brujas desde 1450 hasta 1481, cuando murió. Los dos libros negros de horas que he conocido, este y el de Sforza, siguen los mismos patrones: los hombres tienen grandes narices en sus rostros planos. El texto está en minúscula gótica, en plata y en pan de oro *guilloché*...

—Para —le frené con una mano—. Si te vas a poner técnico, no voy a poder seguirte.

—Entonces ven, te mostraré en imágenes lo que quiero que veas.

Me llevó de nuevo a la trastienda, donde lo había visto liquidar una botella de absenta ante mis ojos, pero para mi alivio no había ni azucarillos ni cucharitas de plata, solo un moderno portátil, varios cuadernos, hojas sueltas, un cubilete con lápices y bolígrafos: un inofensivo escritorio.

Encendió el portátil y se puso a trastear hasta que giró la pantalla hacia mí:

—Te presento el *Black Hours* de Morgan. ¿Qué ves?

Se había metido en la página web de la biblioteca Morgan, donde habían cargado las imágenes de todas las páginas de aquella maravilla.

—Aparte de la evidencia: que las páginas o el pergamino es negro, veo letras en plata, en oro...

—¿Y los colores?

—Mucho azul, algo de verde...

—Exacto: azul. El pigmento más caro de todos los tiempos, incluso más que el oro: el azul ultramar que se extrae de la piedra lapislázuli. Durero vendió algunas de sus obras por unas onzas de este pigmento, Miguel Ángel no pudo terminar *El santo entierro* debido a su coste... El pigmento azul ultramar acabó usándose solo en el manto de la Virgen María, como símbolo de lujo, de poder, de estatus. Y dime, ¿qué tienen precisamente los libros de horas? Dibujos de la Virgen María. Mira aquí: Visitación, Coronación de la Virgen, Huida a Egipto..., ¿quieres que continúe? En todos ellos aparece la Virgen con su manto azul.

—Lo que me estás diciendo es que falsificar un libro negro de horas puede salir por un ojo de la cara.

—Y aun así compensaría. El precio de uno de estos en el mercado negro no tiene ceros suficientes. No te haces una idea. Pero no es a eso a lo que voy, estamos rastreando a un posible falsificador, ¿verdad?

—Falsificadora, más bien. Y con nombre falsificado, además.

—Hay una mina, una única mina en el mundo que ahora mismo extrae la piedra lapislázuli. Está en Zimbabue, siempre ha sido así, desde la antigüedad. Por eso se llamaba «pigmento azul ultramar», porque lo transportaban en barcos que venían de más allá del mar. Y hay un único proveedor de pigmentos en el mundo que trabaja con esa mina y la fábrica está en Edimburgo.

—Y tú eres cliente de esa fábrica, porque alguna vez has adquirido alguno de sus pigmentos —terminé.

—Así es.

Sonreí, la musa me susurró algo al oído.

—Entonces tengo un plan. Vas a llamarlos ahora mismo. Y voy a decirte lo que tienes que hacer.

Cuando le di las instrucciones, detecté una sonrisa en Alistair que no me gustó nada. La había visto antes, muchas veces, en muchos perfiles diferentes de delincuentes. Era la ligera sonrisa de satisfacción por trasgredir las leyes, por hacer algo ilegal. Pero por una vez era mi aliado temporal y yo no estaba para disquisiciones morales.

—Póngame con Administración, por favor —pidió en un florido inglés.

Esperó unos segundos y desplegó sus más encantadores modales.

—Mire, soy el asistente de la clienta de España que les llamó hace varias semanas para pedirles el pigmento ultramar.

Aguanté la respiración, Alistair tomó un lápiz y garabateó un nombre en una hoja.

—Eso es, Milton. Verá, le llamo para que me confirme la dirección que le dimos a la hora de hacer el pedido. Estamos de mudanza y la señora Milton se ha quedado con la duda de qué dirección les dio.

Alistair escribió de nuevo con su elegante letra cursiva.

—Entonces se la dimos correctamente. Muy bien, les agradezco mucho su atención. Un saludo.

Colgó con cara de satisfacción y giró el papel para que pudiera leerlo.

—No ha sido tan difícil dar con tu fantasma.

Tomé el papel, ahora sí que tenía dónde ir a buscar a mi madre. Me sentí como Marco, el niño de los dibujos animados de mi infancia en el último capítulo:

Gabriela Milton
Calle de la Sierpe, número 3, 4.º izq.
Madrid

47

VIDA NUEVA

1 de enero de 1975

Tu vida cambia el día que soplas las velas de la tarta que don Casto te ha comprado. Por primera vez en tu vida celebras el Año Nuevo con una familia. Pese a la rabia ciega de la directora, no puede impedírtelo.

Carmen, la hermana mayor de Diego, te acoge con la naturalidad de quien está acostumbrada a recibir a mil amigas en su casa. Don Casto es serio de puertas hacia afuera, pero durante la comida no deja de contar chistes y reírse. Tiene un humor culto, inteligente. Tú también ríes. Se abrazan y tocan a menudo.

Tú observas fascinada la interacción: «Así que esto es una familia» no dejas de repetirte.

Don Casto te ha visitado todos los días de diciembre, te ha recogido y habéis acudido a la clínica donde Diego se está recuperando. Tiene algunas cicatrices químicas que le molestan cuando sonríe, como patas de gallo prematuramente marcadas.

Ha perdido la visión del ojo izquierdo, pero el derecho lo tiene prácticamente recuperado.

Para Navidad los médicos le dan el alta, quiere pasarlas en familia: sus hermanos y su abuelo.

Don Casto te llama «hija» y te abraza a menudo, igual que hace con su nieta.

Días antes de que cumplas los dieciocho te lleva al Círculo Vitoriano. Carmen te ha acompañado de compras. Has dicho que la hermana Aquilina te declaró su heredera universal, porque no tienes manera de justificar todos los billetes que guardas.

Bastan dos tardes de *boutiques* para dejar de parecer una huérfana.

Dejas atrás la Veracruz, pero también dejas atrás la eterna pregunta de qué vas a hacer con tu vida, porque los Olivier te arropan con sus planes, sus abrazos y sus amistades. Conoces una Vitoria que no sabías que existía con sus bailables en la Florida, sus paseos por la calle Dato, y sus salas de cine donde Diego te besa por primera vez cuando le relatas las escenas de *Cría cuervos* de un tal Saura.

Te sientas a menudo con Nico, el hermano pequeño de Diego, que tiene apenas diez años y ve los payasos de la tele. Lloras con él y te coge la mano cuando Heidi visita a su amiga Clara. Pero tú no soportas esos dibujos porque la señorita Rottenmeier te trae recuerdos que prefieres olvidar.

En el Círculo Vitoriano, el selecto club de la calle Dato donde solo acuden los socios, don Casto aborda la cuestión de tu futuro.

—¿Dónde vas a vivir a partir de ahora, hija? Es un asunto que me tiene preocupado.

—Tengo dinero, buscaré una pensión para señoritas y después un trabajo.

—Me consta que eres una estudiante sobresaliente, he pedido a la directora tu expediente académico.

—Así es. Me he esforzado toda la vida. No tengo apellido, mi inteligencia es lo único con lo que cuento para salir adelante.

Don Casto te mira y se toma un café con leche. Nunca bebe alcohol, parece un hombre recto, y te alegra.

—Mi casa está llena de dormitorios vacíos. Los padres de mis nietos nos dejaron demasiado pronto, amén de los dormitorios de invitados. Como sé de las murmuraciones que tanto gustan a la ciudad, puedes dormir en un dormitorio doble con Carmen. Hay varios libres con dos camas. Pienso que siempre ha anhelado tener una hermana, lo he hablado con ella y está ansiosa porque te lo consulte. ¿Qué te parece, hija?

Carmen no es como Mikaela, a quien puedes contarle de todo, pero es sociable, como todos en la familia Olivier, alegre y cariñosa.

—Pero déjeme que le pague la pensión.

—Hija, mi casa no es una pensión ni yo necesito alquilar habitaciones ni tener huéspedes —contesta.

—Entonces no puedo aceptarlo. Se lo agradezco mucho, estoy ya buscando pensiones. Incluso céntricas. Me han hablado de una junto al colegio del Sagrado Corazón. Muy decente.

Don Casto sorbe el café.

—¿Sabes cuánto piden?

Se lo dices.

—De acuerdo, en contra de mi criterio, te cobraré esa cantidad. Comprendo que no quieres que te regale nada.

Parece entender tu desconfianza, después de toda una vida sin un gesto amable sin contraprestación.

Por otro lado, tus visitas a la clínica han derivado en largas conversaciones con Diego.

Ama los libros tanto como tú, está enamorado de la historia de *Rayuela,* de Julio Cortázar. Quiere visitar París, dice que es Oliveira, y que tú eres La Maga. Insiste, siempre de broma, en la coincidencia de su apellido.

—Todavía tengo miedo cuando alguien se me acerca con un líquido —te confiesa una tarde—. ¿Es normal?

—¿A qué te refieres? —contestas con una pregunta.

La hermana Aquilina solía hacerlo y es una de esas manías que adquiriste de ella. Te sientes culpable por deberle tanto a quien dejó casi ciego a Diego.

—A que temo que me lo tiren por encima y me abrase los ojos. No quiero pensar más en lo que pasó, pero no dejo de darle vueltas. No se lo he contado ni al abuelo ni a Carmen. No porque no me entendiesen, siempre me han entendido, es por no preocuparlos.

—Todavía es pronto para olvidar lo que pasó, te lo ves cada vez que te miras al espejo, ¿cómo vas a olvidarlo?

—No quiero que me marque lo que pasó, aunque marque mi cara. Soy más que las cosas malas que me suceden.

Y te quedas con esa frase: «Soy más que las cosas malas que me suceden». Porque siempre te has sentido como una hoja al viento a merced del destino y tienes la edad y tienes dinero y tienes una profesión, aunque no sea legal y no tengas ni idea de cómo ejercerla.

Pero los Olivier son una deliciosa parada en medio de tanta indiferencia cósmica.

48

EL JARDÍN DE LOPE

Mayo de 2022

Me faltó poco para dar un abrazo a Alistair, pero me contuve. Salí de la Librería del Alma apretando el trozo de papel dentro del puño, como si contuviera *El Aleph* de Borges. Estaba arrugado, pero ni siquiera necesitaba releerlo. Aquel nombre, el que Ítaca había elegido, se me quedó incrustado en la memoria desde que lo leí: Gabriela Milton.

Estuve caminando por las callejuelas del Barrio de las Letras durante un rato, sin rumbo fijo, para calmarme. Me notaba taquicárdico, y necesitaba calma para convencer a la inspectora Madariaga. Casi todo dependía de Madrid, y sin su colaboración estaba atado de pies y manos.

Terminé por sentarme en un pequeño jardín, en la Casa Museo de Lope de Vega. Me asomé al gran portalón vacío y el simple hecho de ver un poco de vegetación me resultó irresistible. Crucé un oscuro pasillo de piedra de sillería sin que nadie acudiera a frenarme el paso y acabé sentado en un banco frente a un naranjo que olía a naranjas. Me recordó el líquido que asperjaban las máquinas de limpieza cada madrugada durante las Fiestas de la Blanca. Olía a cítrico, decía la leyenda urbana que para compensar los malos olores que dejaban las noches de fiesta. Pero el caso es que hice bien, porque estar solo en Madrid, en silencio y rodeado de verde templó un poco mis nervios. Miré la pulsera que Deba me había regalado y sonreí. Me había acostumbrado a hacerla girar en mi muñeca, como si invocara la fuerza de la diosa Deba cada vez que lo necesitaba.

Frente a mí tenía un pozo que hacía tiempo había dejado de ser útil. Saqué el móvil y marqué el número de Mencía.

—Inspectora, tengo novedades —y una petición, callé.

—Hola, Unai. ¿Dónde estás?

—Estoy ya en Madrid. Y he avanzado en algunos temas. Ya tengo el nombre actual de Ítaca Expósito: ahora es Gabriela Milton, y tengo una dirección, en La Latina: calle de la Sierpe número tres. Muy cerca del Rastro, por lo que me han dicho.

Mencía guardó silencio durante demasiado tiempo, no supe si estaba tomando nota o estaba a otras cuestiones.

—¿Estás ahí? —quise saber.

—Unai, ¿cómo has conseguido esos datos?

Le expliqué mi conversación con Alistair Morgan, le hablé de mantos de vírgenes y de minas en Zimbabue, aunque pasé por alto el hecho de que dos generaciones de falsificadores habían sido amigos de mi familia.

—Necesito que consigas una orden de registro de ese piso.

—Unai, tú sigues persiguiendo a Ítaca Expósito porque un falso secuestrador te ha dado ese nombre, pero yo tengo que demostrarle a la jueza que ese tema tiene relación con Sarah Morgan. Y estamos lejos de aportarle indicios suficientes.

—Si investigamos ese nombre y esa dirección podemos encontrar indicios y avanzar en el asesinato de Sarah Morgan, y lo sabes —insistí.

—No, Unai. Tú estás siguiendo esa única línea de investigación, descartando todas las demás porque estás buscando a tu madre muerta, pero estás dejando de lado todas las otras opciones. Mira, voy a intentarlo, voy a hablar con la jueza, pero tardaré unas horas. Ya que estás en Madrid, puedes hacer algo que me disponía a hacer ahora. ¿Recuerdas a Fabio?

—¿El portero del Instituto Cervantes?

—Eso es. He estado escarbando en sus dos cuentas corrientes, y el pobre hombre vive al día desde siempre. Sueldo bajo, alquiler alto, varios pequeños créditos para salir del paso... Pero hace varias semanas hay un ingreso de ocho mil euros. Con ese ingreso ha pagado uno de los créditos y ha amortizado parcialmente el otro. Y he revisado su historial y jamás ha tenido otro ingreso que no sea su nómina. No sé, simplemente quería hablar con él y comprobarlo. ¿Puedes acercarte tú mientras yo intento convencer a la jueza?

Me levanté de un salto, aspiré el aire cítrico del solitario jardín y me dirigí al Instituto Cervantes.

Encontré a Fabio en la entrada del edificio, me dirigió una mirada mansa con sus ojos de bisonte hasta que me reconoció.

—Usted era inspector, ¿verdad?

—Eso es.

—¿Y qué le trae por aquí de nuevo?

—Ya sabes que estamos investigando el asesinato de Sarah Morgan. Y visitó varias veces la Caja de las Letras semanas antes de su muerte. La última vez que estuve aquí no pude evitar fijarme en la cámara que custodia la entrada a la Caja. Me gustaría ver las grabaciones.

—La cámara solo apunta hacia afuera. Si lo que quiere es ver lo que hizo dentro, no va a poder ser —dijo con la voz lenta de ultratumba.

—Me interesa ver las grabaciones, incluso si no puedo ver lo que hacía dentro.

Fabio negó con la cabeza, tranquilo.

—Sabe que me tiene que traer una orden, y sabe que para mí las normas son muy importantes.

Me acerqué a él.

—Sabes que traerte una orden es cuestión de horas o de días, pero yo tengo una teoría. Una teoría que implica a Sarah Morgan que me demuestra que las normas no son tan inflexibles como para que no te las saltes nunca: como recibir ocho mil euros de ella a cambio de mirar hacia otro lado cuando venía a la Caja de las Letras, ¿verdad?

—Mire, si la señora Morgan a mí me pide un favor, yo se lo hago con muchísimo gusto, y si la señora Morgan ahora está muerta, yo sigo respetando sus secretos. ¿Estamos?

—La señora Morgan ya no está aquí para agradecértelo, pero si la apreciabas, vas a ayudarme a dar con el capullo que la mató. Y eso incluye dejarme ver hoy, ahora, esas grabaciones. Por Sarah Morgan, Fabio.

Por lo visto mi alegato funcionó, porque me hizo un gesto imperceptible para que lo siguiera a su cuarto de conserje.

Nos pasamos la jornada entera comprobando las grabaciones. Fabio revisó su calendario buscando los días que Sarah Morgan había visitado el Instituto Cervantes y le había pedido bajar a la Caja de las Letras. Pedimos *pizza* para no salir del cuartucho, no quería arriesgarme a que cambiara de opinión, así que lo retuve junto a mí durante todo el día.

Y entonces, después de dejarme los ojos frente a la pantalla, encontré algo.

Algo que no me esperaba y que lo podía cambiar todo.

Pero en ese momento recibí la llamada de la inspectora Madariaga.

—Muy bien, me ha costado pero lo he conseguido: la jueza me va a firmar mañana a primera hora la orden de registro para el piso de la calle de la Sierpe. ¿Quieres venir?

49

LA DOMA

1975

Una mañana das un paseo con don Casto y sus pasos se encaminan hacia la Catedral Nueva, después cruzáis un parque que conoces demasiado bien. Hace años que no ves el edificio de la Escuela de Artes y Oficios. Las dos puertas de madera de la entrada, los marcos blancos de las ventanas. Las escaleras.

—Me gustaría mostrarte la biblioteca que doné a la escuela —te cuenta, espléndido.

Siempre se le ve feliz cuando habla de libros. Le apasionan los de caza.

Suele marchar con Diego a una finca privada en Toledo, vuelven con varios ejemplares de caza mayor.

Son aficionados a la taxidermia, un arte que te repele bastante, pero su colección de animales disecados es famosa en todo el norte y la fábrica de naipes tiene una inmensa sala que acoge visitas de escolares para ver un gorila, su pieza estrella.

Tú miraste las canicas negras brillantes que sustituían los ojos del gorila y te costó olvidar la herida de bala junto al pecho que te señaló Diego.

A las docenas de astados con sus cuernos de mil formas nadie hace demasiado caso, aunque Diego está especialmente orgulloso de ellas y te habla de muflones, íbices y un antílope africano con larguísimos cuernos en forma de «V» en espiral, un kudú.

—Antes íbamos a África, abatimos a los cinco grandes: un león, un elefante, un rinoceronte, un leopardo y un búfalo cafre, pero no nos permitieron cruzar con ellos la frontera. Un lío de firmas, un infierno burocrático.

—¿Y no habéis vuelto? —ni se te ha ocurrido viajar a África, y no precisamente a abatir rinocerontes.

Pero un mundo de sabanas y desiertos se abre paso en tu imaginación desbocada. Has dibujado toda la fauna existente y también la imaginada por los hombres del Medievo en varios bestiarios.

Has falsificado sus descripciones y costumbres.

Tú has dibujado el mundo, Diego lo ha vivido.

—No, ¿qué sentido tiene cazar algo si no lo puedes exhibir? —te explica, como si fuera lo más obvio del mundo, y después te besa.

Lleva semanas hablando de vuestro compromiso.

Ni siquiera te lo ha planteado, no ha precisado de tu aprobación, lo considera la consecuencia natural de vuestro noviazgo.

Es culto, agradable, buena persona.

Todas las amigas de Carmen consideran que es el soltero de oro de la ciudad, bello hasta decir basta, educado, preparado para ejercer de pilar de la comunidad.

Pero tienes la sensación de ser solo un caballo salvaje que está siendo domado y alejado de esas praderas que le esperan.

Te resistes a ser montada, temes que te quite la fuerza.

Y necesitas tu fuerza. Porque siempre has acabado necesitándola.

Y ahora estás frente a unas escaleras que en otra vida escucharon retos y adivinanzas y confidencias con un Gael que se esfumó. Y cruzas el umbral de una biblioteca que ya conoces, pero que finges desconocer.

Y don Casto, solícito, te explica su colección taurina, y tú, por una vez, lo interrumpes:

—¿Por qué donó parte de su biblioteca si tanto aprecio le tiene?

—Hace años realicé una importante adquisición, casi diez mil ejemplares. Tuve que seleccionar, en la biblioteca de mi casa no cabían todos y me pareció que la ciudad merecía también que un mecenas bibliófilo pusiera a disposición de los vitorianos menos privilegiados el acceso a la cultura, ¿no te parece? ¡José María, amigo mío!

Y te giras y ves al hombre que dinamitó un abrazo y un futuro.

En tres años ha menguado y ha encanecido. No lo recordabas tan pequeño. Eres mucho más alta que él, don Casto te hace un ademán para presentártelo.

—¡No me diga que conoce a nuestra más excepcional exalumna! —se adelanta don José María.

Don Casto te escanea, sorprendido:

—¿Por qué no me has dicho que estudiaste aquí, hija?

—Es nuestra Mozart vitoriana, la niña prodigio que hace una década era el orgullo de esta ciudad. Tiene que recordarlo usted, don Casto —tu antiguo profesor se muestra emocionado ante el reencuentro.

A ti te duele tanto mirarlo que te tienes que apoyar en una silla de madera, una que os acogió a Gael y a ti antes de que os separasen.

Creías que el pasado se había quedado en el pasado, pero todo el peso de la biblioteca y sus íntimos recuerdos caen sobre ti y te dejan aturdida.

Don José María describe tus talentos pictóricos con hipérboles, don Casto te observa orgulloso y maravillado.

Días después te has ganado el privilegio de descender por las escaleras de su casa. La biblioteca del abuelo, el despacho del abuelo, dicen sus nietos con veneración.

La zona privada de la casa familiar, libre de visitas.

Solo Diego baja cuando vuelve de su despacho en la fábrica de naipes, supones que discuten decisiones empresariales y estrategias de nuevas adquisiciones hasta altas horas de la noche, mientras tú te acuestas pronto en el dormitorio que compartes con Carmen, que se ha cansado ya de su nuevo juguete y comienza a evitarte.

No tienes el pedigrí de su cuadrilla y cada vez se muestra más apática a tu lado.

Compartís, en todo caso, una afición común: la fotografía. Aunque ella no terminó el curso de revelado del Club Vitoriano de Fotografía, tú te compras una Kodak Instamatic y fotografías todo lo que te llama la atención: te tumbas en el suelo del parque de la Florida mientras las hojas caen sobre ti y sales entusiasmada después de las tormentas, en busca de imágenes especulares de edificios capturadas en los charcos.

Diego frunce el ceño cuando le muestras tus revelados.

Prefiere que ejerzas sus mismas aficiones, aunque no muestra demasiado interés por las tuyas..., pero habláis de libros y eso os mantiene unidos durante charlas que se eternizan en el sofá, bajo la atenta mirada de don Casto.

La biblioteca que alberga el despacho de don Casto es la octava maravilla del mundo.

Efectivamente, es un bibliófilo con criterio.

No solo hay ejemplares del siglo XIX, está muy bien representada toda la alta época —el Siglo de Oro español—, no faltan ni un Lope ni un Garcilaso lujosamente encuadernados.

—Tengo un regalo para ti. El que no pude hacerte como agradecimiento por salvar la vida de mi heredero

—te dice, y notas que se ha emocionado porque finge librarse de una mota de polvo, pero sabes que es una lágrima.

—Abre esa puerta, a partir de ahora todo lo que hay dentro es tuyo. Ya lo era, en realidad.

Y tras una puerta a la derecha de su inmensa mesa de despacho ha habilitado un taller. Tiene tan poca luz como el sótano de la Veracruz, porque solo cuenta con un par de ventanucos que dan al suelo del jardín.

La bomba de recuerdos detona cuando te percatas de lo que estás viendo: la mesa de trabajo, los caballetes, los frascos, las tinturas, los pinceles, la limona de acero para afilar los cuchillos, los bastidores de madera donde la hermana Aquilina y tú curtíais las pieles hasta convertirlas en pergamino, la piedra pómez para darles la pátina de vejez...

—Le dije a la directora que le pediría un favor, y solo ahora he sabido qué necesitabas: tu taller. Ignoraba tu don, eres una joven con el talento de imitar el arte que han creado hombres más grandes que nosotros. Sé que te hará feliz. Estás buscando trabajo, yo te ofrezco trabajo.

Apenas lo escuchas.

«No la he llorado», te percatas entonces.

La hermana Aquilina falleció hace meses, y tú no la lloraste.

Huiste de la Veracruz apenas tres semanas después de su muerte, y durante el funeral estabas demasiado aturdida como para sentir nada, flotando sobre el banco de la capilla, en un cuerpo que reconocías como tuyo y te obedecía en las funciones más básicas.

Entonces lo entiendes: tomó las riendas, hizo lo único que podía hacer.

Sobrevivir.

Don Casto sabe de falsificaciones, te das cuenta por los elementos que te ha traído.

Las carpetas donde almacenabais las guardas de distintos papeles, los facsímiles de precio asequible, pero ejecución preciosista, para colocar a algún neófito...

Tocas todos los objetos que creíste que habías dejado atrás.

Comprendes que te estaban esperando para retomarlos donde lo dejaste. Aquel cartulario que nunca terminaste y que la hermana Aquilina iba a encajar a un librero de Madrid.

—Te decía que te estoy ofreciendo un trabajo —reclama, paciente.

Suspiras, le das la espalda. Sabes que el recreo ha terminado. El cortejo ha durado unos meses, miras los barrotes dorados de la ventana de tu futuro taller.

—¿De qué trabajo me está hablando, don Casto?

—Llámame abuelo, muy pronto serás mi nieta y yo ya te siento como familia. —Te sonríe, esa ternura que guarda para su progenie—. La aciaga tarde en que conocí a tu mentora, la hermana Aquilina, ella vino a proponerme ciertas colaboraciones.

—Le escucho, abuelo —dices, y no sabes si lo piensas.

—Como has podido observar, poseo ejemplares muy valiosos, procedentes de varias bibliotecas de bibliófilos. La hermana Aquilina precisaba de mi buena imagen y de mis contactos en el extranjero para ampliar su... clientela. Entiendo que con su menguada visión y la vejez que ya se le echaba encima, la artífice de las obras que encajaba eras tú, mi querida Mozart de las falsificaciones.

—¿Eso le dijo ella? —quieres saber.

—No sabía si creer que una joven de tu edad pudiera tener la cultura, la pericia y los sofisticados conocimientos que requiere este trabajo, tan viejo como el mundo clásico, por cierto —dice.

Y desaparece por la puerta que comunica con su biblioteca y te trae un ejemplar, un ensayo de arte titulado *Tres mil años de fraudes en el comercio de antigüedades.*

Lo hojeas, mientras te habla de Hieronymus Wierix, el niño prodigio que en el siglo XVI y con solo trece años falsificó mejor que nadie a Durero. Y también del *Spanish Forger.* Donde empezó todo. Y te das cuenta de que el ciclo vuelve a comenzar otra vez.

—Prefiero usar mis habilidades artísticas para buscar otro tipo de trabajo. Estoy pensando en dedicarme de manera profesional a la fotografía, o dar clases de pintura en una Escuela de Artes y Oficios... —sueltas nerviosa. Solo quieres irte de ahí, miras el cielo que se te escapa tras el ventanuco.

—También puedo replantearme el relato que mi nieto y yo hicimos en la clínica la noche de su secuestro. No ser tan benévolos con el papel que jugaste durante su encierro.

—¡Bajé a salvarlo! —te defiendes.

—¿Durante cuántas horas supiste que Diego estuvo encerrado en ese sótano?

—No lo sabía, la hermana Aquilina no lo compartió conmigo.

—Pero lo sospechaste, por eso bajaste a horas intempestivas. ¿No es así?

Callas, y por tanto, otorgas.

—Ya me parecía a mí que no te interesa que recordemos lo que sucedió esa noche.

Y sabes que no puedes ganar, le has visto jugar la misma partida, con idénticas cartas, contra la madre Magdalena y la viste perder.

—Quiero una comisión. Un veinte por ciento —luchas.

—Eso es usura. Jamás permito una comisión del veinte por ciento con un socio. Todavía no has salido al mundo real, ¿eso te pagaba la hermana Aquilina? Hizo muy mal, te malacostumbró. La vida no paga tanto aquí fuera. Un cinco. Como mucho. Yo estaba pensando en un dos y medio. Pero te aprecio, y vas a ser mi nieta. Eres mi nieta. Un cinco.

—Un quince —reclamas, cada vez menos segura.

Tal vez tenga razón, no tienes contactos y no te has planteado el porcentaje si trabajas para alguien.

Habías asumido que podrías sacar más de un quince. ¿Y si tiene razón y te pagan un dos y medio?

—Un diez y los primeros cinco trabajos gratis. No voy a arriesgar mi reputación hasta ver si realmente eres tan buena como dicen.

—Quiero ver el *Libro Negro de las Horas* de Constanza de Navarra —le dices, mientras le tiendes la mano.

Don Casto muda el gesto, el rostro se le blanquea por un momento, pero después se recompone.

—¿Cómo sabes del *Libro Negro*? —sigue siendo amable, pero casi es una orden.

—La hermana Aquilina me habló de él.

—¿Y qué te dijo?

Te encoges, insegura.

—Poca cosa, solo que iba a hablar con usted de ese libro.

—Tengo la impresión de que se había enamorado de una idea, de una entelequia. Nada es para tanto, ¿no crees?

Y te da la mano, pero no olvidas que habéis cerrado el trato y él ha dejado el *Libro Negro de las Horas* fuera del tapete.

50

LA CALLE DE LA SIERPE

Mayo de 2022

A primera hora ya estaba apostado junto al portal número tres de la calle de la Sierpe, en plena La Latina. Era una estrecha calle de fachadas rojizas y caldera, de contraventanas de madera blanca y balcones de enrejados negros. Vigilaba con cierto celo la balconada del cuarto piso, al que daban cuatro puertas cerradas. ¿Ese era o había sido el domicilio de mi madre?

La inspectora Madariaga apareció poco después con dos agentes.

—¿Conocías esta calle? —me preguntó.

—Nunca antes había estado, la verdad. Curioso nombre —comenté.

—La calle es curiosa no solo por el nombre, que viene del caño de una fuente en forma de serpiente. Esta fue la calle más barata de todo Madrid, en el pasado corrió el rumor de que los hijos nacidos aquí tenían malformaciones físicas o problemas mentales, como si fuera una maldición. Y nadie quería comprar un piso aquí.

—Pues vamos a intentar que no nos afecten las supercherías, ¿no te parece?

Varios vecinos habían bajado desde que hacía guardia junto al portal, así que había metido el pie para que la puerta no se cerrara. Picamos varias veces al portero automático del cuarto izquierda, pero nadie contestó.

Subimos por las escaleras los cuatro, los dos agentes llevaban un ariete y la inspectora llamó varias veces al timbre del cuarto izquierda.

Llevaba la orden de registro en la mano, y la mostró a la mirilla, por si hubiera alguien al otro lado de la puerta. Pero no había nadie. La puerta estaba cerrada y no se escuchaba ningún ruido.

—¡Policía! —gritó—. Tenemos una orden de registro, vamos a proceder a abrir la puerta.

Después de no recibir respuesta, los dos compañeros golpearon con el ariete hasta que la cerradura saltó por los aires. La puerta se abrió y la inspectora sacó su arma.

—¿Hay alguien? —gritó de nuevo.

Los dos agentes también sacaron su arma y se distribuyeron a izquierda y a derecha del piso. Yo los seguí, iba desarmado, así que me quedé en un conservador último lugar, en la entrada.

Era una vivienda muy diáfana, con un salón por el que entraba la luz a raudales.

—¡Nadie en la cocina! —gritó uno de los agentes.

—¡Aseo despejado! —gritó el otro.

—En el dormitorio no hay nadie —dijo Mencía—. Esperad, hay... hay un cuerpo en el taller. Llamad a emergencias, ¡Unai, tienes que ver esto!

Corrí hacia su voz. Encontré un taller de pintura con caballetes y una enorme mesa con mil brochas y tarros de colores.

En el suelo yacía una mujer.

Una mujer cuyo rostro ya conocía.

La había visto en un retrato robot, tan fiel a la realidad que ponía el vello de punta. La había visto de niña, en la plaza de la Virgen Blanca, a unos metros de donde yo vivía.

La había visto de adolescente, con una mirada desafiante que reconocí en aquel rostro inmóvil.

Le tomamos el pulso, pero no tenía. Mencía acercó el oído a su caja torácica, pero no subía y bajaba.

La toqué, estaba algo fría.

—Debe de llevar poco tiempo muerta. Todavía no ha descendido del todo la temperatura corporal ni ha aparecido el *rigor mortis* —dijo Mencía en tono neutro.

«Por poco», estuve de acuerdo.

No había llegado a conocer a mi madre por pocas horas.

La inspectora Madariaga me hablaba con esa voz profesional que haces tuya cuando un compañero está involucrado. Tenía frente a mí el cadáver de una desconocida, pero miraba su cuerpo intentando creerme que el vientre de aquella mujer fue mi primer hogar, que pasé nueve meses dentro de ella compartiendo sangre y oxígeno.

Y no, por raro que parezca, no me resultaba extraña.

Hinqué mi rodilla y agaché la cabeza en señal de respeto:

«Aquí termina tu caza, aquí comienza la mía, madre», le susurré. Y me tuve que tomar un tiempo para recomponerme. Un tiempo eterno que la inspectora Madariaga respetó.

Una eternidad después, volví a la realidad y el perfilador salió a la superficie para rescatarme. Me centré, la observé como si no fuera ella. Solo un cadáver con muchas preguntas.

Llevaba puesta una bata blanca, como si la muerte la hubiera sorprendido pintando. Estaba desabrochada, su ropa era cara, llevaba una blusa que no podía disimular lo que había debajo.

—Inspectora, ¿puedes levantarle la blusa a la altura del tórax? —le rogué—. Creo que lleva un apósito de gran tamaño debajo.

Ella me miró con cara de extrañeza, pero obedeció.

Quedó al descubierto que alguien la había curado o ella misma se había hecho la cura.

—Dame unos guantes —le pedí.

Me los coloqué y tiré del adhesivo del apósito por una esquina.

—No deberíamos manipular el cuerpo hasta que llegue el equipo médico.

—El equipo médico no puede hacer más que certificar su muerte —le recordé.

—Y por eso no tenemos que tocar nada.

Pero allí estaba lo que quería comprobar: bajo el apósito Ítaca —o Gabriela— tenía una herida reciente, hecha por un objeto punzante.

—Este es el origen de la gran pérdida de sangre —apunté.

—Es imposible, perdió más de litro y medio.

—Pudo pedir ayuda, alguien la socorrió y le realizaron una transfusión de sangre.

—Tendremos que comprobarlo en los hospitales, ahora tenemos un nombre —dijo.

—O tal vez no. Si escapó del secuestro de Calibán, tal vez acudió a la editorial de Sarah porque la conocía, o tal vez se enteró del envío del libro con la glicerina y apareció para advertirla y evitar su muerte, pero llegó tarde. En todo caso, esta casa no es su hogar definitivo, solo un nido temporal —dije mirando alrededor.

Estaba decorada con buen gusto, y el amor por la pintura y los libros se respiraba por todas las habitaciones, pero no dejaba de tener un aire de provisionalidad, como si su dueña no hubiera querido hacerla suya del todo, como si la esperase un nuevo destino.

—Podemos comprobar todos esos datos. Si este piso está de alquiler, cuánto lleva viviendo aquí...

—No habrá muchos datos de ella, nada a su nombre, ni

mucho pasado en los documentos, ni presencia en internet —le adelanté.

Los de la ambulancia llegaron, la casa se fue llenando de todo el personal necesario para prepararla para su último viaje. Me quedé a verlo todo. Pensé que, si era su hijo, al menos iba a estar a su lado durante las horas posteriores a la muerte.

Observaba incrédulo la estatua yacente en la que se había convertido, y pensé que era el encuentro entre madre e hijo más puñetero de la historia.

Qué manera de conocernos. Qué forma de terminar una búsqueda después de abrir la puerta de las posibilidades milagrosas.

Se me hizo insoportable verla desaparecer tras la cremallera de la bolsa negra de la funeraria.

Llegó el momento de dejar el piso, pero yo no había perdido el tiempo.

Pese a que Mencía no me perdió de vista en ningún momento, recorrí todas las estancias y en todas encontré una pintura de las perseidas.

Había lienzos pequeños apoyados sobre la alacena de la cocina, pero también algún otro en el salón. Cielos oscuros y azules, magníficos, atravesados por la lluvia de estrellas.

Me acerqué a todos ellos: no había firma. Perseidas anónimas.

Un hijo siempre quiere ver causalidades: Ítaca pintaba compulsivamente las lágrimas de San Lorenzo. Esa lluvia de estrellas que surcaba los cielos del doce de agosto, el día que nací.

51

—

LA FOSA

1975

Pasan los meses, el número de encargos que don Casto te asigna es tan elevado que te pasas el día en el sótano falsificando libros de horas.

Hay algo de febril, de descontrol en sus demandas. Reconoces la satisfacción del estafador que ha conseguido engañar cada vez que vuelve de Biarritz, de Nueva York, de Londres.

Te preguntas si la fábrica de naipes es rentable, si la vida acomodada que procura a su familia es una burbuja. Si no eres tú su principal fuente de ingresos.

Cuando sale por las tardes a tomar su café con leche en el Círculo Vitoriano y Diego todavía no ha vuelto de la fábrica, te cuelas en su despacho y analizas sus papeles.

Te pasaste una vida estudiando las facturas del despacho de la madre Magdalena, te das cuenta de que el funcionamiento es muy parecido: nóminas, contratos con empresas de mantenimiento, facturas del material, reparaciones, impuestos. Y tienes el ojo entrenado para detectar la doble contabilidad. La empresa fue una mina de oro durante la gestión del padre de Diego, pero ni antes ni después se salva de los números rojos. Tú eres quien tiñe de negro los números. Desde que comenzaste a trabajar para don Casto, tu futuro abuelo, hay inyecciones de liquidez torpemente justificadas, de nuevos clientes de cuya existencia dudas.

Pero esta no es la vida con la que soñabas cuando te fueses de la Veracruz. Sigues encerrada en un sótano, a solas con pergaminos, a unos cientos de metros del anterior sótano. No has visto más mundo que el que te han enseñado los Olivier, y en pocos meses sientes la asfixia.

Aunque temes las amenazas veladas de don Casto, y la historia que te contó la hermana Aquilina de su padre asesinado en prisión. Aquella primera ley marcada en sangre que vas a acabar haciendo tuya: «Que no te cojan».

Pero trabajas cometiendo delitos, y cada día cavas más tu fosa. Tu única esperanza es que don Casto no sea eterno, y que su salud lo deteriore más pronto que tarde.

Diego es totalmente ajeno a las maquinaciones de su abuelo. Bajo esa pátina de seguridad solo hay un joven con una gran carga a sus espaldas que pretende estar a la altura del emporio que va a heredar.

De vez en cuando, sobre todo cuando vuelve exultante después de encajar alguna pieza particularmente retadora, te atreves a probar sus límites:

—Quiero ver el *Libro Negro de las Horas,* abuelo —le pides, frente a la mesa de su despacho.

Él sentado, tú de pie, con tu bata blanca garabateada de anilinas:

—Todavía no te has ganado verlo. Aunque si tú te comprometes más con esta familia...

Frenas en seco, has caído de nuevo: comprometerse en su particular idioma significa hacer algo ilegal.

—Necesito unas firmas, hija. Un socio que ya no quiere colaborar. ¿Puedes hacerlas iguales?

Te muestra unos documentos. Por supuesto que sabe que puedes falsificar cualquier firma.

Y das otra palada más al agujero de tu tumba, que ya se

atisba profundo, un lugar oscuro del que tienes complicado salir.

Pero la noche de la fiesta de vuestro compromiso, cuando las familias de la élite ronronean a vuestro alrededor en el jardín de la finca familiar acicalada para la ocasión y las amigas de Carmen vuelven a rondarte, encantadas de estar cerca del objeto brillante, esa noche una espalda vuelve a cambiarte la vida.

Diego se acerca, está espléndido. Han venido todos sus amigos, un despliegue interminable de herederos, excompañeros de Corazonistas, amigos de la infancia, blusas de su cuadrilla...

... Y él.

Nombre gaélico, cuatro letras.

52

VACÍA

Mayo de 2022

Avisé a toda mi familia del deceso. Alba se ofreció a venir a Madrid, pero preferí que se quedase en Laguardia hasta ver cómo iba a organizar el entierro.

Estíbaliz confirmó que, salvo el DNI y el pasaporte, la identidad de Gabriela Milton no tenía registrado ni siquiera un móvil a su nombre. Posiblemente era una falsa identidad reciente. ¿Quién iba a acudir a su funeral?

En todo caso, antes enviaron el cuerpo al Anatómico Forense para realizarle la autopsia, porque seguía siendo un misterio de qué había muerto.

Tal vez fueron las consecuencias de la masiva pérdida de sangre, acaso un paro cardíaco, porque el cuerpo no mostraba más signos de violencia.

Otro misterio más para Ítaca.

Me venía bien pasear por Madrid, el Barrio de las Letras me resultaba acogedor y me había acostumbrado a comer en la Bodega de los Secretos, un laberinto de cuatrocientos años con cuevas y galerías bajo tierra donde antiguamente los monjes guardaban el vino, y a llevarme al hotel una pequeña tarta japonesa de esponjoso queso que encargaba en el Sufu Cake de la calle Lope de Vega.

Sí, imagino que estaba fuera de la realidad y me anestesiaba en plena etapa de negación.

Por la tarde me llamó de nuevo la inspectora Madariaga. Yo había insistido en que quería acudir con ella a presenciar la autopsia, o al menos, a esperar en el Anatómico Forense los resultados.

Pero su voz..., su voz no era la de una profesional calmada, sino la de una persona desconcertada:

—Unai, prefiero que estés sentado cuando te lo cuente. Porque yo he necesitado que me lo explicasen varias veces.

—¿Qué sucede? ¿Qué más puede suceder ahora?

—El cuerpo de Gabriela Milton, o el de Ítaca Expósito...

—¿Qué, Mencía? ¿Qué le pasa ahora al cuerpo?

—Lo han robado. No ha ocurrido muchas más veces, pero no es la primera vez. Lo que quiero decir es que no tienen precisamente un sistema de seguridad al día. Pero la forense ha acudido a realizar la autopsia y al abrir la bolsa se ha encontrado con que estaba vacía.

53

NOMBRE GAÉLICO

1975

Suena música de la orquesta contratada, pero solo escuchas un zumbido. A vuestro alrededor hay jolgorio, gente con ganas de divertirse. Diego ejerce de anfitrión como él sabe y está pendiente de todos.

—Ítaca, te presento a Gael, un amigo a quien había perdido la pista.

Ha crecido, es ya más alto que Diego, su pelo moreno está más corto, pero igualmente despeinado, lleva una casaca, como los Beatles, parece más viajado, pero igualmente desgarbado. Sigue siendo él, el chaval desenfadado que conociste hace algunos años.

Te tiende la mano, finge no reconocerte:

—Encantado, Ítaca. Una gran fiesta, enhorabuena por el compromiso.

—Gracias, Gael has dicho, ¿verdad?

—Nombre gaélico, cuatro letras. Eso es.

Brinda, te sonríe y continúa su ronda con Diego.

Carmen te presenta a todas las madres y padres de sus amigas, parece que finalmente vais a ser hermanas, que vas a dejar atrás el apellido Expósito y serás una Olivier.

O al menos, eso era hasta hace unos minutos.

Ver a Gael de nuevo, pese a su indiferencia, te ha

despertado una Ítaca que creías muerta, una que era un destino, no una isla por conquistar ni un territorio que anexionar.

Pasas de brazo en brazo, de grupo en grupo en el jardín iluminado con farolillos de colores. Los magnolios regalan sombras que las parejas agradecen, el alcohol ha desinhibido a los cachorros de la élite, y ronronean gatunos.

Gael ríe con quién sabe quién, Diego no está al alcance de tu visión.

Gael pasa junto a ti, crees que va a ignorarte de nuevo, pero mira al frente mientras te pone algo en la mano y aprieta fuerte tu puño para que lo cierres. Apenas te saluda y continúa con la fiesta.

Es un papel, un papel y un pequeño lápiz.

Te metes en el baño de la primera planta, en busca de un poco de intimidad.

«Hace unos días me enteré de que eras la prometida de Diego. Te esperé en el parque durante dos años. Quería que lo supieras. Si tienes algo que decirme tú también, escríbeme en este papel y dámelo en esta misma fiesta. Si no es así, perdóname el atrevimiento. No quiero interferir en tu vida».

No hay firma, ni nombre, ni poesía.

Escribes sobre una baldosa del baño temblando, tú que tienes el pulso más firme que conoces.

«Me castigaron durante años, no pude salir a buscarte. Quiero hablar contigo, pero don Casto y Diego no pueden saberlo. Fuera de Vitoria».

Sales, lo buscas y le pones el papel y el pequeño lápiz en la mano, y entonces te percatas: jamás has sentido ese latigazo al rozar la palma de Diego.

54

CERCARE ANCHE STANCA

Mayo de 2022

Efectivamente, el Anatómico Forense no era un edificio muy custodiado, y pese a que la inspectora Madariaga había pedido ver todas las grabaciones y su equipo se había puesto a ello, lo único que se sacó en claro era que una bolsa había entrado con un cuerpo y pocas horas después solo quedaba una vacía.

Centramos nuestros esfuerzos en buscar las matrículas de los coches que circularon por la calle de salida durante la franja horaria en la que entró el cadáver y la del hallazgo de la bolsa vacía.

Se hizo evidente que Calibán era el principal sospechoso. Que quien la había secuestrado y herido casi de muerte tenía miedo de lo que podía contarnos su cuerpo. Tal vez restos de ADN bajo las uñas, dado que yo mismo escuché el forcejeo entre ambos durante la primera llamada.

Mientras la inspectora Madariaga quedaba atrapada en un infierno burocrático de explicaciones a superiores y la búsqueda, ahora sí, de un cadáver identificado, pese a la muy probable realidad de que la identidad fuera falsa, yo preferí seguir a mis obsesiones y volví de nuevo al Instituto Cervantes.

Había visto algo en uno de los vídeos en los que aparecía Sarah Morgan que quería comprobar.

—Fabio, voy a necesitarte otra vez —le dije al entrar.

—Esto va a convertirse en una bonita costumbre —contestó con su calma habitual—. ¿De qué se trata ahora?

—Vamos al cuarto de seguridad, quiero repasar los vídeos, y después quiero bajar a la Caja de las Letras, pero me gustaría que me dejaras allí solo un rato, tengo unas comprobaciones que hacer —le dije.

—Lo que usted diga —contestó, y lo seguí hasta su cuarto, donde poco antes habíamos pasado el día revisando grabaciones y comiendo *pizza*.

Pusimos los vídeos con las fechas ya señaladas y comencé a revisar una y otra vez la entrada y salida de Sarah Morgan en la Caja de las Letras.

Pasado un tiempo, Fabio se levantó y se disculpó:

—Hoy no puedo pasarme aquí el día encerrado, hay una exposición en la tercera planta y me encargo de poner a punto todo el material audiovisual. Estaré dentro de la sala. Lo dejo a usted solo, inspector, que veo que ya se maneja con los aparatos..., y si quiere bajar después a la Caja de las Letras, hágalo, ya sabe el camino.

—Gracias, Fabio. Espero terminar pronto —le dije.

Me quedé revisando una y otra vez la grabación que no me cuadraba.

Porque Sarah Morgan había visitado varias veces la Caja de las Letras. Tres, en realidad. Pero la última vez que había entrado no era Sarah Morgan. O al menos, no podía estar seguro de que era ella. Era una mujer de pelo oscuro y largo, pero bajaba su rostro al pasar delante de la cámara, como acostumbrada a evitarlas.

Podía encajar perfectamente con la descripción de Ítaca, con la mujer cuyo cuerpo ahora había desaparecido.

¿Cómo saberlo? Era imposible.

Pero sí que podía desvelar de una vez otro enigma.

Y estaba dispuesto a hacerlo.

Eché un vistazo fuera del cuarto de Fabio, pero no se le veía cerca. Tuve cuidado de no hacer ruido, me levanté y abrí el armario que quedaba a mis espaldas. El armario con todas las llaves del edificio, incluidas las de la Caja de las Letras.

Estaban numeradas. Me lo jugué todo a una sola llave. Todo o nada. Como Calibán.

Bajé las escaleras procurando guardar silencio.

La llave me quemaba en el bolsillo, bajé a la Caja de las Letras, miré al objetivo de la cámara sin esconderme, y entré en el túnel.

Tenía una teoría: había mil ochocientas cajas. Si mi madre había ocultado allí algo..., ¿qué número habría escogido?

Giré de nuevo en mi muñeca la pulsera que Deba me había regalado con la fecha de mi cumpleaños: doce de agosto. 1208.

Quería comprobar si toda la colección de lienzos de las perseidas en el piso de Ítaca era una casualidad. Necesitaba comprobarlo.

La caja 1208 correspondía a las medianas, a la altura de mis ojos, al final del túnel. Saqué la pequeña llave de mi bolsillo y la giré dentro de la cerradura.

Se abrió; lo que quería comprobar era si había algún objeto dentro.

Pero a primera vista estaba vacía. El interior estaba oscuro.

Demasiado bonito. Demasiado bonito que mi madre hubiera ocultado una joya literaria con la combinación del día de mi cumpleaños. Además, ¿cómo sabía yo que había nacido el doce de agosto? ¿A quién creer? Si ni siquiera Marta Gómez era mi madre, ¿cómo estar seguro de todas las coordenadas vitales de las que hablaban documentos de cuatro décadas?

Entonces me prometí renunciar a seguir buscando de una vez por todas. Volver a Vitoria, dejar a la inspectora Madariaga con el caso de Sarah Morgan y apartarme. Olvidarme, no continuar con mi búsqueda insensata de respuestas.

Estaba cansado de buscar. «Cercare anche stanca», pensé en italiano. Me lo había dicho, hacía unas décadas, un amigo con el que compartí un campo de trabajo junto a Milán: «Buscar también cansa».

Me dispuse a cerrar la caja cuando se me ocurrió meter el brazo para comprobar que no hubiera nada.

Pero sí que había. Un bulto suave al tacto, del tamaño de un ladrillo.

Saqué el objeto. Era un ejemplar de unos veinte centímetros de largo. Estaba encuadernado en terciopelo negro y tenía clavos metálicos de adorno, era imposible haberlo visto en el fondo de la caja.

Lo abrí, aunque cuando vi que las hojas eran de pergamino negro comprendí lo que tenía delante: el mítico *Libro Negro de las Horas* de Constanza de Navarra.

Había aprendido lo suficiente como para reconocer el escudo de Navarra de la época. Alistair me había dado los detalles: gules, el rojo heráldico y una doble orla de cadenas entrelazadas en oro.

Pero el color que destacaba era el azul, un azul sobrenatural sobre el fondo negro de la vitela teñida por las agallas.

«Así que me quiere», fui capaz de pensar. Los lienzos de las perseidas, la fecha de mi cumpleaños. Me había abandonado, pero no me había olvidado.

Y odié a Calibán con toda mi alma por haberme arrebatado a mi madre antes de tener la oportunidad de conocerla.

Pobre infeliz. Qué ingenuo fui.

No anticipé que Calibán me odiaba mucho más a mí.

No escuché ningún paso a mi espalda, no noté su presencia hasta que fue demasiado tarde. Me golpeó en la sien con un objeto contundente.

... Y caí al suelo, inconsciente.

55

EL ANCIANO

1975

Así comienzan los mejores meses de tu vida: con unas letras y un papel.

La intendencia es difícil, pero conoces las rutinas monolíticas de don Casto, de Diego y de Carmen.

Entre las grietas de sus horarios, Gael y tú os escurrís a vivir la vida que se empeñan en negaros. Mikaela va a ser tu aliada y tu ángel facilitador. Su familia tiene un caserío en Bajauri, a pocos kilómetros del pueblo de Gael.

No lo visitan mucho, pero os sirve de nido de amor. Aprendes a conducir, sabes que te será útil en el futuro. Tienen un viejo Seat 127 que usan para los caminos de parcelaria, y esos caminos son todo el horizonte que necesitáis.

Entre piedras, risas y baches se gesta el amor, y se gesta vuestro hijo.

Le impides hablar de futuro porque Gael diseña miles para vosotros, todos ellos poco realistas.

No le hablas de la deuda que tienes con los Olivier.

No le hablas del chantaje, de cómo don Casto te ha silenciado y atrapado cada vez más.

No le dices que eres una delincuente, no quieres hacerlo cómplice de nada.

Cada día vives dos vidas: la de presidiaria de los Olivier y la de la libertad junto a Gael.

Un día descubres entre los documentos del despacho de don Casto unos recortes antiguos. Los titulares hablan de ti, de cuando eras la Mozart de la pintura. Miras las fechas, tienen años.

Y te das cuenta de que todo es una mentira, de que don Casto ya sabía quién eras. Que fingió sorpresa cuando te llevó a la Escuela de Artes y don José María habló de ti.

Todo lo que rodea a don Casto te resulta ficticio, sobreactuado, milimétricamente planeado.

Comprendes cómo colocó el lazo alrededor de tu vida y cómo te cazó sin que opusieras resistencia.

Sabes que nunca te va a mostrar el *Libro Negro de las Horas* de Constanza de Navarra.

Lo has buscado en su despacho y has recorrido todos los lomos de sus estanterías. Pero ninguno de los ejemplares tiene las páginas de vitela negra.

Aunque estás segura de que lo tiene consigo, en su propia casa, porque es un acaparador de ejemplares y su patrón es controlarlo todo teniéndolo cerca.

Una mañana en la que todos están ausentes, te adentras en su dormitorio, su santuario personal desde que enviudó. Ni siquiera has visto entrar nunca a sus nietos.

Buscas en el sinfonier, en los cajones de las mesillas de noche y bajo los cojines de su sillón de lectura. Hasta que lo encuentras bajo la almohada.

No la suya, sino la que permanece intacta desde que su mujer falleció, ocupando un espacio vacío.

Es un ejemplar bien cuidado, encuadernado en terciopelo negro, con cinco apliques de metal en forma de flor de lis.

Probablemente del siglo XIX.

Pero la verdadera magia está dentro, en sus colores.

Nunca has visto una combinación igual. La hermana Aquilina tenía razón: puedes llegar a la obsesión ante un ejemplar así.

Pero tiene descamaciones, es un anciano que precisa de cuidados. Deduces que el pigmento ha llegado a corroer la vitela.

Tú sabrías cómo tratarlo, al menos evitarías el deterioro. Bajo una almohada, sin una humedad ni temperatura constante, el anciano se va a acombar, y muchas de las páginas, lo sabes ya, acabarán deshaciéndose.

Lo acabas de conocer y ya te preocupas por él. Te acostumbras a visitarlo todos los días, aprendes las páginas, las estudias, te enamoras de él.

Pero hay otro nuevo amor en tu vida, se abre camino en tu vientre, cada día más presente.

Sabes que ha llegado el momento de tomar una decisión.

56

DULCINEA

Mayo de 2022

Cuando recuperé el conocimiento, Fabio me zarandeaba preocupado.

—¡Inspector! ¿Está usted bien? He llamado a una ambulancia. Está de camino.

Me incorporé poco a poco, me dolían mucho los huesos del cráneo. Maldije a Calibán: todos los asesinos a los que perseguía acababan cebándose con mi cabeza.

Pero no estaba bien. Me sentía mareado y necesitaba volver a tumbarme. Me había sacudido bien fuerte.

Pese a mis reticencias, tuve que permanecer allí sentado hasta que llegó el personal sanitario.

Cargaron conmigo y me llevaron a Urgencias. Dado mi historial clínico por la herida de bala que se había alojado en mi cerebro tiempo atrás, me hicieron varias pruebas antes de darme un analgésico para el dolor y soltarme.

—Solo ha sido un golpe fuerte —repetía a todo el que quisiera escucharme. Pero todos me ignoraban y hacían su trabajo.

Hasta que el médico de guardia me dijo:

—Solo ha sido un golpe fuerte. —Y me dejó marchar a dormir al hotel.

No fue una noche fácil.

Había tenido en mis manos el *Libro Negro de las Horas*. Durante unos breves momentos. Y mi madre lo había depositado allí usando la fecha de mi cumpleaños.

Tal vez era la única muestra de amor que iba a recibir de ella en toda mi vida. Así que decidí saborearla.

Y aquella noche, en la oscuridad de mi habitación de hotel, la verdad me llegó, por una vez, clara y cristalina.

Me quedé dormido hasta tarde, todavía me dolía la cabeza por el golpe. Sabía que tenía un largo día de explicaciones frente a la inspectora Madariaga. Que posiblemente me enfrentaría a su escepticismo cuando le hablase del libro negro que había estado en mis manos.

Pero antes me acerqué a la calle Atocha. Tenía una visita pendiente a la imprenta de Juan de la Cuesta, y quería agradecerle su empeño en ayudarme.

Entré en el edificio de la Sociedad Cervantina, y pregunté por él. Había grupos de turistas esperando una visita teatralizada, entraba y salía gente, vi a un mensajero entregando paquetes, y registré un detalle que me llamó la atención.

—Por las mañanas suele estar en su despacho. En el primer piso, cruza la biblioteca azul —me dijo un chico disfrazado de época.

Seguí sus instrucciones y entré en una sala con las estanterías doradas repletas de ejemplares ordenados en vertical y horizontal y las columnas de un azul intenso. Al final de la biblioteca había una puerta, golpeé con los nudillos, pero nadie contestó.

Giré el pomo y entré en el despacho.

—¿Juan? Soy Unai López de Ayala. Venía a darte las gracias —dije al vacío.

Por lo visto, Juan de la Cuesta no estaba ese día en su despacho. Así que curioseé un poco. Se notaba que era el lugar de trabajo de un hombre culto, sobre su mesa los papeles estaban ordenados y coleccionaba un nutrido grupo de punzones de acero antiguos acabados con la forma de las letras.

Las paredes estaban repletas de grabados y litografías, posiblemente agrupadas por temas.

Me acerqué curioso. Muchos de los grabados eran cervantinos, pero en una esquina vi que le gustaban los temas náuticos. Además, había un inmenso ejemplar de un libro expuesto en un atril. Un ejemplar de más de un metro de largo. Me sentí orgulloso al comprender que era una edición de folio de elefante. Gaspar me había hablado de algunos atlas codiciados impresos en aquel tamaño mastodóntico.

Pero cuando me acerqué a admirar con atención los grabados náuticos comprendí mi error. Algunos grabados representaban barcos en una tempestad. Pero en otros se podía ver una criatura salvaje. Horrorizado, comprendí: era una colección dedicada a *La tempestad* y a solo uno de los personajes: Calibán.

Bajé corriendo por las escaleras, encontré a una Dulcinea que salía de la sala de la imprenta para contestar un mensaje en el móvil.

—Juan de la Cuesta no está en su despacho, ¿sabes dónde puedo encontrarlo?

—Está en la Feria del Libro del Retiro, en su caseta —contestó sin despegar sus ojos de la pantalla. Si Alonso Quijano la hubiera visto...

Llamé a la inspectora Madariaga:

—Tenemos que montar un operativo: ya sé quién es Calibán y ahora él tiene el *Libro Negro de las Horas.*

57

GENTE DE BIEN

1976

Es tarde, pero prefieres hablar con Diego en su despacho en la fábrica de naipes. No quieres que don Casto interceda, sabes que saldrás perdiendo.

Lo buscas en su despacho, pero está vacío, solo queda la empleada de la limpieza. La conoces de vista, te dice que se marcha ya, que don Diego está en la sala de los trofeos, como a él le gusta llamar a la exposición de taxidermia. Acaba de volver de una cacería de Toledo, ha estado cuatro días fuera. Días suficientes como para tomar la decisión que has estado posponiendo demasiado.

Gael quería acudir contigo, pero te parece demasiado doloroso, y tal vez humillante para Diego, que no lo merece.

Se te comienza a notar el embarazo, será para agosto, te estremeces y lo acaricias.

—Ya queda menos para que estemos juntos los tres —le dices a tu hijo.

Sabes que Carmen te estudia cuando te pones el camisón, aunque es imposible que sepa nada de Gael. Jamás en Vitoria, os habéis recorrido la provincia, os ha sobrado con un coche destartalado y un merendero, un hayedo, un despoblado.

Tal vez sospeche que el padre es Diego, pero eso es imposible, jamás pasasteis de los besos. Don Casto lo adoctrinó bien, aunque conoces por Gael su pasado donjuanesco.

Lo encuentras sacando el material de caza, las escopetas de sus fundas, las cajas con los cartuchos, los cinturones y las cananas.

—¿Cómo fue la cacería? —preguntas.

—Cada vez peor. El abuelo ya está muy torpe, apenas tiene puntería. Yo no acabo de ver del todo bien con el derecho —comenta frustrado.

Sientes un mordisco de remordimiento al recordar lo que la hermana Aquilina le hizo. Pero suspiras y te obligas a decírselo.

—Vengo a romper el compromiso, Diego. No vamos a casarnos.

Él deja por un momento los cartuchos, abre la funda, saca una escopeta con una lentitud exasperante, y como si no hubiera escuchado nada, mete la baqueta por el cañón y lo comienza a limpiar.

—Te decía que vamos a romper nuestro compromiso, ahora que todavía no hemos dado un paso definitivo —repites.

—Te he escuchado, Ítaca. Y no vamos a romper nada. Todavía no se te nota demasiado, lo que voy a hacer es enviarte a Londres. Conozco un médico. No es la primera vez. Te dejará bien y podremos tener hijos legítimos una vez seamos marido y mujer.

Habla lento, como su abuelo. Por primera vez te das cuenta de lo mucho que se parecen. Ese ceño fruncido, concentrado en un objetivo que tú no ves.

—¿Sabías que estoy embarazada? —preguntas incrédula.

—Tengo ojos, o tenía. Pero es suficiente para ver tu estado.

Te acercas a él, continúa limpiando la escopeta, pero lo frenas con una mano.

—¿Y no te importa que el hijo no sea tuyo?

Te mira como si tuviera preparadas todas las respuestas, como si hubiera tenido la misma conversación cientos de veces antes. No se altera, tal vez sea como don Casto, que nunca se altera porque lo tiene todo controlado.

—No lo has entendido todavía, y mira que te lo he explicado: no va a ser el hijo de nadie.

—Eres tú quien no lo ha entendido todavía, Diego. No va a haber boda, y desde luego, no va a haber ningún aborto clandestino. Quiero a este hijo, y quiero al padre de este hijo.

—¡Me da igual lo que creas querer! —estalla, y te grita. Es la primera vez, pero te eriza la piel, no sabes si del miedo, de la sorpresa o de la rabia contenida que no conocías en el siempre educado Diego—. ¿Cuándo ha sido relevante eso?

»Yo también tengo y tendré mis historias, te estoy respetando porque creía que eras virgen y porque serás mi señora esposa. Pero visto que no ha sido así, arreglaremos este asunto como se han arreglado siempre estos asuntos entre la gente de bien.

«La gente de bien», te repites.

La gente de bien que estafa, la gente de bien que secuestra, la gente de bien que explota los talentos de las huérfanas, la gente de bien que chantajea, la gente de bien que te convierte en una delincuente y en una presa sin vida.

—No.

Y te das la vuelta, dispuesta a marcharte.

Varias cabezas de muflones te miran desde la pared. Pasas entre búfalos y ñus, has sido una herbívora, una presa entre depredadores desde que naciste.

De repente está delante de ti, con la escopeta en la mano. Ignoras si está cargada, pero sabes que no va a atreverse.

—¿No? —te repite, como si fuera una blasfemia.

—No, Diego. He venido a romper y a cambiar de vida. Os dejo, a todos. Dejo la casa Olivier, dejo el trabajo de tu abuelo, dejo Vitoria.

—No puedes dejarnos, sabes demasiado y vales demasiado —murmura, dirías que se ha calmado de nuevo.

—¿Me vas a retener a punta de escopeta, en serio? ¿Me vas a llevar al altar apuntándome a la cabeza?

—No será necesario, bastará otra tempestad.

Y escuchas las palabras, frías, y ya no es él.

—¿Cómo has dicho?

—Te pregunto si tú también quieres acabar con un tiesto en la cabeza.

No puede saber lo del tiesto, tú lo viste cuando corriste a comprobar que no era cierto, pero nunca se lo comentaste.

—La policía dijo que fue una rama, pero tú sabes que fue un tiesto —le dices.

—Y tú también lo has sabido siempre, y has callado. Has sido cómplice desde siempre, de mi secuestro y de la muerte de la hermana Aquilina también.

Te da un pequeño vahído.

No la has llorado. Ha pasado más de un año y todavía no la has llorado.

—Entonces, fue tu abuelo.

—Sí, ella fue a nuestra casa para pedirle un intercambio, ¿puedes creerlo? La vida de su heredero por la del *Libro Negro de las Horas,* el que le consiguió a su padre.

Y comprendes que estás en medio de una guerra de sangre y pergamino que lleva generaciones librándose.

—Entonces, ¿conocías la historia de la familia de la hermana Aquilina? —le exiges.

Te mira como si hubieras nacido ayer.

—¿De verdad crees que no sabíamos quiénes erais cuando acudí a la Veracruz?

Casi te doblas del dolor, pero piensas en tu hijo.

—Continúa —le pides con la voz más entera de la que te ves capaz—. ¿Qué le dijo don Casto?

—Mi abuelo fingió que mi vida no le importaba, que tenía otro nieto al que educar en caso de que yo faltase. Y despachó a la monja, que se fue impotente, sin argumentos.

—Pero no la dejó ir muy lejos —apenas unos metros, al jardín. Aquella casa era como el laberinto del Minotauro, si te adentrabas, el monstruo no te dejaba salir.

—Y tú lo pusiste tan fácil, llegaste a rescatarme como caída del cielo.

«Qué sencillo», piensas.

Bastó con ser buena persona y tener principios.

Y ya has tenido suficiente. Ni tú ni Gael vais a renunciar a vuestro hijo.

—Esto se ha acabado, Diego. No quiero escuchar más, no quiero que me involucréis más en vuestro mundo, es demasiado oscuro. Déjame pasar. La escopeta no está cargada.

Pero él se planta, como un gorila, con toda su envergadura, delante de ti.

Toma la escopeta con ambas manos.

—No vas a irte. No podemos arriesgarnos a que te vayas y cuentes todo lo que sabes de los Olivier. Serás uno de nosotros, nos llevaremos bien, es muy fácil convivir contigo. Y sabes que jamás te saldrá un partido como yo.

—No quiero un partido como tú, créeme. Es lo último que quiero en esta vida. No podría soportar saber que te vas a convertir en tu abuelo —y entonces, comprendes, horrorizada, que siempre lo ha sido, pero has comprado una piel que se hizo a tu medida, como el taxidermista que es. El joven bibliófilo que en realidad prefiere irse de cacería.

Adelantas un paso, pero él te bloquea con su pecho.

—Ítaca, ya —te susurra, y te das cuenta de que ya no soportas su proximidad ni su voz.

—No vas a hacerme daño, voy a salir y tú me vas a dejar.

—¿O qué?

—O acudo a la policía y les cuento todo lo que sé, y sí, ya lo sé, me dirás que yo también caeré con vosotros, pero en todo caso, aunque sea en prisión, me libraré de vosotros. Así que, Diego, apártate.

Te golpea con la culata en la mejilla, casi caes del impacto, no te lo esperas.

Él tampoco espera tu fuerza, el empujón nacido de la rabia, de diecinueve años de aguantarlo todo.

El asta del antílope africano es larga, más de un metro, varios giros, puntiaguda, Diego ha perdido el equilibrio y un cuerno lo atraviesa desde la espalda, cruza su tronco y sobresale cerca de su corazón.

58

LA FERIA DEL LIBRO

Mayo de 2022

Le conté brevemente mi hallazgo en la Caja de las Letras y la agresión y el robo que había sufrido.

—Deberías haberme llamado ayer, hay que denunciar el robo del ejemplar, lo custodia el Instituto Cervantes y tiene consecuencias legales. Amén de la denuncia por agresión.

—Mencía, tengo el parte médico, por supuesto que voy a denunciar, y todo va a constar, no te preocupes. Pero ayer, pese a que me enviaron a casa, estaba demasiado dolorido por el golpe y necesitaba descansar. Ahora me siento más repuesto, aunque la cabeza me sigue doliendo.

—Disculpa la falta de empatía, es que vas siempre por libre y es muy difícil avanzar así.

—Ahora sí que hay avances. Creo que estaba equivocado: no fue Sarah Morgan quien pagó los ocho mil euros a Fabio para que callara y le permitiera esconder el libro en la Caja de las Letras. Creo que es Juan de la Cuesta quien paga a Fabio. Por eso Juan sospechaba que el *Libro Negro de las Horas* estaba ahí, porque estaba tras la pista de Sarah Morgan y de la adquisición de Edmundo. Y por eso ayer Fabio me dejó solo, y cuando le dije que tenía la intención de entrar en la Caja de las Letras avisó a Juan de la Cuesta y él ha sido quien me ha golpeado.

—Pero ¿por qué sospechas precisamente de él? Ha acudido muchas veces a la brigada a darnos todo tipo de soplos.

—Y así sabe cómo trabajáis. Es común en el perfil que estoy trabajando. He entrado en su despacho. Tiene toda una colección de grabados, algo muy específico, no es una colección shakesperiana, ni siquiera es una colección dedicada a *La tempestad,* todo gira en torno a Calibán. Y la empresa Riderpack trabaja también para su imprenta. Juan de la Cuesta mató a Edmundo, lo visitó en Vitoria y él mismo envió desde allí el libro con la nitroglicerina a Sarah para desviar la atención e inculpar a su primera víctima.

—Por suerte, podemos investigar todo lo que dices: viajes, su presencia en los escenarios de los crímenes, incluso ayer, si fue él quien te agredió, la cámara de la Caja de las Letras lo habrá registrado.

—O tal vez Fabio lo haya borrado ya. Pero puedes pedir las cámaras de los comercios aledaños. En todo caso, ahora mismo está en su caseta del Retiro. Habrá mucha aglomeración de gente. Yo tomo un taxi y voy para allá.

Consulté en la web de la Feria del Libro para encontrar su caseta, el taxi me dejó en una de las entradas del parque del Retiro y corrí hacia el recinto.

A mi alrededor había una marabunta que paseaba con bolsas de libros en la mano, barquilleros vestidos de chulapos y música de violines en vivo.

Tenía que llegar a la caseta 483, la que pertenecía a la Sociedad Cervantina. Pero la gente caminaba tranquila, y era imposible avanzar entre la multitud.

Me tuve que resignar, crucé entre dos casetas y salí hacia el parque.

Desde allí pude avanzar mucho más deprisa, iba controlando los números de las casetas desde su parte trasera hasta que la encontré.

La puerta estaba abierta, así que entré y lo encontré solo, charlando con un hombre mayor que le preguntaba, al otro lado del mostrador, por una edición de Calderón.

Juan de la Cuesta llevaba su sempiterno traje de *tweed* con hombreras y su corbata estrecha. Viéndolo subir con el dedo en un gesto nervioso sus monturas de pasta parecía cualquiera menos un salvaje.

—Eh... Inspector, ¿puedo ayudarle en algo? Ahora mismo estoy atendiendo a un cliente.

—No te preocupes, cuando termines charlamos. Solo venía a agradecerte tu ayuda. Ya me vuelvo a Vitoria.

—Ah, pues espere un poco y charlamos —dijo con su voz tímida.

Se despidió del anciano con una sonrisa y se volvió hacia mí.

—Entonces, ¿le he sido de ayuda?

—Pues sí, nos puso en el camino de encontrar lo que buscábamos.

Agachó la cabeza, en un gesto entre sumiso y complacido.

—Pues mire, me alegra mucho haberles sido útil otra vez.

Pero entonces vio a la inspectora Madariaga. Era imposible no reparar, entre la multitud, en su larga melena albina.

Venía a contracorriente, en el sentido inverso a la marcha de todos los asistentes a la feria. Pero no era solo ella, dos agentes, aunque venían de paisano, la seguían.

Y esa anomalía, tres personas en contradirección, fue suficiente como para que al cerebro de Juan de la Cuesta se le encendiesen todas las alarmas.

Me sujetó por la cintura y me atrajo hacia él. Al principio no comprendí el gesto. Tampoco sentí el dolor, aunque sí cómo me acuchillaba en un costado con un punzón de acero afilado como los que tenía en la mesa de su despacho.

Yo llevaba una camiseta blanca y la sangre comenzó a manar.

Algunos de los curiosos que pasaban delante de la caseta se dieron cuenta y comenzaron a gritar, llamando a la policía, sin saber que estaba allí mismo.

La inspectora Mencía y los dos agentes dieron el alto, sacaron las armas y se abrieron paso entre el caos.

Yo estaba aturdido, diría que paralizado. Iba a morir del mismo modo que mi madre, con la misma arma y a manos de la misma persona.

¿Ese era nuestro destino como madre e hijo? ¿Separarnos al nacer y tener el mismo final?

Solo pensé en retenerlo, en no permitir que se fuera de allí.

Me abracé a él, a Calibán, al salvaje que vi cuando lo miré a los ojos mientras me acuchillaba.

Allí no había rastro del impresor tímido, solo vi odio, un odio que no era frío como el de los psicópatas.

El odio de Calibán era antiguo, era personal, había una causa. Odió a mi madre y me odiaba a mí, pude verlo y creo que eso me despertó del letargo.

Cargué todo mi peso sobre él y lo abracé con ambos brazos. Así impedí que volviera a acuchillarme, y así impedí también que escapara de la caseta.

La inspectora Madariaga llegó con los dos agentes.

Ella se impulsó y saltó por encima del mostrador y lo encañonó, apuntándole a la cabeza:

—Juan, apártate de Unai. Estás detenido.

59

FUGITIVA

1976

Regresas a casa Olivier, sabiendo que será la última vez que la pises. Te has convertido en una fugitiva. Don Casto se encargará de que un juez no escuche que fue en defensa propia.

No hay nadie en casa, Carmen ha ido al cine, don Casto departe en el Círculo Vitoriano y el pequeño Nico no ha vuelto de su jornada escolar en los Corazonistas.

Hay una testigo: la señora de la limpieza. Te vio entrar, preguntaste por Diego. Ahora su nombre te escuece y sabes que va a hacerlo toda tu vida: lo has matado, ya no será el anciano patriarca que estaba destinado a ser, y eso se lo has arrebatado tú.

Y te sientas sobre el colchón, subes las rodillas, te abrazas y lloras por él, por Diego. Por los besos que te dio y por sentirse Oliveira callejeando por un París al que nunca fuiste con él. A cambio te ofreció un aborto en Londres.

Flotas en una especie de limbo, no recuerdas cómo te trasladas, hay un aire de irrealidad que lo impregna todo.

Llegas al baño que compartes con Carmen y vomitas. Una y otra vez, con tanta violencia que temes por tu hijo, temes que salga por tu boca y temes matarlo a él también. Te calmas por él. Continúas por él.

Y te das cuenta de que solo tienes claro que no quieres

que nazca en la cárcel. Ni quieres que las instituciones te lo arrebaten. Ni quieres que crezca en un orfanato.

Y mientras esté contigo, con todos los delitos que cargas a tu espalda, no vas a poder protegerlo de las leyes de los hombres.

Merece otra vida, una mejor que la tuya. Merece una madre mejor que la que tú tuviste.

Y eso te saca de la parálisis, abres el grifo, te limpias la boca, te miras al espejo. El golpe que te ha dado con la culata de la escopeta te ha hinchado la mejilla y te ha partido el párpado. Ahora tu ojo es un globo morado. La sangre ya se ha secado. Te la limpias. Te maquillas, estás deformada, pero consigues disimular el hematoma.

Pareces mayor, no tienes diecinueve años, tienes cien. Eres una anciana que ya ha vivido todos los ciclos de la vida: pérdida de la inocencia, amor, embarazo, muerte, traición, expulsión, castigo. Y ahora toca la huida.

Entras en el dormitorio de don Casto, dispuesta a llevarte el *Libro Negro de las Horas.*

Le costó la vida a la hermana Aquilina, es hora de que vuelva a casa.

Pero bajo el almohadón ya no descansa ningún ejemplar. Te entra un escalofrío por dentro. Si lo ha quitado de su escondite, puede que haya sospechado que lo has encontrado.

Y te das cuenta de que, un día antes, esa posibilidad te habría hecho temblar, aterrada por las consecuencias. Ahora tu situación es tan grave que sus sospechas apenas tienen relevancia. Bajas las escaleras, quieres llevarte material para las falsificaciones, te permitirá salir adelante durante un tiempo, antes de que encuentres tu lugar y un trabajo legal, igual que pensabas hacer hace un año, cuando los Olivier arrojaron el lazo, te domaron y te mantuvieron paralizada como un ciervo frente a los faros de un coche en una carretera nocturna.

Tomas la carpeta con todas las guardas, cuchillas y pinceles, el ejemplar que estabas a punto de terminar, un bellísimo salterio. No sabes si encontrarás comprador, pero no piensas darle a don Casto ni un duro más a tu costa. Tomas tu cámara, es lo más importante de tu plan.

Ni siquiera es para salvarte, de eso no estás segura. Pero leíste demasiadas veces *El conde de Montecristo* como para saber que la esencia de la venganza está en convivir el tiempo suficiente con tus enemigos como para saber cuál será su ruina y provocarla.

Facilitarla.

El dinero siempre te lo ha guardado Mikaela, nunca te fiaste del todo de dejarlo con ellos.

Es hora de acudir a ella, cargas en una bolsa de caza de Diego todo lo que necesitas, te peinas el pelo con un moño, como Carmen, y te pones su ropa.

Tu amiga Mikaela está en su piso repasando su clase de piano, tiene una audición en el Conservatorio, su padre nunca está en casa.

Llamas al timbre del portal con insistencia, ella se asoma, te ve y abre al momento.

—Pasa —murmura, y te empuja dentro para después cerrar la puerta—. ¿Qué ha ocurrido?

—No voy a contarte lo que ha pasado porque te voy a hacer cómplice y no quiero destrozarte la vida. Dame la maleta con todo mi dinero, y necesito llegar a Villaverde esta noche.

—¿Por fin te escapas de los Olivier?

—Ya lo creo.

—Te dejo en Villaverde si quieres, pero puedes dormir en la casa de la familia de Bajauri. Y allí está el viejo 127, puedes usarlo para ir a Villaverde. Por el hayedo no pasa ningún coche entre semana por la noche, nadie te verá. Padre está de viaje, hoy duermo sola. ¿Quieres que duerma contigo?

—No puedo implicarte más, es grave, Mikaela. Déjame en Bajauri entonces.

Por suerte, tiene el coche aparcado en una calle trasera y está ya anocheciendo.

Os aseguráis de que nadie os vea.

Ha cargado una maleta con ropa y lo imprescindible para sobrevivir.

Durante el viaje en carretera, lleno de las curvas que ya conoces, habláis de anécdotas de clase, de cumpleaños y de fiestas de la patrona. Os reís a carcajadas, tal vez conscientes de que se cierra un ciclo y no estáis muy seguras de que os volveréis a ver.

Llegáis a la casa de Bajauri con los faros del coche apagados, y prefieres no encender ninguna luz.

Cierras las contraventanas y solo entonces buscáis una vela para no caer de bruces escaleras abajo.

Se despide en silencio.

Habéis trazado un plan y sabes cómo volver a contactar con ella sin ponerla en peligro, porque sabes que a estas horas don Casto será el hombre más peligroso del mundo y pondrá a toda la ciudad a buscar a la asesina de su heredero.

Ha sido el día más duro de tu vida, pero extrañamente no te sientes sola, te reconforta acariciar tu barriga creciente y tensa, sabes que lo alberga a él y que ahora sois dos.

Estás haciendo tiempo para que Gael y sus padres cenen y se acuesten, tienes que contactar con él esta noche.

Abres la maleta con el dinero, con la ropa de Mikaela y con el material rescatable del taller.

Y abres la carpeta con las guardas mutiladas, las repasas una a una, quieres valorar con cuánto contarás a partir de ahora.

... Y entre dos guardas te encuentras con una carta.

Una carta manuscrita de la hermana Aquilina dirigida a ti.

60

CALIBÁN

Mayo de 2022

Volví a visitar Urgencias dos veces en menos de veinticuatro horas, cortesía de Juan de la Cuesta. Por suerte, no perdí tanta sangre como mi madre, me quedaron de recuerdo unos cuantos puntos y una cicatriz más, además de la obligación de guardar reposo varios días.

Cualquiera reposaba con Calibán, por fin, detenido.

Llamé a Villaverde y minimicé los daños hasta dar la impresión de que me había llevado un par de roces durante la detención.

No podía con la culpabilidad cuando veía su preocupación, la de Alba, Germán, el abuelo y Esti.

Sabía que iba a tener que dar muchas explicaciones a mi vuelta, pero prefería ser yo quien llevara la carga. Era mi obsesión, no quería arrastrarlos a mi caos, y era consciente, como siempre, de que ya lo había hecho. Tal vez lo que me mantenía en la casilla de la culpa era que sabía que volvería a hacerlo una y mil veces. Pese a los resultados. Si Calibán me despertase al día siguiente para chantajearme con mi madre muerta, habría vuelto a dejarlo todo y me habría puesto a buscar lo que él me hubiera pedido.

Mencía esperó a que me encontrase mejor para que estuviera presente durante el interrogatorio.

Juan de la Cuesta se mantuvo con la cabeza bajada durante toda la conversación. Era una mala señal: no quería establecer contacto visual. Se había cerrado, no pintaba bien.

—Tenemos una retahíla de cargos con los que acusarte: intento de homicidio, agresión, el robo en el Instituto Cervantes... —comenzó la inspectora.

—Yo no he robado nada en el Instituto Cervantes. No tienen pruebas.

Mencía y yo cruzamos una mirada.

La grabación de aquel día, tal y como nos temíamos, se había borrado y no había manera de recuperarla.

Pero estábamos trabajando con otras cámaras y buscábamos testigos que lo hubieran visto en ese lapso de tiempo.

—Entonces, ¿niegas tener el *Libro Negro de las Horas* de Constanza de Navarra?

—Jamás he visto un ejemplar así, y mucho menos lo he tocado —afirmó rotundo, con la mirada fija en la mesa.

—Tenemos dos grabaciones de voz, que aunque distorsionada, vamos a contrastar con la tuya. Si el resultado del laboratorio de Acústica diera coincidencia, ya tenemos otra acusación por secuestro y extorsión. Y seguimos: tenemos también el robo del cadáver de Gabriela Milton...

No la dejó continuar:

—¿Y para qué quiero yo robar el cadáver de alguien? —exclamó ofendido.

Fue la primera vez que levantó la cabeza, y la reacción fue tan visceral, tan llena de rabia, que ambos dimos un respingo.

—¿Vas a negar también que mataste a Edmundo y a Sarah?

—Sí, lo niego. Lo niego todo —se limitó a decir, de nuevo con la mirada fija en la mesa.

A partir de ese momento no volvió a abrir la boca.

Después de casi una hora hablando contra un muro sin recibir ni una sola contestación, ni un gesto, como si hubiera decidido hibernar delante de nosotros, abandonamos la sala frustrados.

—De momento irá a prisión preventiva hasta el juicio por la tentativa de homicidio contra ti. Pero me temo que todo lo demás lo vamos a tener que demostrar. No tiene intención de reconocer ninguno de los delitos de los que lo vamos a acusar.

—Lo sé —dije, pero mi cabeza estaba a otra cosa. A esa reacción tan visceral cuando hablábamos del robo del cadáver—. De todos modos, quiero que me acompañes a un lugar. Creo que sé dónde ha escondido el *Libro Negro de las Horas.*

61

CARTA DE NAVEGACIÓN

1976

Querida Ítaca:

Sé que acabarás encontrando esta carta de navegación.

En ella te voy a dar lo que siempre te escatimé: las coordenadas de tu pasado y las coordenadas de tu futuro. El que mereces.

Nunca te contamos las circunstancias en las que llegaste a nosotras.

Fue, como en un cuento de Christian Andersen, el típico relato plagado de huérfanas. Una bebé abandonada en lo más crudo del invierno vitoriano a las puertas de una fría institución.

La madre Magdalena no quiso acogerte.

No éramos un orfanato.

No, no lo éramos.

Pero llegaste con una *Odisea* bajo tu espalda aterida. Y no cualquier *Odisea*: un incunable, de extrema rareza, un Homero de la imprenta de Treviso, ciudad del Véneto, por el maestro Rosso de Vercelli, con colofón y fechado en 1483. Temprano, casi primitivo, como ahora sabes que eran, cuasi artesanales, los primeros incunables. Caracteres góticos. Una sola columna. Sin *exlibris.* En perfecto estado.

Lomo con repujados y nervaduras. Sin hongos, sin humedad, todas las páginas, sin mutilar.

Tú no eras una petición, un ruego: eras un intercambio.

La bebé por el ejemplar.

Yo había salvado más veces al colegio de la ruina, de cerrar y desperdigar la orden. El tejado necesitaba obras urgentes, una reforma que no podíamos abordar.

La convencí, ella cedió.

El nombre lo elegí yo.

Tu apellido lo eligió ella.

Sé que te acompleja. Voy a dejarte una dirección. Es un contacto, es de fiar. Te dará un DNI, una partida de nacimiento falsa y un pasaporte. Elígelo bien. Será caro, pero tienes suficiente para pagarlo.

Me avergüenza admitirlo, pero no te inscribimos en el registro, jamás se te hizo matrícula de los cursos que has estudiado. Quedaba dentro de la institución, tu nombre no aparece en ningún documento oficial, lo cual fue motivo de no pocos enfrentamientos entre nosotras durante tu infancia de niña prodigio, cuando te explotamos durante aquellos años de giras agotadoras. Te pido disculpas, pensé que sería parte de tu formación y quería alejarte de ella, no lo gestioné bien y te exigí demasiado. No te permití ser niña.

No he sido una buena profesora.

Me prometí darte mundo, y no pude evitar que estos años los hayas pasado encerrada en este edificio.

La madre Magdalena fue inflexible.

Sabes que la otra opción que me dio cuando sucedió el escándalo de la Escuela de Artes y Oficios fue expulsarte.

Se ha pasado la vida esperando pacientemente a que te equivoques.

No te sientas culpable: no fueron errores. Era la vida, que se abría camino.

La rebeldía, el amor. La libertad.

Los vives con más intensidad, conócete y regúlate, siempre vas a tener enemigos en el horizonte. Las personas con talentos como los tuyos siempre los tienen.

Se acercarán, querrán formar parte de tu vida y después se aprovecharán de tu luz.

Aprenderás a reconocerlos y a pasar de largo. No permitas que se queden en tu vida. A veces pensarás que no puedes huir. Es mentira: siempre podrás escapar.

¿Recuerdas cuando en clase de Naturales os hablaba de la homeostasis, querida hija?

Aquella clase la impartí solo para ti, ojalá la recuerdes. La homeostasis es la capacidad de los seres vivos de mantener la estabilidad interior de sus cuerpos. Poseemos todo lo necesario para volver al equilibrio: hibernación, vasodilatación, sudoración. Por eso los niños piden dulces cuando los necesitan o nos apetece pan cuando la sangre necesita hidratos de carbono.

A la vida le sucede lo mismo: tiene la maravillosa capacidad de volver al equilibrio por ella misma. Cada nueva madrugada es una oportunidad de coger las maletas o simplemente dejar atrás la vida que nos hace daño y recomenzar de nuevo lejos, en otra ciudad, otro país o tal vez en otra esquina. Y podemos recomenzar tantas veces como queramos, hasta encontrar nuestra madriguera, nuestra tribu. Decía Naguib Mahfuz que «Hogar no es donde naciste, hogar es el lugar donde todos tus intentos de escapar cesan».

No sé si encontrarás ese lugar, Ítaca, no sé si existirá para ti o serás una eterna nómada, de esas que hacen de sus pies su patria.

Que no te importe llevar la vida que nadie lleva. No hay premio ni aplauso al final del camino, no vivas la vida de los otros, tengo la impresión de que no naciste para encajar, sino para destacar.

A cambio, te he formado en todos los idiomas que vas a

necesitar para tu futuro. Te he dado una extensa cultura clásica, y has leído acerca de todas las pulsiones de la vida, todos los desastres, todas las traiciones. No hallarás muchas más: los patrones se repiten desde que el mundo es mundo. Ese es el poder de las historias: advertirnos. Todo está en los libros. Todo está ya escrito.

Querrás vivirlo todo, y sé que lo harás, pero las personas vienen y van, son efímeras. Solo tú vas a permanecer a tu lado. Viniste sola y sola vas a marchar, como yo. La soledad es tu fortaleza, querida hija. He sido una mala madre, poco afectuosa, no he podido sacar de mi alma todo el dolor que me hicieron los Olivier y he permitido que mi carácter —yo era una joven risueña, decidida, cariñosa— se oscureciera. Temí malcriarte y te ahorré abrazos, los abrazos que toda niña y toda joven merecen. ¿Puedes cerrar los ojos, en tus noches más oscuras, e imaginarme a tu lado, en el lecho, abrazándote, querida hija? No sé si merezco el cielo o el infierno. Acaso vagaré durante siglos por el purgatorio, sé que se me juzgará. Pero yo me ocuparé, cuando muera, de que una porción de mi alma siempre te proteja. Seré esa voz interior que te diga lo que hacer, que te dé ánimos cuando todo se derrumbe a tu paso, cuando solo encuentres escombros y tengas la sensación de que la guerra no va a terminar nunca.

Lo harás, Ítaca. Tú terminarás la guerra. Tomarás tus pinceles y huirás.

He guardado bajo el penúltimo escalón que lleva a la biblioteca de los ancianos la mantita y la pequeña cuna en la que fuiste abandonada. Había unas iniciales. Tal vez puedas averiguar, si es que lo pretendes, tus raíces.

Es tu patrimonio personal, es tu elección. Eras de buena familia, los bordados eran caros para la época, al final de esta carta te he elaborado un listado de las bordadoras de esta ciudad a las que se les pudo encargar. Lo realicé cuando te acogimos, pensando en este momento.

Ignoro si deseas saber qué llevó a tu madre, a tu padre o a ambos a abandonarte en la Veracruz.

Aquella *Odisea* no se la podía permitir cualquiera, pero no estaba en el mercado pese a que era auténtica. Sospecho que era una adquisición de anteriores generaciones. Sospecho también que quien lo dejó me conocía, y sabía de mis actividades al margen de la enseñanza.

Creo que ya sabes lo suficiente como para rastrear ese ejemplar, si ese es tu deseo. También te he apuntado los datos del bibliófilo a quien se lo vendí, si es que algún día lo quieres recuperar y tuvieras el dinero necesario para ello.

Y ahora vamos con la siguiente carta de navegación, la de tu futuro. Si es que lo deseas, tendrás que ganártelo. Pasarás por pruebas, como Ulises a lo largo de su viaje, pero valdrá la pena conocerlas.

Sí, hija, estoy hablando del círculo de las Egerias.

Saben que te he estado preparando, están dispuestas a aceptarte.

Conocí a la primera Egeria en mi etapa de estudiante en Nueva York. Buscaban Egerias europeas: España, Italia, Gran Bretaña... Yo encajaba en su perfil, al menos cuando mi vida todavía no la había torcido Casto Olivier.

Ahora son más que antes. El primer círculo de Egerias se formó a principios de este siglo, en la Costa Este, entre las herederas de las grandes fortunas.

Eran cultas, independientes, vivieron los locos años veinte, estuvieron detrás de la emancipación de la mujer, del movimiento de las sufragistas: ellas fueron el ejemplo para conseguir que todas las mujeres votásemos. Tenían dinero, amaban la literatura, las artes, la pintura, la música, la arquitectura y todo lo creativo. Fueron cinco, se amaban y se defendían como hermanas, pero siempre actuaron en la sombra.

Ellas estuvieron detrás de la Hispanic Society de Nueva York, de la Morgan Library y de docenas de instituciones.

A mí me reclutaron en plena ola de «la locura española», la *Spanish Craze*. En Estados Unidos se construyeron quince réplicas de la Giralda, una de ellas todavía resiste en Kansas; mansiones al estilo español, a su manera, desde luego, incluso se erigió una estatua del Cid Campeador en Nueva York.

Las Egerias son mecenas en la sombra, mujeres que mueven los hilos de las grandes bibliotecas, las pinacotecas más importantes y las casas de subastas con pedigrí.

También tienen sus propias sombras, yo y mis falsificaciones somos una de ellas. A veces se necesita liquidez, a veces colocamos joyas literarias que no lo son para salvar una biblioteca nacional.

Detrás siempre está una Egeria.

Tú tienes el perfil.

Te dejo aquí la tercera ley de las Egerias: «Niega siempre que eres una Egeria». Por eso te será difícil encontrarlas, pero lo harás.

Puedes emprender el viaje, conocerlas, convertirte en una de ellas o seguir tu propio camino. Jamás he conocido una capacidad como la tuya: te he visto pasar horas concentrada en lograr el tono exacto, te he visto comprender por pura intuición el alma de todos los iluminadores a quienes has falsificado, te he visto trabajar con cuarenta grados de fiebre sin quejarte.

Pero no eres sumisa, no eres mansa. Sé que tienes tus propios planes.

Solo te estoy dando recursos para que afrontes la incierta vida que te espera: toma los que precises, guarda para más tarde o deshecha los que te sobren.

Todos los abrazos que no te di,

Jimena Garay

62

LO QUE ALBERGA LA TEMPESTAD

Mayo de 2022

Mencía me siguió sin oponer demasiada resistencia. La imprenta de Juan de la Cuesta permanecía abierta, todos los eventos culturales continuaban pese a la consternación de sus empleados.

La llevé a la planta de la biblioteca azul, donde Juan tenía su despacho.

—¿Crees que lo ha guardado aquí, en un lugar tan obvio?

—Creo que es obsesivo, y sé bastante de la pérdida de realidad de la gente con ese perfil. Pienso en todo lo que ha hecho por conseguir ese libro, y he visto cómo atesoran sus joyas los bibliófilos: siempre las tienen cerca. Es un acto de posesión, no tiene que ver con la admiración por la belleza de un ejemplar. Creo que Juan de la Cuesta tenía en mente conseguir el *Libro Negro de las Horas* desde hace tiempo, no es una cuestión monetaria. Cuando me clavó el punzón vi en sus ojos que era una cuestión personal, pero me falta ver la conexión emocional, me faltan datos, y lo sé.

Mencía miró alrededor.

—Estoy viendo lo mismo que ves tú: nada. Imagino que querrás que hable con la jueza y pida un registro en condiciones.

—No va a ser necesario. En su psique Juan de la Cuesta es Calibán. Sus obsesiones están enlazadas. Íntimamente unidas. Su fantasía implica un final feliz: que Calibán abrace eternamente el *Libro Negro de las Horas*.

—¿Cómo? —quiso saber.

Me acerqué a la edición elefante de *La tempestad*.

Abrí el libro, Mencía se acercó. La tapa era mucho más pesada de lo esperado. Pasé con dificultad varias páginas, hasta que, por fin, volví a ver el *Libro Negro de las Horas* de Constanza de Navarra.

—Un libro que alberga otro libro —susurré.

Un libro negro, que se había llevado tres vidas, casi cuatro, envuelto en una tempestad.

El interior del ejemplar elefante había sido hábilmente recortado para contener aquella joya.

—Juan de la Cuesta había visto antes el *Libro Negro de las Horas*. Conocía el tamaño, casi exacto, de este ejemplar en concreto. Por eso creo que hay una historia detrás, un pasado —dije.

Había llegado el momento de la verdad.

Me volví hacia ella:

—¿Qué vas a hacer con este ejemplar, Mencía? ¿Vas a cambiarlo por la falsificación, o mi madre todavía no la había terminado? Le falta el pigmento azul ultramar. ¿Tienes a alguien que vaya a hacerlo por ella?

—Creo que te estás equivocando conmigo, Unai —dijo, sin perder de vista el ejemplar.

—Sé que has sido siempre cómplice de mi madre. Juan de la Cuesta no mentía cuando dijo que no había robado su cadáver. Estaba ofendido de verdad ante la idea. Él tiene su código moral, por retorcido que sea, pero robar cadáveres le resulta repugnante. Fuiste tú, tú robaste el cuerpo de mi madre. Tuviste la oportunidad, conocías el edificio.

—No, Unai. Eso no fue lo que pasó.

—Deja ya de fingir, te estoy ofreciendo que me des tu explicación antes de que esto salga de aquí y te abran un expediente en Asuntos Internos. Depende de ti. Tú me llamaste, tú me involucraste en esto. ¿Por qué?

—Vas a tener que confiar en mí, toma —me dijo.

Me entregó un pequeño objeto metálico:

—¿Qué es?

—Es una llave. Mañana te llamaré y te diré qué puerta abre. Ve mañana, por la noche. No digas nada a nadie.

—¿Qué hay allí?

—La explicación que has estado esperando y que mereces.

63

—

UNAI

1976

Gael duerme ya cuando lo despierta un ruido en el cristal de su ventana.

Desea que sea algún pájaro nocturno, quiere estar descansado para el día siguiente. Va a ir a Vitoria, has insistido en terminar por ti misma tu relación con Diego, pero él también quiere dar la cara y explicarle la situación, pese a que sospecha que Diego no ha cambiado y conoce las habladurías de una chica de Bilbao y otra en Toledo.

Escucha otro golpe, esta vez está seguro: es un guijarro.

Se levanta y abre sin hacer ruido la ventana.

En la oscuridad del callejón trasero es imposible distinguir entre las sombras.

—¿Quién va? —susurra al vacío.

—Soy Ítaca —contestas.

A Gael se le corta la respiración.

Sabe que si estás una noche entre semana en Villaverde, sola, es porque algo malo ha ocurrido. Don Casto no permitiría que el buen nombre de su nieta y de la futura esposa de su nieto se desgastase en murmuraciones.

—Espérame, ahora bajo.

Se coloca unos vaqueros, un jersey y las playeras. Sus padres duermen en el dormitorio cercano a las escaleras.

Aunque su padre tiene un sueño muy profundo, a su madre le cuesta dormir muchas noches y no puede arriesgarse.

La ventana está apenas a dos metros y medio del suelo, la abre y de un salto se planta en la cuesta oscura.

—Después vas a tener que ayudarme a subir por la ventana —te susurra tras darte un beso—. Vamos, en el lavadero no nos va a escuchar nadie.

Villaverde por entonces cuenta apenas con cuarenta habitantes, la mayoría ya ancianos, agricultores y pastores que se niegan a jubilarse mientras que sus hijos estudian en Jesús Obrero y sus hijas se forman para ser secretarias o costureras.

Muchas de las casas están deshabitadas o vacías entre semana, esperando que los fines de semana se llenen de críos que juegan a la goma, a los cromos y la banda de dos. Gael es de los pocos jóvenes que alternan el trabajo en Vitoria con la labranza en el campo, con su padre.

El lavadero ocupa un espacio junto a la huerta de su padre, donde pasan horas escardando, plantando tomates, lechugas, fresas y calabacines.

Hace tiempo que ya no es el lugar de reunión y de correveidiles de las mujeres mientras frotan las sábanas y los buzos añiles de los maridos, pero el agua helada continúa manando del chorro y el lugar está casi siempre frío como un sepulcro.

Gael te invita a bajar las estrechas escaleras. Desde los ventanales abiertos se ve el perfil de la sierra, el pico de San Tirso y una luna creciente, blanca y poderosa.

—¿Qué ha pasado, Ítaca? ¿Cómo has llegado hasta aquí?

—No te lo voy a decir para no implicar a nadie si la policía te lo pregunta.

Gael se queda congelado un par de segundos. Después reacciona.

—¿Policía?

—Diego está muerto, me golpeó con la culata de la escopeta.

Te giras para que pueda verte, la luz de la luna le muestra la hinchazón de tu ojo y la mejilla deformada.

—¡Pues vamos a la policía! Es legítima defensa. Se lo explicaremos.

—¿Qué le vamos a explicar, Gael? ¿Qué vamos a explicar cuando pasen un par de meses y vean que estoy embarazada, soltera y que estoy contigo? Creerán que lo maté para quitarlo de en medio. ¿Alguien va a creer a una huérfana que se queda embarazada del amigo del nieto de don Casto Olivier? ¿Tienes idea de lo que me hará en la cárcel?

Gael no comprende, le estás hablando de un mundo nuevo para él. Está delante de él, por lo visto, pero jamás lo vio.

—Esto ya ha pasado antes —prosigues, no hay tiempo—. El abuelo de Diego destrozó a la familia de la hermana Aquilina. Su padre en realidad era Mateo Garay, un industrial muy reputado. Pero don Casto metió a su padre en la cárcel con falsas acusaciones de fraude, echó por tierra la reputación de su apellido y pocas semanas después lo mataron dentro a cuchilladas, dicen que en una reyerta que jamás se investigó. Pero fue una ejecución. Le asestaron quince puñaladas con armas caseras. No fue una reyerta. Ellos no se llevaron ni un rasguño.

—Pero ¿por qué?

—Por un libro, el *Libro Negro de las Horas* de Constanza de Navarra. Vale millones, Olivier lo codiciaba, ambos eran bibliófilos. Don Casto se hizo con la biblioteca de Garay cuando tuvieron que malvenderla. Y Diego..., yo no quería matarlo, pero Diego no es como yo creía. Él sabía que don Casto mató a la hermana Aquilina.

—Pero ¿no me contaste que murió de un golpe en la cabeza por una rama durante una tormenta?

—Yo fui a ver el cadáver, me escapé. Vi su cabeza destrozada, no había ramas alrededor, solo barro, sangre y restos rotos de una maceta. Pero jamás compartí ese detalle, me pareció demasiado aterrador pensar que alguien hubiera podido acabar con ella de ese modo. Y Diego lo sabía, me amenazó con que yo podía acabar también con una maceta en la cabeza si no abortaba.

Gael está quieto, casi mudo.

—¿Quería que abortaras?

—Decía que no era la primera vez que enviaba a una mujer a Londres a un médico. Yo me he negado, pero no me dejaba salir. Tenía una escopeta y me ha impedido el paso cuando le he dicho que rompía el compromiso. Después me ha golpeado con la culata y yo lo he empujado..., detrás había un animal disecado, un antílope africano. El asta se le ha clavado desde la espalda y lo ha atravesado. Ha muerto, Gael. Diego está muerto y todavía no puedo creerlo.

Gael lo tiene ya claro.

—Entonces voy a entregarme yo. Yo soportaré la prisión, sabré defenderme. Pero tú no puedes entrar en la cárcel en tu estado.

—No puedes entregarte. La señora de la limpieza me ha visto, he hablado con ella, a estas horas ya habrá hablado con la policía y con don Casto. Me estarán buscando por toda Vitoria. No puedo volver. Por eso he venido, Gael. Para despedirme.

—¿De qué estás hablando? —pregunta Gael sin comprender.

—Yo no voy a volver, no puedo. Pero cuando nazca nuestro hijo, Mikaela te lo entregará. Estoy convencida de que es un niño. Quiero llamarlo Unai, significa «buen pastor» en euskera, me contaste que tu padre fue pastor desde niño, antes de comenzar con la labranza.

—Así fue.

—Nuestro hijo será fuerte, como tú y como yo, un pastor de almas, alguien que te cuide cuando seas un anciano. Además, cada vez que pronuncies su nombre te acordarás de mí, de nuestra primera conversación, de la primera pista que te di.

—Una «i». Unai. —Gael traga saliva—. No quiero recordarte, no puedo pensar en ti como una ausencia. Quiero que lo criemos juntos. Huyamos los dos.

Niegas con la cabeza.

—Tú tienes padres, ni se te ocurra abandonarlos, desaparecer, causarles ese dolor. No tienes ni idea del regalo que te ha dado la vida, lo que yo habría dado por tener dos padres que me hubiesen querido. No los destroces, no lo merecen.

Gael asiente.

—Sé que tienes razón, no puedo desaparecer sin darles explicaciones. Pero no pienso, ni me planteo renunciar a mi hijo, renunciar a un hijo contigo.

—Escúchame bien —le dices tomando su barbilla—, yo tengo que huir, cambiar de identidad, convertirme en un fantasma. Sé cómo falsificar mis papeles, siempre he soñado con dejar atrás este nombre y este apellido, no ser una expósita, alguien marcada que dé pena, inventarme una familia, un pasado común y anodino. Y no es vida para un niño, con una madre condenada, y si algún día me atrapan, con una madre en prisión. Llévatelo, desaparece de Vitoria un tiempo, ve a Madrid, fingirás ser un joven viudo con un bebé, rehaz tu vida.

—No pienso hacerlo, lo que me pides no me entra en la cabeza —se niega desesperado.

—Sí que vas a hacerlo. Por Unai, por ti, por mí. Es lo

mejor para nuestra familia, aunque no lo sea para cada uno de nosotros.

Gael se niega de nuevo.

—No pienso rehacer mi vida.

—Prométeme que le darás una madre, prométeme que elegirás a alguien bueno, alguien que lo cuide, que lo quiera como propio —insiste ella.

—No pienso hacerlo, te tendré a ti en la cabeza a todas horas, te he tenido aquí dentro desde los dieciséis años. Dime cómo voy a olvidarte cada vez que mire a nuestro hijo.

—Lo hacemos por él, lo hacemos por Unai. Merece una familia, merece un padre y una madre.

—Por él, por Unai. Pero si es chica, te juro que la voy a llamar Ítaca.

—No lo hagas, la marcarás. La pondrás en peligro. Don Casto no va a perdonar nunca lo que ha pasado hoy. Serán dos más dos. Atará cabos. Si es chica, cualquier nombre menos Ítaca.

«Pero te buscaré —se promete Gael en silencio, pero calla, sabe que no lo aceptarías—. Con el tiempo, cuando sea seguro. Criaré a Unai, pero sé esperar y en cuanto la vida me lo permita, iré a buscarte y me llevaré a Unai conmigo. Ahora no lo crees, pero serás la mejor madre para él».

—¿Dónde piensas huir? —te pregunta.

—Los expulsados viajamos a Ítaca toda la vida —te limitas a responder.

No habrá perfiles de sierras como aquella en tu viaje, probablemente serás seminómada toda la vida.

Gael comprende tu silencio.

—Eres un destino.

«Ya me lo advertiste cuando te conocí», piensa. Y aquella noche la pasáis en silencio, acariciando la tripa con

Unai dentro. Es la última noche que sois una familia de tres.

Días después, Gael se percata de que en el buzón polvoriento de la entrada de la casa de sus padres hay un sobre a su nombre.

Sin sello, sin remitente, sin firma.

No hace falta.

Aprende el contenido de memoria, se acostumbra a rezarlo cada noche antes de acostarse, hasta el día de su muerte:

Soy un viaje,
soy la isla tras la bruma,
la boya tras la boya,
el puerto que nunca llega.

No voy a ser nunca tierra firme,
un nombre en un mapa,
unas letras navegables.

Toda mi existencia
ha sido un misterio
hasta la fecha,
desde mi concepción.

Que así sea,
que así siga siendo.
Leyenda.

64

FUGU

Mayo de 2022

Recibí la llamada de Mencía mientras descansaba en el hotel. La herida del costado me dolía en cuanto se me pasaba el efecto de los analgésicos.

Y aun así, di un salto cuando escuché la melodía de mi móvil.

—La calle de la Sierpe, ya sabes dónde. A las doce de la noche. Vete sin móvil, no hables con nadie de esto.

—Mencía, no me la estás jugando, ¿verdad? —Ya me habían golpeado en la cabeza y agujereado en un costado.

—Más bien me la estoy jugando yo por ti. Pero comprendo que te lo debo, y que tú lo necesitas. Suerte —se limitó a decir, y colgó.

Y no, no avisé a nadie, ni acudí con el móvil. Pero dejé un mensaje programado para Alba y para Estíbaliz con mi ubicación, para que les llegara un par de horas después de las doce si yo no lo anulaba. Por si acaso.

Tomé la llave que me había dado Mencía, y tal y como sospeché, abría el portal número tres. Subí las escaleras a oscuras para no espantar a los vecinos. La puerta tenía la cerradura todavía reventada y despegué la cinta de «No pasar».

Entré en el *hall* y una voz me dijo:

—No enciendas la luz.

Era una voz de mujer, pero no la reconocí.

—Vamos al salón, allí podremos charlar con calma.

Y avancé por el pasillo con la mujer a mis espaldas.

Por suerte, por los ventanales del salón entraba la luz de la luna a raudales.

La sombra me invitó a que nos sentásemos en el inmenso sofá que reinaba en el salón. Ella también se sentó a mi lado.

Poco a poco mis ojos se acostumbraron a la penumbra y pude hacerme con sus rasgos.

—Te vi muerta —susurré, y alargué mi mano hasta su rostro—. Toqué tu piel, estabas enfriándote.

—¿Has oído hablar de la tetrodotoxina?

Negué con la cabeza.

—Se puede extraer de ciertos peces, como el pez globo que habita en las costas del Caribe. En Japón lo conocen como *fugu.* Provoca la muerte fulminante por parada respiratoria y cardíaca. Pero en dosis subletales la persona que lo ingiere queda paralizada durante varias horas y su pulso cardíaco indetectable, aunque es consciente de todo. Es uno de los componentes del polvo zombi que usan los *bokon,* los hechiceros vudú en Tahití, para simular la muerte. Después de enterrar a la persona la reaniman con datura o hierba del Diablo. Aquí la conocemos como el «estramonio». Aunque en su caso el objetivo es subyugar y someter la voluntad del resucitado. Yo solo necesitaba volver a estar viva horas después.

—¿Te intoxicaste con una neurotoxina para fingir tu muerte frente a mí? —repetí sin creerlo.

—No fue solo frente a ti. Maté mi identidad de Gabriela Milton. Tú habías conseguido un retrato robot muy fiel, incluso esta dirección. Sabes que vivo en una zona gris, al margen de la ley. No quiero estar fichada, prefiero que conste el certificado de defunción y empezar de nuevo.

—Entonces, Mencía recuperó tu cuerpo paralizado en el Anatómico Forense y después, ¿cómo te reanimó?

—Ahora me estoy tratando con neostigmina... y mucho carbón activado —sonrió desde la penumbra.

—Veo que sabes lo que haces.

—Es curioso, la toxina del pez globo fue una de las primeras lecciones que aprendí cuando comencé a falsificar libros. Era un bestiario, describía la fauna del Caribe. Comprendí pronto que siempre iba a ser una mujer sola viajando por el mundo, la química ha sido mi ventaja.

—Tu arma, casi —habló la voz del perfilador—. Tienes mucho que explicarme esta noche. Necesito conocer mi historia, tu historia, qué te llevó a abandonarme, qué llevó a mi padre a fingir que mi madre era otra.

—Lo sé, y esta es la noche. He soñado durante más de cuarenta años con este reencuentro, ¿puedo... puedo por hoy abrazarte? Solo pude hacerlo durante unas horas la noche que naciste.

Me acerqué a ella, nos abrazamos durante mucho tiempo, en silencio, y finalmente nos quedamos hablando mientras yo apoyaba mi cabeza en sus rodillas, tumbado, y ella enredaba sus dedos en mi pelo y me repasaba el rostro con las yemas como si estuviera memorizando mis rasgos.

—Te voy a contar la historia de mis primeros años, de los años que viví en Vitoria.

—Entonces no te dejes nada. Dime nombres y apellidos, ¿todavía no sabes quién es Calibán?

—Es Juan de la Cuesta, ya lo habéis detenido.

—No, es alguien más, te conoce, es personal. Quiero que me cuentes todos los detalles que recuerdes.

—Muy bien, entonces tengo que hablarte de la madre Magdalena, del colegio de la Veracruz, de mi amiga Mikaela, de la hermana Aquilina y de su pasado como Jimena Garay y de los Olivier. Verás, hubo una guerra, hace décadas, entre dos bibliófilos. Tú y yo somos las víctimas colaterales de esa guerra.

Y durante horas me habló de la Escuela de Artes y Oficios, de don José María, del padre Lázaro y de mi padre y su inmensa historia de amor.

—Siempre tuve miedo de que don Casto siguiera mi pista y enviara a un par de sicarios, como hizo con el padre de la hermana Aquilina. Pensé que no era modo de criar a un niño, cambiando de lugar y de identidad, siempre huyendo. Quise una familia y un lugar estable para ti. Y Gael te lo pudo dar.

—Pero pudiste volver. Don Casto murió, las décadas pasaron. Ni siquiera él pudo dejar pagados eternamente a unos mercenarios.

—Volví a por ti, Unai. Siempre te seguí la pista, a veces visitaba Vitoria y te veía desde las rejas mientras salías de San Viator.

Me emocionó el detalle, saber que ella siempre estuvo, pero no era suficiente.

—Me refiero a volver, a presentarte frente a mí y contarme la verdad. Decirme que eras mi madre y estabas viva. Contarme la historia que merecía conocer.

Entonces dejó de acariciarme el pelo y miró al frente, tragó saliva.

—Lo hice. Y fue el peor día de mi vida. Era un veinte de junio. Tú tenías veintisiete años. ¿Recuerdas aquel día?

—¿Veinte de junio? —hice memoria.

Entonces caí: aquel día me gradué como *ertzaina.*

—Fui a Villaverde —me contó—, visité primero el cementerio, quería hablar con Gael, contarle lo que iba a hacer por fin. Y entonces entraste tú. El cementerio era diminuto, me tuviste que ver. Llevabas un ramo de flores silvestres.

—Lavanda.

—Ibas uniformado, con la boina roja, la casaca roja, los pantalones negros. Me quedé paralizada. No podía hacerte eso.

—¿Hacerme qué?

—Sabes a qué me dedico, tengo enemigos en muchos países, mi supervivencia depende de que no me deje cazar, ¿cómo iba a involucrarte en semejante decisión? Tú metes a personas como yo en la cárcel, es tu trabajo, es tu identidad.

—¿Y tú no puedes dejar de falsificar?

—Aunque lo hiciera, siempre me van a perseguir por los delitos del pasado. Llevo haciéndolo desde que era una adolescente, hijo. Y tengo pocas normas, pero la primera ley de las Egerias es «no entres en la cárcel».

—Tienes que hablarme de las Egerias.

—Puedo contarte muy poco. Solo te diré que Mencía será una de ellas. De momento la mentorizo, está en el lado de la ley, en Patrimonio, nos es muy útil. No la delates.

—No voy a hacerlo. Pero tú sí que vas a desaparecer, ¿verdad?

—Sabes que debo.

—Pero ya no soy *ertzaina.*

—Escúchate y mírate. Puede que ya no estés en activo, pero te basta una llamada para volver a ese mundo.

—¿De verdad vamos a poner por delante nuestras profesiones a nuestra relación? Quiero saber de ti, quiero charlar más noches contigo, y me da igual si no podemos ser una familia de anuncio que pasa junta las Navidades y sopla las velas de los cumpleaños. Hay otras maneras, encontraremos la manera. Pero ni se te ocurra desaparecer de nuevo —le dije después de incorporarme.

Mi madre se levantó también, me dio un beso en la mejilla.

—No sabes dónde te estás metiendo. Y te estoy protegiendo. Como hace cuarenta y seis años. No me busques, voy a cambiar de identidad, y cambiaré de apariencia si fuera necesario.

—No lo hagas, no va a ser necesario. Además, siempre vamos a compartir ADN. No vas a poder cambiar tu sangre.

—Unai, hijo. Tu padre tuvo que aprender a renunciar a que fuésemos una familia. Ahora te toca a ti aprender la misma lección.

Y la observé alejarse por la penumbra del pasillo.

Fue la última vez que la vi.

65

PAPELES

1976

Recurres al falsificador de identidades cuyo contacto te facilitó la hermana Aquilina. Pasas noches enteras mirando incrédula tu nuevo nombre, junto a tu foto, en un carnet de identidad. Lo que más te emociona es el falso libro de familia, tú misma te has inventado los nombres de tus padres imaginarios.

Has huido de Vitoria, pero aún te queda algo por hacer antes de dejar atrás tu primera vida.

Has sacado fotos durante meses de todos los documentos con las firmas que don Casto te ordenó falsificar. Durante sus ausencias en su despacho buscaste facturas anteriores con sus direcciones.

Les escribes, todos ellos reciben un sobre anónimo, enviado desde Madrid.

En su interior adjuntas las fotografías de los contratos, las facturas y los albaranes que ellos jamás firmaron. Les explicas en qué ha consistido la estafa de don Casto Olivier.

No tardan en denunciarlo. Han sido más de doce, buenos abogados, el escándalo es mayúsculo.

Como en un larguísimo dominó, van cayendo fichas que nadie esperaba. Socios estafados en el pasado, despidos improcedentes, proveedores sin cobrar.

Mikaela te informa de todo lo que aparece en los medios locales, pero en los mentideros de Vitoria se cuentan muchas más infamias.

Se sabe que su nieto apareció muerto, con una escopeta en la mano, y su prometida continúa en busca y captura, pero ahora hay más versiones. Compañeros del colegio se atreven a contar que siempre fue violento, episodios que nunca habían salido a la luz.

La fábrica cierra en pocos meses, los pedidos se paralizan. Los empleados reclaman un sueldo que no llega.

Don Casto se pasea por los tribunales, por una vez, sobrepasado. Malvende la maquinaria a una empresa de nombre francés que pone de moda los naipes de Vitoria en el mundo entero. Cambian de local y contratan a la mayoría de los trabajadores. La fábrica de los Olivier queda abandonada, nadie quiere volver a trabajar en un lugar que hay que atravesar por una sala con docenas de animales disecados, donde murió empalado el heredero de un hombre tan infame.

Finalmente lo condenan. Pese a su avanzada edad, ingresa en el penal. Pero no dura demasiado, él mismo pone fin a su vida.

Nadie se explica cómo pudo introducir la cicuta en prisión.

Pero ni siquiera cuando está muerto dejas de temerlo. Mikaela te envía el recorte de un periódico. Lees una entrevista que le hicieron cuando todavía era un empresario honorable, días después de la muerte de Diego: «Ítaca Expósito pagará, pagará ella y pagarán todos sus descendientes. Dios se encargará de impartir justicia y como buen cristiano, yo me encargaré de ser su brazo ejecutor en la Tierra. Esa joven desequilibrada sabe que la encontraremos y la encerraremos entre rejas, que es donde tiene que estar una asesina de inocentes».

Sabes que ha enviado a sicarios a rastrearte. Sabes que está amenazando directamente a tu hijo, todavía no nato.

66

DOS GRADOS DE SEPARACIÓN

Mayo de 2022

A la mañana siguiente desperté. Me tiraban los puntos, pero nunca había dormido tan bien. Por fin, desde la primera llamada de Calibán, sentí que había descansado.

Tenía mucho que procesar, pero mi prioridad era precisamente hablar con él. Ya sabía cómo sacarlo de su mutismo.

A primera hora llamé a Mencía, imaginé que estaba esperando mi llamada.

—¿Cómo fue? —se limitó a preguntar.

—Extraño, emotivo, duro por no volver a verla...

—Date tiempo, tienes que cambiar casi todos los paradigmas de tu vida. Siento haberte hecho pasar el infierno de estos días. Tenía que salvarla. Lo entiendes, ¿verdad?

—Y te lo agradezco. Pero te llamo también por Juan de la Cuesta. Ayer mi madre me dio muchísimos datos, estuvimos hablando durante horas, y creo que ya sé por qué para él es personal. Necesito que hablemos con él.

—Esta noche la ha pasado ya en prisión, pero voy a traerlo de nuevo. Te espero esta tarde.

—Perfecto, entonces me da tiempo a hacer unas comprobaciones.

Unas horas después, Juan de la Cuesta volvía a la sala donde nos esperaba para que lo interrogásemos de nuevo.

Su actitud era la misma: nos negó la mirada cuando lo saludamos, no parecía tener intención de hablar.

—¿Cómo te encuentras, Juan? —comencé.

Se negó a abrir la boca ni a levantar la cabeza.

—Es curioso, conmigo nunca se te escapó ningún condicional alavés. Aunque no soy muy bueno detectándolo. ¿Hasta cuándo viviste en Vitoria, Juan? —quise saber.

Apretó los labios, como guardando un exabrupto, pero aguantó y no dijo nada.

—Yo creo que fue hasta los diez años —continué—. Juan Olivier de la Cuesta. Brillante alumno en los Corazonistas que dejó el curso a medias ante la debacle familiar. Te llamaban Nico, ¿verdad? De Juanico. Adoptaste el apellido de tu madre, tu hermana Carmen y tú desaparecisteis de Vitoria y os refugiasteis en vuestra familia de Madrid. Y por eso Edmundo te reconoció, porque estudiasteis en Corazonistas. Y cuando fuiste a husmear a su librería, viste tu identidad amenazada.

Y entonces el cascarón se agrietó y comenzó a hablar:

—Mi identidad, a estas alturas, ya me da igual. Fue por el *Libro Negro de las Horas.* Había comenzado a pasearse por la Cuesta de Moyano, alardeando de haber comprado la biblioteca completa de Bardel. Y siempre sospeché que fue Pedro Bardel quien compró a precio de saldo la biblioteca de mi abuelo.

—Que fue lo mismo que hizo tu abuelo con la biblioteca de Garay —le recordé.

—¿Y usted cómo sabe eso, inspector Ayala?

—Porque he aprendido muy rápido y porque este mundo de la bibliofilia es muy pequeño. ¿Conoces la teoría de los seis grados de separación por la que todos los habitantes de este planeta estamos conectados a lo sumo por seis grados? En este caso como mucho hay dos grados de separación: todos conocéis a alguien que conoce a alguien. Sucede con las burbujas endogámicas. ¿Qué pasó entonces con Edmundo?

—Le ofrecí mil tratos, pero se negó a todos. Estaba claro que ya sabía qué hacer con el *Libro Negro de las Horas* o ya lo había apalabrado con alguien. Y yo sabía con quien...

—Con Sarah Morgan. La conocías, erais buenos colegas. Ella te puso en la pista del libro, ¿verdad?

—¿Sabe? Fui un niño superdotado, de esos que ahora dicen que tienen altas capacidades, salvo que por entonces no se detectaban. Y no era de esos distraídos con fracaso escolar. Mi abuelo solo permitía la excelencia. Yo era una especie de repuesto por si el primogénito fallaba. A Carmen, por el simple hecho de ser mujer, no se la educó para llevar los negocios, no contaba. Y aun así mis hermanos eran adultos, y yo, invisible. Pero lo veía todo, me enteraba de todo. Cuando Ítaca llegó a nuestro hogar la acogí como a una hermana. Ella fue siempre dulce conmigo, la única que no me despreciaba por ser un niño. Me solía bajar con ella al taller que le acondicionó el abuelo. Desde el primer momento supe que estaba falsificando antigüedades. Desde el primer momento fui consciente de la tela de araña que mi abuelo y mi hermano Diego tejieron alrededor de ella... Puedo perdonarle que matara a Diego, él era un déspota conmigo, apenas me trataba, y cuando lo hacía, era un hermano mayor tiránico. Cuando murió vi por fin mi futuro resuelto: el abuelo estaba ya muy mayor, y yo era el nuevo heredero. Pero después Ítaca destruyó nuestro apellido y hundió al abuelo y la fábrica con él. Me convirtió en un paria, en alguien que tuvo que empezar de cero y ocultar su apellido... Y cómo no reconocerla, un buen día, hace unas semanas, cuando fui a The Fisher King y la escuché mientras hablaba con Sarah. Ellas no me vieron entrar, estoy acostumbrado a ser invisible, a no llamar la atención. Estoy acostumbrado a escuchar sin ser visto. Ítaca dijo una frase, algo que me repetía cuando era un niño: «Rema en tu propio barco». Creo que fue entonces cuando tuve la certeza de que era ella. Y de que estaban hablando del *Libro Negro de las Horas* de Constanza de Navarra. En cuanto hablaron de la mina de Zimbabue, me quedó claro que iban a necesitar pigmento azul, y yo sabía para qué. Comprendí que Sarah había convenido con Edmundo facsimilar el *Libro Negro de las Horas,* pero que tenía otra intención, y por eso llamó a Ítaca. Ítaca iba a falsificarlo y Sarah le iba a devolver el falso a su amante y a quedarse con el original. Así que las sometí a un seguimiento intensivo. Conocía los horarios de Sarah, Ítaca la visitó varias veces más. Fue sencillo dar con su domicilio, la secuestré allí mismo. Sabía que era una mujer solitaria, que nadie la visitaría en aquel lugar, porque era a la vez su guarida y su taller clandestino.

—Pero escapó, y fue a advertir a Sarah, sabía que la ibas a quitar de en medio igual que hiciste con Edmundo.

—Quería mi *Libro Negro de las Horas.* Con ellos vivos, era imposible conseguirlo y seguir viviendo como el impresor de la puerta de al lado.

—Pero secuestraste a Ítaca y ella se negó a decirte dónde estaba el *Libro Negro de las Horas,* y por eso me llamaste a mí. Solo tú podías saber que Ítaca era mi madre.

—Sabía que Ítaca tuvo un romance con un amigo de Diego, nadie en casa fue capaz de darse cuenta durante meses. Solo veían en ella a una cautiva que los proveía de falsificaciones. Yo veía sus escapadas, sus cambios de horario, cómo cenaba distraída con nosotros. Vi cómo su barriga crecía. Vi cómo nos miraba cuando decidió dejar a Diego, cómo se despedía de la casa y de nosotros. Y conocía a Gael López de Ayala, durante un tiempo fue bastante íntimo de Diego. Sabía que vivía en Villaverde. Cuando años más tarde te hiciste famoso y apareciste en todas las portadas del país por el doble crimen del dolmen, supe que eras el hijo de Gael y de Ítaca. Coincidía la edad, el apellido, el pueblo. Y dado que Ítaca no quería darme el *Libro Negro de las Horas,* acudí a ti.

—Y cuando me conociste en Madrid, me pusiste sobre la pista de las dos posibles ubicaciones.

—Hiciste exactamente lo que te pedí: lo encontraste para mí.

—Pagabas a Fabio para que te informara de todo lo que hacía Sarah Morgan en la Caja de las Letras.

—Y también de lo que hicieras tú.

—Si no hubiera descubierto que tú eres Calibán, ¿qué habrías hecho con el *Libro Negro de las Horas*?

—Poseerlo, acariciar su lomo cada mañana. Con saber que había vuelto a su dueño legítimo me era suficiente.

—En eso os equivocáis todos los bibliófilos. Nadie posee un libro para siempre, las personas son efímeras, acaban muriendo. Un libro no muere, es mucho más longevo, y todos somos sus custodios temporales. Ese libro por el que has matado y has destrozado tu vida, por el que murieron Edmundo, Sarah Morgan, Jimena Garay, su padre y tu abuelo os va a sobrevivir a todos.

67

LAS PERSEIDAS

16 de agosto de 1976

Han pasado solo unos meses, pero para Gael es otra vida. Viaja a Madrid en varias ocasiones, piensa durante mucho tiempo en cómo encajar las excusas para que cuadren. Sabe que hará daño a sus padres, concluye que no existe una solución indolora.

Mira el buzón compulsivamente, todos los días, a todas horas.

Te imagina cada vez más embarazada, pero sabe que estás lejos, escondida.

Siguiendo tus indicaciones, no acude al entierro de Diego Olivier.

Ha sido un joven muy bien relacionado, con una inmensa red de contactos. Nadie nota su ausencia durante las exequias, y Gael no quiere exponerse.

Pero hay otro motivo, más privado, más personal.

Gael odia a Diego. Lo odia. Siempre sospechó que te era infiel, ni siquiera se esforzaba en ocultarlo cuando estaba con él. Tampoco mostraba el mínimo afecto cuando hablaba, pocas veces, de ti, su prometida. Gael siempre ha sospechado que había algún interés oculto en su relación contigo, pero jamás ha sabido identificarlo.

Eso lo hace sentirse un poco menos culpable durante los meses que vivisteis vuestra historia a sus espaldas.

Pero ahora siente odio. Hacia un muerto. Por segarle el futuro desde el infierno. Por privarle de la familia contigo y con vuestro hijo no nato.

Por hacer que mienta a sus padres, por el dolor que les va a causar.

Así que espera, hasta que una tarde de agosto recibe una llamada con voz femenina.

—¿Gael?

—¿Ya? —contesta él.

—¿Lo tienes todo preparado?

—Sí, dame el día de hoy para decirles a mis padres que marcho a Madrid. Dime dónde quieres que nos veamos.

—En mi casa familiar, en Bajauri. Que nadie te vea llegar.

Gael ya ha pasado algunas semanas en Madrid convenciendo a Alistair para que lo contrate en su librería. Su amigo es un alma libre que lleva una contabilidad caótica, ni siquiera sabe si tiene deudas o beneficios, aunque la fortuna de su familia lo respalda y las cuentas de su negocio no son su principal preocupación.

Gael le pide que no pregunte, es entonces cuando Alistair comprende que debe ayudarle como ayudan los amigos. Sin pedir explicaciones.

Montada la coartada, Gael prepara también a sus padres.

—Aquí no hay jornal para mí, padre. Con el cereal apenas sacamos para la abuela y para ti. No quiero ser un estorbo y en Vitoria el trabajo está muy mal. Marcho a Madrid, de librero, con Alistair.

Su padre lo anima. Él vivió unos años en la capital, cuando lo enviaron al frente. Sabe que Gael volverá, igual que hizo él.

—Hijo, a mí me parece bien que te busques otro oficio, la labranza siempre la tienes esperándote. No pienso vender las piezas.

Su madre le prepara botes de mermeladas y de peras al vino.

Al día siguiente, Gael conduce hasta la casa de la familia de Mikaela. Atraviesa las curvas del hayedo donde tantas veces ha jugado al escondite de crío. Adora ese hayedo, se promete que enseñará a su hijo a amarlo también.

Lleva en una maleta pañales, leche de fórmula y todo lo que ha leído en las revistas de puericultura.

Llama al timbre, hecho un manojo de nervios, más que de costumbre.

Mikaela abre la puerta y lo hace pasar.

—¿Cómo está? ¿Cómo está Ítaca?

—Ha sido un parto fácil, tu hijo ha salido rápido, ella está cansada, y muy triste. Pero está decidida. Toma, es Unai, es vuestro hijo. Nació el doce de agosto, la noche de las perseidas, las lágrimas de San Lorenzo. Fue lo primero que vieron juntos madre e hijo. Espero que sea un augurio de felicidad.

Y le pasa un pequeño bulto envuelto en una manta.

El bebé mira a su padre con los ojos negros fijos, como si de verdad lo pudiera ver. Le toma un dedo y cierra su puño alrededor de él.

Mikaela se aleja, emocionada, para darles algo de intimidad.

—La pienso buscar, hijo. Pienso buscar a tu madre y seremos una familia.

68

BAUTISMO DE BIBLIOFILIA

Mayo de 2022

Llamé a Alistair Morgan y me pasé por la Librería del Alma para despedirme de él, pero comprobé una vez más que en el mundo de los libros de viejo era imposible guardar un secreto. Tanto Mencía como Gaspar también me esperaban con una copa de champán en la mano en cuanto traspasé el umbral del vetusto local.

—Quién iba a decirnos que nuestro ilustre impresor era un asesino en serie —comentó Gaspar—. Lo he querido como a un buen amigo durante años. Creo que nos engañó a todos.

—Y si no hubiera aparecido el *Libro Negro de las Horas,* tal vez Juan de la Cuesta nunca hubiera matado a nadie y ahora estaría brindando con nosotros —le hice ver.

—Intentaré no pensar en sus palabras esta noche cuando me acueste, inspector Kraken —dijo antes de hacer desaparecer el champán de un trago.

—Dale un abrazo a tu abuelo, tal vez me pase por Vitoria en algún momento —intervino Alistair.

—Ven a Villaverde, tienes pendiente una visita al cementerio. Mi familia ya ha cumplido con el rito y al abuelo le vendría muy bien verte —dije después de guiñarle un ojo.

—Entonces no tengo más remedio que ir —dijo, y me tendió un paquete envuelto en papel de estraza.

—¿Qué es? No tenías que haberte molestado —dije emocionado mientras rasgaba el envoltorio.

—Tu bautismo en bibliofilia. Sabes que no me interesa hablarte de ediciones de extrema rareza. Es *El paraíso perdido* de Milton. Léetelo —me ordenó.

Me emocioné cuando tomé el ejemplar en mis manos. Era de tapa dura, de cuero marrón y estaba rozada. No me importó, era un anciano y pensaba darle los cuidados que precisaba en mi biblioteca.

Después de abrazar profusamente a Gaspar y a Alistair, Mencía y yo salimos a caminar por las callejuelas del Barrio de las Letras.

—Yo también tengo un regalo para ti —dijo. Y me dio un pequeño libro verde en inglés: *The pilgrimage of Etheria,* en tapa blanda—. Es una edición de 1919. Me la regaló tu madre, le tengo mucho cariño, pero ha llegado el momento de que lo custodies tú. Te lo has ganado. Y no, no es una falsificación.

Abandoné Madrid con un nudo en la garganta y un par de joyas bibliófilas que a partir de entonces se iban a convertir en mis posesiones más preciadas.

Pero antes de entrar en Vitoria me desvié hacia la Fundación Sancho el Sabio. Tenía una conversación pendiente.

Bajé directamente a la planta baja del edificio y me encontré a Telmo catalogando pegatinas de los blusas.

—Te debo unos cuantos favores —le dije cuando me acerqué a su mesa.

—A lo mejor te lo tengo que agradecer yo, me lo he pasado genial investigando. Cuenta conmigo para lo que necesites a partir de ahora —contestó, y me dio una palmada en la espalda que por poco me tumba—. La jefa está en el depósito.

Encontré a Goya concentrada con un par de legajos de pergamino, embutida en su eterna bata blanca.

—Hola, Goya. Mi madre te manda recuerdos, aunque ella continúa llamándote Mikaela.

—Vaya..., qué curioso. Ya nadie me llama así —dijo, y alargó la mano para tomar la mía.

—Entonces, ¿os habéis reencontrado por fin?

—Sí, aunque ha vuelto a cambiar de identidad y quiere seguir al margen.

—Toda la vida peregrinando..., no la culpes. Su vida nunca fue fácil.

—Creo que eres la persona que más me puede hablar de ella. Y me gustaría que lo hicieras. Me gustaría que nos viéramos, ambos tenemos a Ítaca en común.

—Me encantaría, no imaginas cuánto. Yo fui la primera persona que te vio en el mundo, Ítaca confió en mí, aunque el parto fue fácil y no tuvimos complicaciones.

—Entonces, ¿dónde nací?

—En la casa de mi familia, en Bajauri.

Se me escapó una gran sonrisa, me gustaba haber nacido tan cerca de Villaverde, en un pueblo rodeado de un hayedo sobrenatural.

—Por eso te emocionaste cuando vine aquí hace unas semanas —le dije.

—Más de cuatro décadas después..., y te pareces tanto a Gael. Él estaba loco por tu madre, pero tuvo la fortaleza de entenderla, y de renunciar a ella. Todo lo que rodeó tu nacimiento fue consecuencia del amor que se tuvieron y que te tuvieron, Unai. Tienes que saberlo. No has sido un huérfano abandonado como lo fue ella.

—Entonces no he perdido una madre, pero he ganado una madrina.

—Y estoy encantada de poder ejercer por fin —dijo.

—En otro orden de cosas, tú eres ahora la heredera de Edmundo.

—Eso es.

—Y de todos sus ejemplares, incluyendo las últimas adquisiciones.

—Si me estás preguntando por la compra de la biblioteca de los herederos de Bardel, sí, tengo los documentos.

—¿Y los veinte mil ejemplares?

—En un local del Barrio de las Letras.

—Déjame adivinar, en la calle del Prado nueve.

Me miró maravillada.

—Vaya, digno hijo de su madre. Sí, aguardan allí.

—La inspectora Mencía dio parte del hallazgo del *Libro Negro de las Horas* de Constanza de Navarra en el despacho de Juan de la Cuesta, por lo que fue incautado, pero una vez se resuelva el juicio, pasará a su dueña legítima, que en este caso eres tú. ¿Puedo preguntarte qué vas a hacer con él?

—Verás, hace unas décadas alguien a quien siempre había tratado con mucha crueldad me hizo un favor. Un inmenso favor para protegerme. Ella arriesgaba mucho, podían echarla del colegio y perderlo todo. Y aun así lo hizo por mí. Yo lo he tenido todo, siempre, por derecho de cuna. Ella ha vivido en la renuncia toda su vida. A un apellido, a criarte a ti, a un compañero de vida, a un hogar estable. El *Libro Negro de las Horas* es solo un objeto, al menos para mí. Para Ítaca es algo más. Un cierre de ciclo, un dejar por fin el pasado atrás. Hacer justicia con la muerte de la hermana Aquilina. Ya sabes que el libro no saldrá al mercado. Tu madre se lo ha ganado, ¿no crees?

—Lo imaginaba. Solo una última pregunta: ¿Eres una Egeria?

—No, Unai. Una Egeria es mucho más. Una Egeria es una eterna peregrina. Hace falta mucha fortaleza para llevar esa vida. Muy pocas pueden ser Egerias.

69

LA PROMESA

Mayo 2022

Una hora después llegaba a Villaverde. El abuelo no estaba en casa, así que bajé a buscarlo a la huerta.

—Vamos, abuelo. Tenemos que hablar un ratico largo —le dije.

—Pues me llevo una manzana para el camino —dijo, y tomó un par de la cesta que había estado llenando aquella mañana.

—Vamos a llevar unas flores a mi padre. —Y fuimos arrancando lavanda por el camino al cementerio.

Le conté todo lo que había sucedido los últimos días. Mi encuentro con mi madre, la conversación con Mikaela Goya, lo que pude deducir de lo que sucedió alrededor de la fecha de mi nacimiento.

—Tú tuviste que enterarte de algo, abuelo. Marta Gómez no era mi madre, y mi padre marchó a Madrid y volvió casado y con un bebé, pero es imposible que os cuadrasen las fechas.

Entonces el abuelo se quitó la boina, la sacudió un poco del polvo de tierra de la huerta y se acercó a la tumba de mi padre.

—Gael, hijo. Me has tenido atado a una promesa durante toda la vida del chiguito. Y yo he cumplido. Me ha costado, pero he cumplido. Pero se acabó, Unai ya lo sabe todo. Y digo yo que puedo ya contarle lo que no me dejabas que le contase —le dijo a una losa con letras de metal.

Después asintió, como si estuviera oyendo una respuesta que yo no escuché.

—Pues eso digo yo —respondió el abuelo a la tumba de mi padre, tras encogerse de hombros.

Y entonces se volvió hacia mí.

—Pues yo creo que está conforme y ya me deja.

—¿De qué estás hablando, abuelo?

—De la puñetera promesa. Tanto callar... Mira: yo te lo cuento y ya, que digo yo que es mejor saber que seguir en la inopia.

Le tomé por los hombros y lo giré hacia mí:

—Abuelo, ¿qué promesa?

—Hijo, prometí a tu padre que no haría preguntas cuando marchó a trabajar a Madrid con su amigo. Nos llamaba muy a menudo, pero no venía al pueblo al principio. Y no volvió en un tiempo, cuando lo hizo, tú ya habías nacido y estaba casado con Marta, una buena muchacha. Y yo, que tonto no era, tuve una conversación con él, en la misma cocinica de casa.

»"En Madrid todo es más anónimo —me dijo—, allí no tengo familia ni Marta la tiene, no tenemos que dar explicaciones a nadie de la fecha de nuestra boda, del nacimiento de Unai, o de su embarazo. Si volvemos a Vitoria, quiero que no nos hagáis preguntas, y si la gente te las hace, di que nos casamos, y que Unai nació después. Y no quiero que hables nada de esto, ni tú ni madre, con Marta, a ella le da mucha vergüenza".

»"A mí me criaron con unos mandatos muy estrictos, Gael —le contesté—, lo sabes, pero los tiempos han cambiado y lo veo en cómo queréis vivir libres toda la juventud. Yo también viví seis años en Madrid, cuando estuve en el frente, y allí la moral era otra, por suerte. Yo me sentía más libre, me costó volver a un pueblo tan pequeño y me sentía un manso, me habían domado. La Iglesia, mi familia, los amigos que no habían salido de aquí... Yo no voy a juzgar cómo quieres criar a tu familia, hijo. Te hemos dado una educación, y eres una buena persona. A mí me basta".

»"Padre, prométeme que esto no sale de aquí", me pidió.

»"¿Qué le contarás al chiguito cuando sea mayor?", quise saber.

»"¿A Unai? Lo que menos daño le haga", me dijo.

»"Pensé que dirías que le contarías la verdad cuando estuviera preparado".

»"No, no haré eso —me contestó—. Él creerá la historia que menos daño le haga. Eso es querer. No voy a descargar mi culpa ni mis errores a cambio de la verdad. La verdad no es tan importante si hace daño a los que amo".

70

—

CAMINO A ÍTACA

12 de agosto de 2022

Era mi día favorito del año. O más bien mi noche: Deba se había unido a nuestra tradición de tumbarnos a las tres de la mañana en el camino de las tres cruces, en mitad del monte, a ver pasar las perseidas mientras el abuelo, Germán y Alba entonaban como podían el «Cumpleaños feliz».

Pero algo alteró mi rutina. Cuando llegué a Villaverde y me disponía a entrar en casa del abuelo, vi que el cartero había dejado un sobre largo que sobresalía del arcaico buzón negro de metal al que ya apenas llegaba correspondencia.

Lo recogí, y para mi sorpresa, la carta iba a mi nombre, y aunque llevaba sello, no tenía remite.

El sobre era de un papel especial, de buena calidad. Me dio pena rasgarlo, pero cuando lo abrí, encontré un poema de Constantino Cavafis, un poeta griego, escrito con letra manuscrita. La elegante letra de mi madre.

Bajé al lavadero emocionado. Sabía que era de ella, quería leerlo a solas, en el único lugar en el que mi padre, ella y yo pasamos una noche siendo familia.

El poema se titulaba «Camino a Ítaca»:

Cuando emprendas tu viaje a Ítaca
pide que el camino sea largo,
lleno de aventuras, lleno de experiencias.

No temas a los lestrigones ni a los cíclopes
ni al colérico Poseidón,
seres tales jamás hallarás en tu camino,
si tu pensar es elevado, si selecta
es la emoción que toca tu espíritu y tu cuerpo.

Ni a los lestrigones ni a los cíclopes
ni al salvaje Poseidón encontrarás,
si no los llevas dentro de tu alma,
si no los yergue tu alma ante ti.

Pide que el camino sea largo.

Que muchas sean las mañanas de verano
en que llegues —¡con qué placer y alegría!—
a puertos nunca vistos antes.

Detente en los emporios de Fenicia
y hazte con hermosas mercancías,
nácar y coral, ámbar y ébano
y toda suerte de perfumes sensuales,
cuantos más abundantes perfumes sensuales puedas.

Ve a muchas ciudades egipcias
a aprender, a aprender de sus sabios.

Ten siempre a Ítaca en tu mente.
Llegar allí es tu destino.

Mas no apresures nunca el viaje.

Mejor que dure muchos años
y atracar, viejo ya, en la isla,
enriquecido de cuanto ganaste en el camino
sin aguantar a que Ítaca te enriquezca.

Ítaca te brindó tan hermoso viaje.

Sin ella no habrías emprendido el camino.

Pero no tiene ya nada que darte.

Aunque la halles pobre, Ítaca no te ha engañado.

Así, sabio como te has vuelto, con tanta experiencia,
entenderás ya qué significan las Ítacas.

Me quedé un buen tiempo llorando a solas, releyendo su carta, dando las gracias al mejor regalo que alguien podía haberme hecho el día de mi cumpleaños.

Cuando me recompuse, subí a casa del abuelo. Escuché las risas de Deba, que contemplaba extasiada junto al abuelo un episodio de Marco.

—¡Papá! ¿Te quedas a ver *Marco* con nosotros?

—Claro que sí —dije, y me senté junto a ellos con Deba en mis rodillas.

Y yo sonreí mientras escuchaba la melodía que Marco le cantaba a su madre: «No me importa donde vayas... te encontraré».

NOTA DE LA AUTORA

He escrito esta novela como homenaje al libro y al críptico y fascinante mundo de la bibliofilia. Discurre cercano y paralelo a nuestro universo librero al que los lectores estamos acostumbrados, pero una vez levantas la alfombra, se despliega ante tus ojos sorprendidos una miríada de códigos tácitos que no están al alcance de los neófitos.

Como siempre ha sucedido en todas las novelas de la saga de Kraken, he imbricado la ficción del coleccionismo del libro antiguo con mi propia experiencia en los escenarios por los que ha transitado mi vida. Posiblemente esta ficción se parezca mucho a la realidad: es solo una apariencia. Los personajes que aparecen jamás nacieron, pese a que habiten en lugares reconocibles para vitorianos y madrileños.

El punto de partida de la trama me lo sugirió la exposición «Naiperas. Una memoria viva» en el museo Bibat de Vitoria-Gasteiz. Pese a que hago alusión a la fábrica de naipes mundialmente conocida, la historia presentada en la novela sucede en mi imaginación. Existe, no obstante, la casona familiar abandonada de la calle Manuel Iradier, y la biblioteca de la Escuela de Artes y Oficios, donada por el dueño de la fábrica de naipes, y cerrada al público desde que murió el bibliotecario.

También existió una fábrica en los años setenta donde

se exhibía la colección de animales disecados, incluido el gorila con la bala en el pecho y el inmenso despliegue de astados.

Otra institución que he querido rescatar de la memoria es la mítica Librería Linacero, hoy ya desaparecida. Crecí practicando la liturgia de pasar por el oscuro pasillo que unía la librería con la papelería en busca de libros y del mágico material escolar que ya hace décadas me fascinaba.

Por suerte existen la Fundación Sancho el Sabio y el Museo de los Faroles, y mi imaginación exacerbada convirtió en rincones imprescindibles para la trama.

Pese a que el colegio de la Veracruz es un escenario importante en la vida de Ítaca, su elección corresponde únicamente a un criterio arquitectónico. Siempre me intrigó su apariencia de internado inglés en una ciudad norteña como la mía. Sí que existió, en cambio, la hermana Aquilina, que impartió Pretecnología y otras asignaturas a varias generaciones de vitorianas en los colegios del Niño Jesús y del Sagrado Corazón. Suya es la anécdota de la interna que se escapó durante una nevada y falleció cuando un tiesto le cayó sobre la cabeza.

En cuanto a los escenarios de Madrid, mi tercer hogar, he pretendido llevar al lector al cementerio británico, a la Caja de las Letras, a la Cuesta de Moyano y al Barrio de las Letras.

He de decir que existe el local que encierra la misteriosa librería de la calle Prado, y el lector curioso puede buscar su huella en la fachada.

Y pese a que nadie ha apostado aún por la Librería del Alma, está inspirada en la Piccola Farmacia Letteraria de Florencia, donde curan el alma de los lectores gracias a la medicina de sus libros.

Por último, la chispa creativa que prendió la mecha del *Libro Negro de las Horas* fue un asesinato que conocí en el

Museo de las Falsificaciones de Viena. En este caso el asesino extendió glicerina modificada sobre un lienzo a sabiendas que el comprador lo limpiaría para venderlo haciéndolo pasar por nuevo. Fue su manera de castigar la codicia de un mundo tan oscuro como seductor.

BIBLIOGRAFÍA

Los siguientes libros constituyeron mi bautismo en bibliofilia. Ellos me acercaron al críptico universo de los incunables, los libros de horas y los manuscritos iluminados:

Ferdinand Geldner. *Manual de incunables. Introducción al mundo de la imprenta primitiva.* Arcolibros, S. L., 1998.

Francisco Asín Remírez de Esparza. *El comercio del libro antiguo.* Arcolibros, S. L., 2008.

Francisco Mendoza Díaz-Maroto. *El mercado del libro antiguo en España visto por un bibliófilo.* Arcolibros, S. L., 2009.

Hipólito Escolar. *Historia del libro.* Ediciones Pirámide, 1984.

Peter Besas. *La cripta de los libros. Libreros de Viejo de Madrid.* Ediciones La Librería, 2012.

Francisco Vindel. *Los bibliófilos y sus bibliotecas. Desde la introducción de la imprenta en España hasta nuestros días.* Libris, 1934.

René Martín Dudin. *Arte del encuadernador y dorador de libros.* Ollero & Ramos, 1997.

Juan Tamayo y Francisco, Julia Ysasi-Ysasmendi. *Catálogo de incunables de la Biblioteca Universitaria.* Universidad de Sevilla, 1967.

Manuel José Pedraza, Yolanda Clemente, Fermín de los Reyes. *El libro antiguo.* Editorial Síntesis, 2003.

Ingo F. Walther, Norbert Wolf. *Códices illustres. Los manuscritos iluminados más bellos del mundo desde 400 hasta 1600.* Taschen, 2003.
Jaime Restrepo Zapata, *La invención de la imprenta y los libros incunables.* Universidad del Rosario, 2014.

También me interesaba un acercamiento al lado oscuro del coleccionismo de libros antiguos: los fraudes, las falsificaciones, los robos y las bibliopatías.

Frank Arnau. *3000 años de fraudes en el comercio de antigüedades.* Editorial Noguer, 1961.
Miguel Albero. *Roba este libro. Introducción a la bibliocleptomanía.* Abada Editores, 2017.
Miguel Albero. *Enfermos del libro. Breviario personal de bibliopatías propias y ajenas.* Universidad de Sevilla, 2013.

Mención especial merecen los siguientes catálogos. En la exposición de la Biblioteca Nacional pude admirar el mayor número de manuscritos iluminados congregados hasta la fecha. En la Librería del Prado pude aprender de su dueña, María José Blas Ruiz, librera de viejo de segunda generación, el día a día de este negocio tan fascinante:

Samuel Gras. *Luces del norte. Manuscritos iluminados franceses y flamencos de la Biblioteca Nacional de España. Catálogo razonado.* Biblioteca Nacional de España, 2021.
María José Blas Ruiz. *Aguilar. Historia de una editorial y de sus colecciones literarias en papel biblia. (1923-1986).* Librería del Prado.

La exposición de las naiperas, las mujeres que trabajaron durante el siglo xx para la fábrica de naipes de Vitoria-Gasteiz, me sirvió de punto de partida para la trama:

Aritza Sáenz del Castillo Velasco. *Naiperas. Una memoria viva.* Universidad del País Vasco, 2021.

Aritza Sáenz del Castillo Velasco. *Las damas de hierro. La participación de las mujeres en el mercado laboral de Vitoria-Gasteiz (1950-1975)*. Universidad del País Vasco, 1975.

Recorrí Madrid en busca de escenarios bibliófilos, quería rescatar la esencia del Barrio de las Letras, de la Cuesta de Moyano y de las viejas librerías:

Francisco Azorín, *Leyendas e historias del barrio de las Letras.* Ediciones La Librería, 2018.

Manuel García del Moral. *Madrid, 1000 curiosidades.* Kami Ediciones, 2019.

Alan Ferreiro, *Maravillas de Madrid.* Ediciones La Librería, 2020.

Ricardo Aroca. *La historia secreta de Madrid.* Booket, 2016.